Une collaboration IMPRÉVUE

Une collaboration IMPRÉVUE

Belle lecture ensoleillée avec Charlie & Liam :)

Floriane Joy

© 2023, Floriane Joy – Tous droits réservés

Couverture : Floriane Joy

ISBN : 9798379033460

Ce livre est une fiction. Les noms propres, les personnages, les lieux, les intrigues, sont soit le fruit de l'imagination de l'auteur, soit utilisés dans le cadre d'une œuvre de fiction. Toute ressemblance avec des personnes réelles, vivantes ou décédées, des entreprises, des événements ou des lieux, serait une pure coïncidence.

CHAPITRE 1
Charlie

J'enclenche la clé dans le contact de la voiture. Ceinture actionnée, rétroviseurs vérifiés, GPS activé, tout est OK.
— À moi le départ en vacances !
Avec le temps de route, je suis censée arriver aux alentours de 13H00. Ce que le GPS ne sait pas, c'est que j'adore m'arrêter sur les aires d'autoroutes. C'est en quelque sorte mon péché mignon des vacances. Je dirais même que j'ai un porte-monnaie exclusivement dédié pour ces achats.
Je décide de lancer ma playlist du moment et me voilà prête à démarrer. Je vérifie une dernière fois que j'ai bien ce qu'il faut à portée de main.
— J'ai mon téléphone, mes papiers, ma carte bleue… Tout est bon, c'est parti !
J'enlève le frein à main et direction les vacances.
Je vois ma maison disparaître dans mon rétroviseur. Et cela me fait du bien. En partant, j'ai l'impression de laisser mes problèmes ici et de respirer à nouveau. Je sais que tout me reviendra comme un boomerang quand je rentrerai, mais pour le moment, je n'ai pas envie d'y penser. Je veux juste savourer cette sensation de bien-être. Je prends une grande inspiration et relâche la pression. Je sens un sourire se dessine sur mon visage quand j'entends la musique qui démarre.

Je mets le volume au maximum et baisse un peu plus mes vitres qui sont déjà légèrement ouvertes. L'air se faufile dans mes cheveux détachés, le son fait vibrer mes tympans et la sensation de légèreté qui s'empare de moi est comme synonyme de liberté.

Premier arrêt à 8h. Je n'ai roulé que deux petites heures mais je ne pouvais pas continuer plus longtemps. Il faut que je me détende les jambes et surtout que je boive un café.

Il est tôt et pourtant, c'est blindé. J'ai du mal à trouver une place pour me garer. Cela pousserait à croire que tout le monde s'est levé aux aurores tant ça grouille dans tous les sens. Des familles aux enfants qui ne tiennent pas en place, des chiens à peine tenus en laisse, des jeunes en groupe qui squattent le milieu des allées... Je respire un coup.

Tu es en vacances, me répété-je. Les gens ont le droit de faire ce qu'ils veulent, donc ne les regarde pas. Fais ce que tu as à faire et pars vite d'ici !

J'opine du chef. Me parler est une habitude pour moi. C'est comme pour m'aider à visualiser ce que je suis en train de me dire. Il m'arrive surtout de le faire quand je note mes idées sur un bloc-notes.

Malgré tout ce monde, j'arrive, par chance, à trouver une place non loin de l'entrée principale du magasin.

J'ai toujours un rituel quand j'arrive sur une aire d'autoroute. Je sors de la voiture lentement, et je m'étire tel un chat. Je prends mon temps pour essayer de me dégourdir les jambes qui, elles, sont un peu endormies d'avoir conduit non-stop. Je récupère mon téléphone ainsi que mon porte-monnaie spécial aire d'autoroute. Je claque ma portière et me hâte d'aller à l'aventure.

À savoir que je ne choisis que des aires d'autoroute avec des endroits civilisés. C'est-à-dire, oubliez les endroits où tu n'as rien pour faire pipi et où il y a trois tables de pique-nique qui se battent en duel. Ici, il y a de la vie. Une station essence, un magasin où l'on peut acheter tout et n'importe quoi, et même une sandwicherie.

Je fonce tête baissée vers les toilettes, essayant d'esquiver les personnes qui ne regardent pas où elles marchent. Après un pipi rapide, je me lave les mains et dégaine mon téléphone.

Première habitude des aires d'autoroute : un selfie[1] dans les WC !

Véridique.

Avant, j'attendais d'être seule pour me prendre en photo, chose assez compliquée puisque tu as toujours du passage. Puis, petit à petit, j'ai compris qu'il fallait faire passer mon plaisir avant la peur du jugement. Depuis, je n'ai plus la crainte de passer pour une folle auprès des inconnus, surtout pour des personnes que je ne reverrai plus jamais.

Seconde habitude des aires d'autoroute : la machine à café !

D'aussi loin que je me souvienne, c'est quelque chose que j'adorais déjà faire quand je partais pour de longs trajets avec mes parents. Le petit chocolat de la machine à café quand on s'arrête… c'est synonyme de vacances pour moi.

Ici, je trouve que l'emplacement des machines n'est pas idéal et me perturbe beaucoup. Elles se trouvent dans le couloir qui va vers les toilettes. Sérieusement, je dois même

---

[1] Autoportrait numérique, généralement pris avec un smartphone et publié sur les réseaux sociaux.

passer devant l'une des machines pour y entrer. C'est bizarre, non ? D'habitude, il y a un coin exprès avec des tables hautes pour s'y restaurer. Là, j'ai plutôt envie de prendre ma boisson et de déguerpir au plus vite. Vu le monde, je ne vais pas faire long feu de toute façon. Tout cette foule me met mal à l'aise et m'oppresse.

Revenons sur mon histoire de café d'aire d'autoroute. Parfois, je reste sur mon basique chocolat chaud, et parfois, j'aime prendre des risques avec un café. Même si souvent je suis déçue, je retente ma chance cette fois-ci avec un latte caramel[2]. Pendant que mon café coule, je sors mon téléphone de ma poche et ouvre Instagram pour poster mon fameux selfie WC pris juste avant.

Mes abonnés ont l'habitude et attendent presque ces photos prises pendant les pauses. C'est même amusant car de temps en temps, certains me notifient avec leur propre photo. Et je ne pourrais plus me passer de ces photos, car c'est un moyen de communiquer avec ma communauté et c'est devenu un jeu entre nous. Chacune attend les photos des autres.

J'ai à peine le temps de poster ma photo en storie[3], que j'entends la machine à café biper. Ma boisson est prête.

Je range mon téléphone dans la poche de mon short en jeans et m'apprête à attraper le gobelet contenant la boisson brûlante, quand, tout à coup, je sens quelqu'un s'approcher derrière moi. Un peu trop proche même. À peine ai-je le temps de me faire cette réflexion, que je sens que l'on me pousse. Quand je disais qu'il y avait trop de monde ici... Je n'arrive même pas à récupérer ma boisson tranquillement. Étant penchée vers la machine avec le bras en direction de mon gobelet, je n'ai pas le temps de gérer la situation et je me retrouve la tête dans la machine à café. Je m'aperçois que

---

[2] Un Espresso mélangé à une dose de lait chaud, accompagné d'une mousse de lait et une touche de caramel.
[3] Vidéo de format très court ou image publiée par un internaute sur un réseau social et visible pendant une période limitée

cette dernière se décoller légèrement du sol au moment de l'impact. Léger mais suffisant pour que je sente le liquide couler sur mes baskets.

Mon sang ne fait qu'un tour et la tension monte d'un coup.

— C'est quoi votre problème ? crié-je en me décollant de la machine. Vous ne savez pas où vous... continué-je de râler me retournant pour voir qui m'a bousculée et je me retrouve nez à nez avec un gobelet.

Littéralement. Ce n'est en aucun cas une façon de parler. Je sens le gobelet toucher mon visage puis perdre l'équilibre pour se renverser à moitié sur moi.

Je me redresse pour pouvoir faire face à l'imbécile qui ne regarde pas ce qu'il fait. Sauf que, de me prendre son gobelet en plein visage... c'est trop.

— C'est quoi ton problème ?? répété-je plus fort.

Je laisse la politesse de côté et le tutoie d'emblée. Je découvre un homme si grand que je dois lever la tête pour le regarder.

— Tu vas rester planté là, à me fixer ? demandé-je, au bord de la crise de nerf.

Il m'observe. J'ai même l'impression qu'il a un petit rictus. Sauf que moi, je n'ai aucune envie de rire. Vraiment pas.

— Oh, c'est Charlie, t'as vu ? chuchote quelqu'un en passant à côté de moi.

— Ah oui ! Tu crois que je peux lui demander une photo ? lui répond une fille.

C'est toujours dans les pires situations que ce genre de chose arrive. J'aurais très bien pu croiser ces filles en arrivant il y a cinq minutes, mais non, c'est quand j'ai du chocolat sur les baskets et je ne sais quel liquide sur mon sweat préféré qu'elles m'abordent. Je penche la tête pour constater les dégâts, et je vois que mon sweat qui était bleu de base est devenu... je ne sais pas... orangé ?

Le mec qui a renversé sa boisson regarde les deux jeunes filles qui viennent de se planter à nos côtés. Ses yeux passent d'elles à moi un nombre incalculable de fois.

Dans mon champ de vision, j'aperçois des gens passer autour de nous, nous jetant des regards de temps en temps, ne comprenant pas pourquoi nous sommes enracinés de la sorte. Je pense que c'est surtout parce que nous bouchons la route pour ceux qui veulent aller aux toilettes ou qui, justement veulent en sortir. Je vous avais dit que c'était mal foutu, non ? La preuve en est.

J'essaie d'oublier ces personnes-là et me concentre sur les deux jeunes filles, toujours à mes côtés.

— Comment ça va, les filles ?

L'une me fait les yeux ronds, sans doute choquée de voir que je leur parle. Quant à l'autre, elle saute sur l'occasion pour me demander de faire une photo.

— Pas de soucis, je vais juste me rincer avant, d'accord ? dis-je, en montrant mon sweat mouillé.

— On vient avec toi !

— J'arrive, à tout de suite, continué-je, faisant un signe de tête vers les toilettes. J'en ai pour deux secondes.

J'attends d'être sûre que les filles se soient assez éloignées pour me tourner vers l'individu avec son gobelet à moitié vide à présent, qui n'a toujours pas bougé.

— Vous comptez vous excuser ? lui demandé-je, d'un air sévère.

Je vois un sourcil se lever mais aucun son ne sort de sa bouche.

— Je...

Je n'ai pas le temps de finir ma phrase que je me fais de nouveau bousculer. Un gamin passe entre le mec et moi avec un chien dont il a du mal à maintenir. J'ouvre la bouche pour l'engueuler quand je me fais de nouveau pousser. De ce que je comprends, c'est la mère. Cela n'empêche qu'aucun des deux ne s'excusent pour tout leur remue-ménage. Je m'agace et les suis du regard au loin.

Autour de moi, j'entends les gens s'impatienter aussi. Et la scène n'est pas jolie. Plusieurs gobelets jonchent le sol, ainsi qu'un mélange de boissons.

— Vite que je parte d'ici, marmonné-je, irritée.

Alors que je m'apprête à partir, j'entends qu'on m'appelle. Les jeunes filles que j'avais complètement oubliées m'attendent dans les toilettes.

— J'arrive ! leur dis-je en essayant de sourire.

Je me tape le front avec la paume de ma main. Je n'y crois pas, le gars qui a renversé son jus de fruit sur moi est parti. Il n'est plus là ! Je tourne sur moi-même, essayant de le repérer dans ce couloir pas très large.

— L'enfoiré... dis-je pour moi-même.

J'essaie de contenir ma rage. C'était qui ce mec ? Il me renverse du jus et il ne s'excuse pas ? De plus, je l'ai vu sourire. Sans doute était-il ravi de la scène ? Et à la moindre occasion, quand j'ai le dos tourné, il se tire ? J'ai vraiment la rage !

Je n'ai pas le temps de bougonner dans mon coin plus longtemps puisque je vois de nouveau l'une des jeunes filles revenir vers moi. Elle paraît gênée de venir me chercher encore une fois.

— Je suis là, dis-je, essayant de la détendre. Je voulais juste...

Puis je laisse ma phrase en suspens. Ce que je voulais n'a aucune importance. Ces filles n'ont pas à savoir. Elles m'ont vue, elles veulent une photo et je le comprends parfaitement. J'aurais juste préféré qu'après une situation comme celle-ci, on me laisse dans mon coin. Que ce soit pour rager contre cet individu ou tout simplement pour nettoyer mon sweat en tout tranquillité.

Je suis la jeune fille qui se dirige vers l'un des miroirs devant lesquels j'ai posé tout à l'heure.

— On se fait un selfie dans le miroir ? demande la seconde jeune fille, très enthousiaste.

— Évidemment !

Sans se concerter, nous prenons toutes les trois la même pose. *Big* sourire et avec la main droite, nous levons l'index et le majeur, nous faisons ce que j'appelle le signe « tchus »[4]. Nous rions de nous voir agir de la sorte. Le cliché pris, elles me saluent et s'en vont, me laissant devant le miroir.

Mon reflet me fait avoir un léger mouvement de recul. Ce qui me frappe en premier, c'est mon sweat. Il est foutu. C'est mon préféré et je suis à deux doigt de pleurer parce que je suis sûre que je ne pourrai pas le rattraper. En plus d'être à moitié orange, il colle. Je m'empresse de l'enlever pour essayer de le nettoyer. Tant bien que mal, j'essaie de mouiller uniquement l'endroit où il y a la tâche. Je frotte comme je peux avec du produit et mes doigts, puis le rince tout en priant pour que cela aider à atténuer la catastrophe.

Après quelques minutes de bataille pour l'essorer un maximum, mon regard croise mon reflet dans le miroir et là, je ferme les yeux. C'est horrible. J'ouvre les yeux et regarde autour de moi, personne ne fait attention à moi et c'est tant mieux, je n'ai pas besoin que de nouvelles abonnées viennent me voir à cet instant précis.

Je me rapproche pour pouvoir mieux m'examiner. Mes cheveux n'étant pas très coiffés de base, sont devenus un désastre ambulant. Ils partent dans tous les sens. J'y passe la main essayant au mieux de les dompter, mais ils ne sont pas dupes et ne tiennent pas en place. Par chance, mes cheveux blonds sont courts et ne m'arrivent qu'au niveau des épaules mais c'est largement suffisant pour qu'ils n'en fassent qu'à leur tête et me fassent ressembler à une folle.

Je me rapproche encore un peu plus du miroir et me focalise sur mes yeux. Ils commencent un peu à devenir rouge ce qui ne met pas en valeur leurs couleurs vert maronné. Je continue mon examen et des cernes

---

[4] C'est ce qu'on appelle « le salut motard »

commencent à apparaître, non pas que je sois fatiguée des deux heures de route mais plutôt de tout ce qui vient de se passer en à peine quelques minutes.

— Il faut que je pense à mettre mes lunettes après, me dis-je à voix haute pour ne pas oublier.

Alors que j'essaie de me concentrer sur la gestion des évènements, une bimbo sort du cabinet de toilette qui se trouve juste derrière moi. Je ne peux m'empêcher de me demander : comment font ces nanas pour toujours être bien coiffées ? Surtout en faisant autant d'heures de route ? Elles restent un réel mystère pour moi. Toujours bien habillées, bien pomponnées, bien coiffées…

Il faut toujours que ce soit dans ce type de situation qu'un énergumène de la sorte se dévoile derrière moi. Comme par magie. Et en prime, elle sent bon.

Tout en l'observant dans le miroir, je me demande : qu'est-ce qu'elle doit penser quand elle me voit ? Et en me posant cette question, j'ai ma réponse : rien. Absolument rien puisqu'elle ne regarde personne. Elle s'est avancée au lavabo, s'est lavée les mains et est partie. Sans regarder personne. Finalement, elle a raison. Et moi, je suis là, à la dévisager alors que ce n'est pas du tout ma manière d'être. Je m'agace d'agir de la sorte. Je secoue la tête, essayant de me vider l'esprit.

De l'extérieure, je dois être une catastrophe à voir car personne n'ose venir aux lavabos qui se trouvent de part et d'autre de moi. Effectivement, à part m'être trempée le t-shirt et le short, je n'ai rien su faire d'autre. Je laisse tomber l'affaire et retourne en vitesse à ma voiture. J'étale approximativement mon pull sur la plage arrière, espérant qu'il sèche pendant la route et que les séquelles seront moindres. Avant de m'installer derrière le volant, je respire un grand coup. Le soleil a pointé le bout de son nez depuis que je suis partie et l'air s'est un peu réchauffé. Et cette odeur… Je pense que c'est mon odeur préférée en été. Je ne pourrai pas la décrire mais je suis sûre que vous voyez de quelle odeur je parle.

Je décide de changer de playlist pour passer à du 100% Justin Timberlake. J'attrape une briquette de jus d'orange dans ma glacière. N'ayant pas bu mon chocolat, je vais siroter cette boisson pour me redonner du boost jusqu'à ce que je m'arrête dans quelques kilomètres.

« *Soulmate* » fait entendre ses premières notes. Je n'attends plus, démarre le moteur et me voilà de nouveau en route.

***

J'avance plutôt bien sur la route et j'arrive à gérer la fatigue. Même si j'ai pour habitude de bouger, c'est assez rare que je prenne la voiture pour faire un si long trajet. Bien souvent, je me déplace autour de chez moi, avec une heure maximum de route. Là, j'avais besoin de changement donc quand j'ai trouvé cette résidence pour les vacances, je n'ai pas réfléchi et j'ai foncé la tête la première. Et seulement après j'ai percuté aux heures de route et aux frais que cela allait engendrer.

Il est 10H30 quand je décide de m'arrêter à nouveau. L'aire d'autoroute est moins bondée que la première. Cela me fait du bien. Je me gare rapidement et sors de la voiture. J'ai la surprise de voir au loin le panneau d'une enseigne bien connue donc je suis accro : Starbucks. C'est le genre de détail simple m'arrache une poussée de joie et fait bondir mon cœur, comme quoi, il ne faut pas grand-chose pour rendre heureuse.

Je me rue à l'intérieur. Je passe néanmoins par la case toilettes avec la fameuse photo que je m'empresse de mettre en story sur les réseaux.

À chaque fois que j'arrive dans un Starbucks, je me sens obligée de regarder tous les objets qui sont en vente. Aussi bien les tasses que les gobelets réutilisables, en passant bien évidemment par les paquets de café.

— Oh, ils ont sorti un carnet ! m'étonné-je, prenant l'objet en main. Il est plutôt sympa !

J'écarquille les yeux en m'apercevant du tarif, néanmoins, je suis à deux doigts de craquer. Les premiers arguments qui me viennent en tête pour le prendre sont : tu as en besoin pour préparer tes prochains contenus, tu as en besoin pour enfin préparer un programme pour ces vacances, ou tout simplement ce carnet est canon avec ce dégradé de bleu et les écailles de sirène en relief. Le seul point négatif reste le tarif élevé.

— C'est les vacances, me dis-je pour finir de me convaincre.

Je n'ai pas le temps d'hésiter plus longtemps car c'est à mon tour.

— Bonjour, je vais vous prendre un café latte[5] avec supplément vanille, en froid, s'il vous plaît.

— Très bien, le prénom ? me demande le jeune homme face à moi, tout en notant des choses sur le gobelet.

— Charlie.

— Avec ceci ? demande-t-il en passant le gobelet à sa collègue.

---

[5] Un latte, ou café latte est une boisson chaude faite avec du café espresso et du lait chauffé à la vapeur.

— Il y a ça ! dis-je en lui tendant le carnet.

Je paie mon addition et récupère mon bloc-notes. Tout en me tendant le ticket de caisse, il me précise que pour récupérer ma boisson, il faut que diriger au bout du comptoir. Je lui souris gentiment même si cette précision ne m'étais pas utile sachant que je vais chez Starbucks très souvent. Voire trop souvent pour certains.

Je suis vite servie. Je récupère mon gobelet et cherche une place où m'installer pour déguster ma boisson. Je découvre dans un coin un canapé disponible. Je fonce tête baissée pour pouvoir m'y affaler. Je dépose le carnet et ma boisson sur la table basse qui se situe juste devant moi et dégaine mon téléphone. Une petite photo de ma trouvaille pourrait donner des idées à des abonnés. Je sais que beaucoup aiment cette enseigne, donc si je peux aider, c'est avec grand plaisir.

Storie postée, je regarde quelques-uns des messages privés que j'ai reçu durant mes deux heures de route. Puis, je décide de reposer le téléphone pour siroter ma boisson tranquillement.

Et là, je suis à deux doigts de recracher le café de ma bouche. Juste en face de moi, assis à une table, la bimbo des toilettes avec le mec qui a renversé sa boisson sur moi deux heures plus tôt. Je crois rêver et cligne des yeux plusieurs fois.

— Comment est-ce possible ?

J'essaie de réfléchir et la solution est simple. Ils sont partis plus tôt que moi tout à l'heure et ont décidé de s'arrêter au bout de deux heures. Voilà, rien de bien compliqué.

— Par contre, je ne pensais pas du tout qu'ils étaient ensemble…

À peine le temps de me faire tout le circuit dans la tête, qu'ils se lèvent de leurs chaises et s'apprêtent à sortir. La porte de sortie se trouve juste à mes côtés. Ils vont donc me voir. C'est obligé. Et ce qui devait arriver… arriva, il me remarque. Je vois son sourcil se lever comme il l'avait fait

plus tôt. Affalée comme il se doit, j'essaie de me réinstaller comme si de rien n'était mais je sais qu'il m'a grillée.
— Attends-moi ! s'écrie la bimbo. Je ne peux pas marcher aussi vite que toi avec mes talons. Je te l'ai déjà dit !
Sa voix aigüe me fait mal aux tympans dans la seconde. Je reste focalisée sur elle quelques secondes, et c'est déjà trop. J'aurais préféré ne pas l'entendre geindre.
Il soupire et s'arrête de marcher. J'en profite pour le regarder un peu en détail. En le scrutant ainsi, je me rends compte qu'il est vraiment grand. Et il a une manière très décontractée de se tenir. Je n'arrive pas à me dire si c'est dans le fait qu'il marche avec une main dans la poche et l'autre tenant son gobelet, ou si c'est son léger bronzage, mais il dégage une belle aura qui se veut sympathique au premier regard. Et pourtant, tout à l'heure, c'était tout l'inverse.
— Je dirais même que c'est un con, pensé-je.
Je continue à le dévisager. Ses cheveux sont cachés sous une casquette mais je me souviens les avoir vu bruns tout à l'heure. Je dirais même qu'ils sont comme sa barbe de trois jours. Ai-je le droit de dire que j'ai toujours trouvé ça sexy chez un homme ? Mais bon, ici n'est pas le sujet.
Il passe à mes côtés, et son sourire en coin refait surface. A-t-il entendu mes pensées ?
Le temps que je me remette de mes émotions, lui est déjà parti. Et loin. J'examine le parvis derrière la porte vitrée mais je ne le vois déjà plus.
Étonnamment, je suis bouleversée de l'avoir revu. J'aurais voulu l'engueuler pour ce matin et pourtant, je suis restée muette face à lui. Il est passé, et je n'ai rien fait.
— Aaaarh, ça m'agace ! m'énervé-je, en reprenant mon gobelet sur la table. Et avec cette nana… Non mais, qu'est-ce qu'il fout avec elle ? N'importe quoi !
Je bois deux grosses gorgées de café pour essayer de me calmer. Puis, pourquoi je m'énerve à cause d'eux ? C'est

idiot. Je ne les connais pas, je ne les reverrai plus. Il faut que je passe à autre chose.

Je récupère mon téléphone et je vais de nouveau sur les réseaux sociaux.

— Hello, hello ! Comment ça va ? Je n'ai pas encore fait de face cam' depuis que j'ai pris la route ce matin parce que je voulais avancer le plus rapidement possible ! D'ailleurs, je voulais savoir si une série de vlogs sur les vacances pourrait vous intéresser ? Dites-moi en message ! Sur ce, je retourne sur la route, faites attention à vous !

Un couple de personne âgées passe à côté de moi pour sortir et me regarde de travers. J'ai l'habitude, surtout venant de cette génération-là. Ils ne comprennent pas pourquoi j re m'adresse à mon téléphone de la sorte. Sauf qu'ils n'arrivent pas à comprendre que je ne parle pas à mon téléphone mais plutôt aux gens qui se trouvent derrière le leur. Que ces personnes-là forment une communauté et qu'ils m'apportent beaucoup. D'accord, il y a aussi du négatif mais c'est tellement peu face au positif.

Je les regarde passer en leur adressant un grand sourire. J'espère qu'ils arrivent à sentir que je ne leur en veux pas de me juger comme ils le font.

Je détourne le regard pour me concentrer à nouveau sur mon téléphone. J'essaie toujours au maximum de sous-titrer mes stories. Je retranscris quasiment mot à mot ce que je dis à l'oral ou parfois je synthétise car c'est plus simple mais je mets toujours un point d'honneur à faire cet effort pour ceux qui n'entendent pas ou tout simplement qui n'ont pas la possibilité de m'écouter au moment précis où ils voient mes stories. Souvent, je reçois des messages de personnes malentendantes me remerciant d'écrire car cela leur permet de comprendre ce que je raconte.

Je *scroll*[6] un peu pour voir si j'ai loupé quelques informations sur les comptes que j'aime. Je vois passer également des dizaines de messages d'abonnés qui sont impatients de suivre mes aventures dans les futurs vlogs. Ils me mettent le sourire.

Je décide qu'il est temps de démarrer et de reprendre la route.

J'arrive à la voiture et me souviens de l'état de mon pull resté à l'arrière. Je finis d'une traite ma boisson avant de jeter le gobelet dans une poubelle. J'ouvre le coffre pour avoir accès au sweat et découvre avec bonheur qu'il commence à sécher.

Le soleil donnant sur la vitre arrière doit sans doute aider et j'en suis plus que ravie. Je n'arrive pas encore à bien voir si le côté orange de la boisson est parti mais je garde espoir !

— Il me semble qu'il y a une machine à laver dans la résidence... croise les doigts pour que tout parte ! me dis-je en croisant les doigts.

Ce n'est pas n'importe quel sweat à capuche. C'est un qui vient de l'université de UCLA[7] à Los Angeles. Lors d'un dernier voyage, j'ai eu la chance de pouvoir m'y rendre et de découvrir l'université. Et c'était tout simplement grandiose ! Et posséder un sweat qui vient d'une grande université était un de mes rêves. Et je l'ai réalisé, c'est pour ça que ce sweat compte pour moi.

— Et peut-être qu'à cause d'un connard, il va être ruiné...

Un frisson me parcourt le corps. La colère revient. Je serre les poings et jette un coup d'œil autour de moi. J'ai encore l'espoir de le voir. Si c'est ça, je lui fais sa fête. Je guette mais ne vois rien. Je soupire.

---

[6] On utilise ce verbe de nos jours pour qualifier l'action de « dérouler » les posts sur Instagram

[7] L'abréviation UCLA a été inventée afin de représenter le nom complet et long de l'université en une simple expression : Université de Californie à Los Angeles.

— Ça va le faire ! dis-je en refermant le coffre. Allez, on verra plus tard !

CHAPITRE 2
Liam

Je la vois regarder autour d'elle, que cherche-t-elle ? Ou qui ? Ai-je la prétention de me demander si c'est moi qu'elle cherche ?

Je ne vais pas nier le fait que de la revoir m'a surpris. Ce qui est arrivé plus tôt n'était pas du tout intentionnel.

J'attendais que Ambre se décide enfin de se bouger les fesses. Elle est restée un temps interminable au guichet de la supérette. Sans doute voulait-elle se faire offrir sa boisson par le jeune homme qui servait un vulgaire thé sans sucre sans lait, sans aucun goût ni aucun intérêt finalement.

J'ai payé ma boisson, un jus d'orange pressé frais, qui m'a coûté un bras soit dit en passant, et sans m'en rendre compte, la foule m'a emporté jusqu'à ce couloir bondé. Puis, j'ai lâché des yeux Ambre qui n'a toujours pas bougé pour observer deux jeunes filles. On aurait dit deux groupies qui venaient de voir leur idole. L'une était timide tandis que l'autre prenait les devant. Et juste avant qu'elles se rapprochent de là où je me trouvais, c'est là que le drame s'est passé.

Tout en cherchant qui pouvait être cette personnalité connue qui se trouvait là, j'ai continué à avancer et on m'a donné un coup dans le coude. N'étant pas concentré, je n'ai pas su retenir mon bras qui partait vers l'avant. De ce fait, la moitié du contenu de mon verre à volé… sur cette nana.

Le fait qu'elle se cogne le visage contre mon gobelet juste après, fut comme un coup de couteau en plus. La pauvre, je l'avais recouverte de mon jus d'orange.

Cela n'empêche que je n'ai pas su me retenir de rire un peu. Bah quoi ? Qui aurait su se retenir ?

Une voix me tire de mes pensées :

— Tu aurais pu me prévenir que tu étais parti à la voiture !

Je quitte l'inconnue des yeux pour voir Ambre débarquer, en furie.

— Si tu n'avais pas mis autant de temps pour te prendre une boisson, dégueulasse qui plus est, tu aurais été au courant.

— On a même plus le droit de se prendre à boire ici, dit-elle en croisant les bras.

— Arrête, je t'ai vu minauder avec le jeune homme de la caisse.

— Minauder ? s'offusque-t-elle.

Je lève les yeux au ciel et m'apprête à monter en voiture. Je me rappelle l'inconnue et m'empresse de regarder en direction de sa place de parking. Je découvre une autre voiture et toute une famille qui en sort.

— Tant pis, marmonné-je.

— Quoi encore ? s'énerve Ambre.

— Je t'ai pas parlé !

Elle me lance un regard noir.

— On y va ou pas ?? râle Ambre dans la voiture.

— Oui, c'est bon, réponds-je dans un soupire.

CHAPITRE 3
Charlie

J'ai enfin le plaisir de couper le moteur et de savourer le fait d'être arrivée à bon port. Je récupère mes papiers d'identité, mon téléphone et sors de la voiture pour me diriger vers l'accueil.

Cela ne fait que trois minutes que je suis ici et je me sens déjà en vacances. C'est fou comme le fait de changer de paysage peut faire du bien dès les premiers instants. En même temps, avec un paysage comme celui-ci, ça ne pouvait pas être autrement. Il y a beaucoup de verdure et tout est à hauteur d'homme, aucun bâtiment qui font dix étages mais plutôt des maisons et des parcs avec des jeux d'enfants.

Ma location se trouve dans une sorte de petit village, bien encadré car pour y accéder, il faut un code afin d'ouvrir le portail. De ce que j'ai compris lors de mon coup de fil à la propriétaire, des habitués de longues dates sont là mais il y a tout de même petite dizaine de maisons qui restent à louer tout au long de l'année. Et le tout est géré par une seule et même personne, madame Halliwell.

D'ailleurs, ce matin elle m'a envoyé un texto en me disant :

> BONJOUR, JE SUIS DISPONIBLE À LA RÉCEPTION TOUTE LA JOURNÉE (PREMIÈRE MAISON BLANCHE SUR LA GAUCHE À L'ENTRÉE), VOICI LE CODE DU PORTAIL 1154P. À TOUT À L'HEURE

Je pousse la porte de la réception et découvre un intérieur auquel je ne m'attendais pas. De ce que je prenais pour une maison vu d'extérieur, n'en ai pas une. Dès que l'on passe la porte, on se retrouve dans une pièce assez petite mais avec une hauteur sous plafond impressionnante. Le tout baigné de lumière grâce au dôme qui nous surplombe. Au centre de ce hall, une petite fontaine. À la vue de cette dernière, mes poils se hérissent sous le courant d'air frais qu'elle dégage. Je m'y approche pour toucher l'eau, comme pour vérifier qu'elle existe. Sa taille m'impressionne, elle est composée de trois étages et est aussi grande que moi. Elle a un côté apaisant et en même temps, entendre le bruit de l'eau me rappelle que je dois faire pipi depuis presque une heure.

Tout en retirant ma main de l'eau, je regarde autour de moi. Sur ma gauche, de grandes verrières me permettent de voir qu'un bureau est placé là. Personne ne s'y trouve, même si l'on se doute qu'il est occupé grâce aux papiers éparpillés un peu partout.

Sur ma droite, la même chose. Visible grâce à de grandes baies vitrées, une femme est assise derrière un bureau, penchée sur son écran d'ordinateur.

Je me hâte de me diriger vers elle. Voyant qu'il n'y a personne d'autre qu'elle, je me permets de toquer à sa porte, vitrée, elle aussi, pour m'annoncer.

Elle se redresse et m'offre un franc sourire.

— Mademoiselle Davis ? Comment allez-vous ? La route n'a pas été trop longue ?

Je n'ai pas le temps de prendre une respiration pour répondre qu'elle a déjà fait le tour de son bureau et qu'elle me propose de s'asseoir dans l'un des deux fauteuils face au bureau.

— La route devenait un peu longue sur la fin à cause de la chaleur mais je peux déjà vous dire que, rien qu'en passant le portail, je me sens déjà en vacances. Donc tout va pour le mieux !

Un sourire se dessine sur le visage de madame Halliwell.

— J'en suis ravie, répond-elle. Pour vous expliquer un peu le fonctionnement, le portail à l'entrée est tout le temps fermé et doit être ouvert automatiquement avec le code. Cela assure une sécurité au domaine. L'une des premières règles que nous appliquons est tout simplement le respect de l'autre. C'est-à-dire, pas de fête extravagante. Nous souhaitons garder cet endroit calme et apaisant.

Elle marque un temps d'arrêt pour m'observer.

— Aucun souci pour moi, la rassuré-je.

Peut-être s'attendait-elle à ce que je sois une fêtarde ? J'ai justement choisi cet endroit parce que leur site prônait le calme et le bien-être.

— Ensuite, nous demandons juste de nous prévenir si une nouvelle personne arrive. Non pas pour vous surveiller, c'est uniquement pour une question de sécurité en cas d'évacuation du domaine.

— Justement, j'ai ma meilleure amie qui doit arriver lundi.

— Très bien, je le note. Bon, je pense que je n'ai plus rien à vous dire en particulier. Vous savez tout ! Je n'ai plus qu'à donner votre clé et votre numéro de maison.

Elle ouvre un de ses tiroirs de bureau et en sort une clé.

— Vous avez la maison 12334, je vous donne le plan pour mieux vous repérer.

Elle me tend la clé ainsi que la carte avec tous les emplacements des maisons.

— Merci, madame Halliwell.

— Si vous avez la moindre question, n'hésitez pas à venir ici à la réception ou à m'appeler en cas d'urgence.

Je lui fais un signe de tête en guise de salut et me précipite pour rejoindre ma voiture à l'extérieur, trop pressée de découvrir la maison que je vais habiter pendant une semaine. Avant toute chose, j'ouvre les carreaux de la voiture et prends le temps d'observer le plan.

Le schéma est très simple, une quarantaine de petits carrés sont dessinés, représentant chacun des maisons. Le tout, entouré d'un cercle, sans doute pour symboliser le fait que nous sommes protégés par un mur ainsi que le portail de l'entrée. Chaque carré a son propre numéro et je trouve celui que je cherche : le 12334.

Je démarre la voiture et roule au pas jusqu'à la maison qui est maintenant mienne. J'en profite pour regarder un peu autour de moi et tout est fait pour que tu te sentes bien. De la verdure un peu partout, du silence, des maisons avec de jolies couleurs, allant à du pastel à blanc. Je croise un couple âgé qui s'empresse de me faire un signe de la main pour me saluer.

— OK, je vais adorer cet endroit, je ne vais plus vouloir partir, c'est sûr !

Je me gare devant la maison. D'extérieur, elle est très jolie. Et même si j'ai déjà vu les photos sur le site, j'espère que l'intérieur est tout aussi beau.

Je coupe le contact de la voiture et m'empresse d'aller ouvrir la porte. Au moment où je suis prête à actionner la poignée, je m'arrête et sort mon téléphone de ma poche pour me filmer.

— Je ne sais pas du tout quelle heure il est, mais je peux tout de même vous dire que ça y est, j'y suis ! J'ai récupéré les clés de la maison et là je m'apprête à découvrir la maison. J'ai pas beaucoup filmé pour le moment mais je me rattraperai, ça c'est sûr. Découvrons la maison ensemble ! C'est parti !

J'appuie sur pause et filme ce qu'il y a devant moi, comme si ma caméra remplaçait mes yeux. J'ouvre la porte et tombe directement sur une grande pièce de vie. Ce qui me frappe à la première seconde, c'est la déco. Dans l'esprit marin avec les murs blancs, les meubles blancs et quelques

touches de bleu par ci par là. Je ferme la porte, et mets la clé dans la serrure pour être sûre de ne pas la perdre. Je me mets dos à elle pour prendre le temps d'observer ce que j'ai sous les yeux, essayant de m'imaginer dans ce nouvel endroit.
Directement sur la gauche se trouve la cuisine.
— Je voulais prendre mon temps pour découvrir la maison mais avouez, vous êtes aussi excités que moi !
Je finis par me décoller de la porte et me dirige dans la cuisine.
— La cuisine est vraiment petite. Là, si je suis en train de faire la vaisselle, faudrait pas que quelqu'un veuille cuisiner sur le gaz. Ne vous méprenez pas, je ne me plains pas ! m'empressé-je de dire, c'est juste pour vous donner une idée car je sais que ça rend jamais pareil en vidéo que dans la vraie vie. N'empêche, on peut quand même noter qu'il y a tout ce qu'il faut. Le gaz, un grand frigo, le micro-ondes et il y a même un four !
Je ris de voir tous ces électroménager car mes abonnés savent très bien ce qu'il va se passer : je ne vais en utiliser aucun. Autant quand je suis chez moi, j'adore préparer de bons petits plats mais là, je suis en vacances, donc ce sera à la bonne franquette.
Je décide de retourner dans la pièce de vie et je continue de découvrir la maison
— Je vais essayer de faire pièce par pièce parce que sinon, je sais que vous allez vous perdre. Même si vous allez voir la maison tous les jours dans les vlogs, je sais que vous aimez quand je prends mon temps pour vous montrer chaque recoin.
La grande pièce se sépare en deux parties, la partie salon et la partie salle à manger. Devant moi, se trouve une grand table de salle à manger. Tellement grande que l'on peut se mettre facilement à dix autour. Et dans le fond, la partie salon. Une petite télévision dans le coin de la pièce, devant laquelle se trouvent deux canapés l'un en face de l'autre, séparés par une table basse.

— Le volet de la porte fenêtre est fermé et je vous propose que l'on garde encore un peu le suspens et qu'on l'ouvre après, dis-je en pointant la baie vitrée du doigt. Je sais ce que je vais y découvrir et je veux justement garder le plus gros pour la fin de la visite. Allez, continuons de partir à la découverte !

Je tourne la caméra et continue mes explications en même temps.

— Bon, là, comme vous pouvez le voir, il y a un escalier sur ma gauche mais je sais que si je continue mon chemin, je vais avoir accès à des chambres. Enfin, je crois...

Je fais trois pas et découvre un couloir qui est caché par l'escalier. Je continue mon chemin et tombe sur plusieurs portes.

— Ici, les toilettes. Là, la salle de bains, dis-je en ouvrant les portes une à une. Ici, une chambre avec un lit double, plutôt sympa. Et là... Oh, une chambre pour enfant !

Deux lit d'une personne sont positionnés face à une porte vitrée, dont le volet est fermé. Je pense que cette porte doit mener directement à l'extérieur.

— Je vous propose que l'on aille voir à l'étage ce qu'il se passe et que l'on découvre ce qui nous attend dehors après.

Je n'attends pas de réponse et me précipite vers les escaliers. Je les monte un peu au ralenti, pour éviter de trop secouer mon téléphone dans tous les sens et de donner le mal de mer à ceux qui regardent la vidéo.

— OK, c'est là que je vais dormir, c'est sûr ! dis-je en découvrant la chambre.

C'est une suite parentale. Lit double, avec grande armoire pour ranger les vêtements et une porte qui nous mène à une salle de bain privée avec douche et toilettes.

— On est d'accord pour dire que tout le monde aurait choisi de dormir ici, dis-je en m'allongeant sur le lit.

Je m'étale telle une étoile de mer.

— Dommage pour Mia, elle n'aura pas le choix que d'aller dans l'autre chambre, je m'esclaffe.

J'appuie sur pause, le temps de rester quelques secondes, profitant du calme ambiant. Et hop, je me relève à toute vitesse, dévale les escaliers et pose le téléphone sur la table basse du salon. Je m'empresse d'aller ouvrir le volet qui ferme la baie vitrée et découvre avec joie l'extérieur.

Je récupère la caméra et sors pour mieux observer ce délicieux endroit.

— Je sais déjà que je vais squatter ici tous les jours !

Ce qui attire l'œil en premier est bien évidemment la piscine. Ni trop grande ni trop petite, elle est suffisante pour y passer de bons moments. Ensuite, mon œil est séduit par deux grands transats. Je me dépêche d'aller m'y affaler. Je contourne la grande table extérieure entourée de ses chaises et me pose dans le transat le plus proche. Et je pense sincèrement qu'il va voir souvent mes fesses car il est très confortable.

— Voilà, je vous ai montré la maison qui va me servir de domicile pendant une semaine. Qu'en pensez-vous ? Dîtes-moi dans les commentaires si c'est ce genre d'endroit pour les vacances qui vous attire ou si vous êtes plus team camping ? Avec une tente et tous ces trucs-là quoi, précisé-je.

Je ferme les yeux quelques secondes, juste pour profiter du soleil sur mon visage. En ce début juillet, il fait déjà chaud, mais là, avec la fatigue de la route, je sens que je vais devoir mettre un petit gilet car je commence à frissonner.

— C'est bizarre ce que je vais dire mais, j'ai un peu froid. Ou alors, c'est juste que j'ai faim. Bah quoi, tout prétexte est bon pour manger, non ? Attendez, je vous montre un truc.

Je tourne la caméra vers le ciel et fait un zoom sur les nuages qui s'en vont tous dans la même direction. Je ne suis pas sûre de garder ça au montage, c'est nul. Les gens s'en foutent que j'ai froid. Je retourne la caméra vers moi et réfléchis à ce que je leur racontais avant de parler des nuages.

— Je vais aller ranger mes affaires tout de suite. Sinon, je vais rester ici, sur ce transat. Je serais bien capable de me faire une petite sieste mais à cette allure, mes affaires seront toujours dans la voiture quand Mia va arriver. Pour info, elle arrive seulement lundi parce qu'elle...

Je m'arrête net de parler et tend l'oreille. La piscine fait un léger bruit de clapotement avec le filtre de l'eau mais je suis pratiquement sûre d'entendre autre chose. Je m'assieds, prête à aller voir à l'intérieur. Il y a bien du bruit. Que faire ? J'ai peur de m'avancer, je ne suis pas une aventurière dans l'âme. Pourtant, j'entends le bruit s'accentuer. Il faut que je fasse quelque chose. Alors que je franchis le seuil de la porte coulissante et que je suis entre l'intérieur et l'extérieur, je m'arrête net dans ma lancée parce que la porte s'ouvre à la volée et un mec entre en trombe.

— Bordel ! C'est quoi cette porte de merde ? s'énerve-t-il, tout seul.

Nos regards se croisent, je n'ose même plus respirer.

CHAPITRE 4
Liam

— Pourquoi est-ce qu'il y a toujours autant de monde sur les aires de repos ?

— Peut-être parce que c'est le premier samedi de départ en vacances ? me répond Colin au bout de la ligne.

— Il y a même la queue pour aller aux toilettes, c'est du n'importe quoi.

— Dis-toi que tu es enfin en vacances et que c'est tout ce qui compte, non ?

— Et tout coûte une blinde !

— Sinon, tu m'as appelé dans l'unique but de râler du début à la fin ou comment ça se passe ? m'interroge-t-il, agacé.

Je m'arrête de marcher dans les allées de la supérette et réfléchis à ce qu'il vient de me dire.

— Excuse-moi, frérot. C'est juste qu'avec Ambre ici, je suis en train de péter un câble !

— Attends, je comprends pas, t'es encore arrêté là ? T'étais pas censé être déjà arrivé ?

— Pourquoi tu en rajoutes des couches comme ça ?

— Je ne comprends pas où tu es là.

— J'ai dû faire un dernier arrêt pour elle, justement. Parce que l'aire d'autoroute de tout à l'heure n'était pas la bonne, tu comprends… expliqué-je en soufflant. Du coup, je me suis dit que j'allais en profiter pour t'appeler.

— OK, je comprends mieux… Comment tu vas, mec ?

— C'est un peu le fouillis dans ma tête mais on verra tout ça plus tard. Donc, je voulais t'appeler pour…

— Râler ? se moque-t-il.

Colin est mon meilleur ami. On se connaît depuis la petite enfance et l'un comme l'autre, se connaît par cœur. Pourtant, on a beau être comme des frères, sur certains points, nous sommes des opposés. C'est aussi pour cette raison que l'on s'entend aussi bien, nous sommes complémentaires.

— Très drôle, dis-je, ironique. Je t'appelais pour savoir si tout allait bien à la librairie ?

— J'attendais justement que tu sois arrivé avant de t'appeler...

— Il y a un souci ? m'inquiété-je.

— Eh, pète un coup, frère ! s'empresse Colin. Tu es sur la défensive depuis tout à l'heure alors qu'il y a rien du tout !

Je soupire. Je regarde autour de moi, cherchant où se trouve la sortie la plus proche.

— J'te rappelle plus tard, OK ?

Je n'ai pas le temps de rétorquer, que déjà, il raccroche. Il faut vraiment que je me détende.

Je respire plusieurs fois à pleins poumons et pour une fois, cela me fait du bien et arrive un peu à me calmer. À savoir que j'ai souvent tendance à être sur les nerfs ces dernières semaines, et j'ai beau tester toutes les astuces pour me calmer, cela reste très compliqué. À part aller au sport pour me défouler, c'est toujours difficile de redescendre en pression. Donc là, je suis étonné de réussir à calmer un peu mon rythme cardiaque.

Mon regard se perd dans le paysage qui m'entoure. Des voitures garées par dizaines, des gens qui marchent dans tous les sens, et je me concentre quelques instants sur des groupes assis dans l'espace vert ou même aux tables de pique-nique. J'y vois des familles, des potes, des amoureux... Les voir sourire m'apaise et je comprends que ça m'aide à me détendre. Je détourne les yeux et là, je bute sur deux personnes slalomant entre les voitures. Une nana et son mec. Instantanément, mon ventre se serre. Ambre. Je tente de respirer calmement, essayant de ne pas refaire monter ma tension, au risque de m'en prendre à quelqu'un et très vite.

J'aperçois, au loin, Ambre rire aux éclats, se dandinant au bras d'un mec. Celui pour lequel on a dû s'arrêter ici.

Je soupire à nouveau.

— Passons à autre chose, me dis-je.

Avant de retourner à ma voiture, je repense à ce que m'a dit Colin au téléphone « tu es en vacances, c'est tout ce qui compte, non ? ». Il a raison. Pourquoi me mettre dans ces états là pour elle ? Je dois faire avec. Elle a décidé de partir, et ce, malgré tout ce que je lui ai dit. Elle est assez grande pour prendre ses décisions.

Je décide de retourner à la supérette et d'y prendre plein de choses pour grignoter le temps de l'heure de route qu'il me reste à faire. J'attrape un peu de tout, paye et suis prêt à reprendre la route.

Avant de démarrer, j'envoie tout de même un texto à Colin :

> JE T'APPELLE QUAND JE SUIS ARRIVÉ.

***

Je me gare sur le trottoir juste devant le portail que je vais devoir franchir d'ici quelques minutes. Avant cela, je décide de rappeler Colin.

— T'es de bonne humeur ? me demande-t-il en décrochant.

— Ah, ah, dis-je en faisant mine de rire. D'ailleurs, toi, t'as l'air d'excellente humeur !

— Tu insinues que je ne le suis jamais ?

— Je dis juste que c'est beaucoup plus que d'habitude… T'as amené quelqu'un à l'appart', c'est ça ?

En plus d'être meilleur ami, cela fait quelques années que nous sommes en colocation.

— Alors ? Elle s'appelle comment ? demandé-je.
— Euh...Rachel, ou alors Billie ? Non, c'était Joyce !
— Tu sais plus, c'est ça ?
— Quelle idée de me demander son prénom aussi !

On rit de concert. Colin n'est pas ce genre de mec normalement mais suite à sa séparation, il a comme pété un câble. Trois ans, c'est le temps de relation qu'il a partagé. Pour Colin, c'est beaucoup. C'est la première fille avec qui il s'est réellement casé. Il a même vécu chez elle pendant un an, puis il s'est rendu compte qu'elle le trompait et à partir de là, son comportement avec les filles est devenu différent. Disons qu'avant, c'était un romantique. Il voulait trouver la bonne, se marier, fonder une famille. Maintenant ? Il veut juste s'amuser. Après tout, il fait ce qu'il veut, je ne suis personne pour l'en empêcher.

— Pourquoi tu m'as appelé tout à l'heure ? demandé-je, en redevenant sérieux.
— Ah oui, c'était juste pour te prévenir qu'il y a moyen que j'arrive lundi plutôt que mardi ! se réjouit-il.
— Sérieux ? Mais, comment ?
— J'ai pu décaler une livraison, et de ce fait...
— Celle de lundi après-midi ? le coupé-je.
— Yep ! Je la reçois cette aprèm, d'ici une petite heure, deux heures max, si je veux être précis. Du coup, il ne me reste que celle de lundi matin. J'ai tout tenté, mais j'ai pas pu la décaler celle-là.

En plus d'être meilleur ami, d'être coloc, nous sommes également co-propriétaires d'une librairie. Je ne me souviens plus exactement comme cela est arrivé mais, un jour, nous avons signé un papier et nous avons eu les clés. À vrai dire, j'ai toujours voulu avoir mon propre commerce et Colin, adore la littérature. C'est aussi simple que ça. Et cette aventure a commencé il y a six ans maintenant, alors que nous étions jeunes et sans aucune idée de comment fonctionne la gestion d'un tel commerce.

— Donc, tout ça pour te dire, que je serai là dans la soirée de lundi, reprend-il.
— C'est parfait !
Tous les ans, nous fermons la librairie pendant un mois. Souvent, à cheval sur le mois de juillet et août car c'est à cette période où la boutique est la plus calme. Et comme nous sommes des inséparables, nous partons toujours en vacances ensemble. Cette année n'échappe pas à la règle. La seule chose qui change cette année, c'est que Colin a dû décaler de quelques jours ses vacances car impossible de décaler des livraisons.
— De toute façon, je t'appellerai dès que je me mets en route lundi comme ça, tu sauras à peu près quand je serai là.
— Yes, on fait ça.
— Tu vas récupérer la location là de toute façon ?
— Oui, j'y vais là, dis-je en sortant de ma voiture. Je t'enverrai des photos pour te narguer avec la piscine.
— Connard, rit-il.
Je raccroche et traverse la route. Je découvre un petit portail exprès pour les piétons. Je m'empresse de le passer et me dirige vers ce qui semble être l'accueil. C'est assez drôle de voir que c'est dans une petite maison. C'est un peu ce qui nous a fait choisir ce lieu avec Colin. On a pour habitude de partir dans des hôtels où tout est compris, et où nous avons juste à profiter. Mais cette fois-ci, lui comme moi voulions du changement et par hasard, nous sommes tombés sur une maison. On a vu quelques photos et l'endroit avait l'air assez sympa et surtout, ça change de notre quotidien donc on a foncé et on a réservé.
Je passe la porte de l'accueil et trouve déjà cet endroit incroyablement reposant. Je lève la tête, impressionné par toute cette lumière quand j'entends quelqu'un toussoter sur ma droite. Instinctivement, ma tête suit le bruit et découvre un jeune homme derrière un bureau.
— Bonjour, je peux vous aider ? me demande-t-il, hésitant.

OK, je crois que je suis tombé sur le stagiaire.

— Oui, je viens car ma location commence aujourd'hui, expliqué-je en m'avançant pour le rejoindre. Je dois avoir mon mail juste là… dis-je au ralenti, cherchant dans ma boîte mail ledit courrier électronique. Voilà, c'est la réservation au nom de Smith.

Je suis d'accord, je n'avais pas besoin de mon mail pour donner mon nom mais comme c'est Colin qui s'est occupé de la réservation, il aurait pu mettre son nom par habitude.

— Je vais regarder ça, répond-il en se tournant vers son écran d'ordinateur.

Je le vois pianoter sur son clavier quand son expression du visage change. Il s'empresse de vérifier dans ce qui semble être un agenda, positionné juste à côté du clavier.

— Un souci ? ne puis-je m'empêcher de demander.

Je m'assieds sur le fauteuil face au bureau. Son comportement ne présage rien de bon.

— Pas du tout, monsieur. C'est juste que la page s'est fermée et euh…

— Et ?

— Je n'ai pas le code donc, je, euh…

— Comment ça, vous n'avez pas le code ? commencé-je à m'impatienter.

Son visage vire du blanc au rouge pour redevenir livide. C'est qui ce mec au juste ?

— Vous travaillez ici ?

— Oui, oui, bégaye-t-il. Je suis nouveau, veuillez m'excuser, monsieur.

Mon cœur tambourine. Vraiment, en ce moment, un rien me fait bondir. Là, le pauvre, il a le droit d'être nouveau et de ne pas tout savoir du métier. Ce n'est pas une raison pour que je mette dans cet état-là.

Je prends une grande inspiration et essaie de paraître sympa cette fois-ci.

— Vous avez le droit de faire des erreurs.

J'essaie de sourire en lui parlant mais vu sa réaction, ça doit plus ressembler à une grimace qu'à autre chose. Rien ne va, bordel !

— Reprenons du début, voulez-vous ? proposé-je.

— Merci, monsieur.

— J'ai une réservation au nom de Smith qui commence aujourd'hui. D'après le mail que j'ai reçu hier, je pouvais arriver dès midi.

Je jette un coup d'œil à ma montre et sans grande surprise, je vois qu'il est 13H45.

— Monsieur Smith Liam, c'est bien ça ? me demande-t-il, le nez penché sur son agenda.

— Oui.

— Est-ce possible d'avoir une pièce d'identité ?

Je lui sors mon passeport et lui montre également le mail de confirmation que j'ai reçu. Il attrape un carnet dans un tiroir et y note des informations trouvées sur mon passeport. Sans doute devra-t-il les rentrer dans l'ordinateur une fois qu'il aura de nouveau accès. Il relève la tête et me dit :

— Bien, vous avez la maison 12334. Voici les clés ainsi que le plan du domaine pour pouvoir vous repérer. Si vous avez la moindre question, n'hésitez pas.

— Très bien, merci, dis-je en récupérant ce qu'il me tend.

J'ai comme cette sensation qu'il manque quelque chose mais je ne saurais dire quoi. Je laisse quelques secondes passer, je vois qu'il ne cherche pas à reprendre la discussion, je lui fais un signe de tête et me lève de la chaise.

— Bonne journée, le salué-je en sortant de son bureau.

Je me dirige vers le portail pour pouvoir retourner à la voiture. Je m'empresse de me mettre derrière le volant, et je m'arrête devant la grande porte. Je récupère le dossier qu'il m'a donné et trouve directement le code qu'il me faut. Je découvre en même temps le plan du domaine.

— C'est plus grand que ce je pensais. Je sens qu'on va passer une bonne semaine, me dis-je en contemplant le plan.

Un bruit de klaxon retentit derrière moi et me fait sursauter. Tellement concentré sur le plan, je n'ai pas fait attention qu'il y avait du monde derrière moi. Par chance, mon œil est attiré par une information écrite en haut de la feuille. Le code qu'il me faut pour ouvrir le portail.

Je me dépêche de l'écrire sur le digicode et le portail s'ouvre. Je fais signe au chauffeur derrière moi pour m'excuser de l'attente. Je reprends le plan en main et suis du doigt le chemin que je dois prendre. Même s'il n'y a pas de piétons aux alentours, je fais bien attention de rouler au pas.

— Pour du changement, il y en ! Colin a fait fort.

Clairement, je ne suis jamais allé dans un endroit comme celui-ci. On voulait se dépayser, rien que là, c'est déjà une réussite.

Je tourne à gauche, pour atterrir dans une allée. Et la maison que nous allons occuper se trouve tout de suite sur la gauche.

— Qu'est-ce que…

J'arrête la voiture net.

— Pourquoi il y a une voiture devant la maison ? Qui se permet de se garer devant chez les autres ?

Je soupire.

— C'est pas comme s'il y avait trois places de parking juste à côté !

Je m'agace. Je suis à deux doigts de me coller à la voiture juste pour faire chier le monde puis me ravise et me gare sur l'une des places disponibles juste à côté.

Je décide de laisser toutes mes affaires dans la voiture. Je préfère faire le tour du propriétaire tranquillement et ensuite, je m'installerai comme il faut.

Je fais le tour de la voiture garée devant la maison et ne peux m'empêcher de jeter un coup d'œil à travers les fenêtres. La voiture est remplie à l'arrière. Des sacs de provisions prennent toute la place et je découvre ce qui semble être une couette et un oreiller, à l'avant, côté passager.

— J'espère que la voiture va vite bouger pour que je puisse décharger mes affaires sans devoir galérer à chaque passage, me dis-je à moi-même.

J'attrape la clé et m'empresse de l'insérer dans la serrure. Je suis impatient de découvrir l'intérieur de la maison. Je sens que quelque chose bloque.

— Bordel ! C'est quoi cette porte de merde ?

Oui, je râle, mais là c'est bon. J'ai l'impression que tout est fait pour que je sois à cran encore une fois aujourd'hui. Je tente de mettre un coup d'épaule dans la porte, peut-être que ça va m'aider à débloquer la serrure. Je trifouille encore avec la clé et par miracle, elle s'ouvre à la volée. Le principal, c'est que j'ai su l'ouvrir. Avant de la refermer, il faudra que je pense à la regarder de plus près pour voir si quelque chose n'est pas coincé et surtout, voir avec l'accueil pour me régler le souci au plus vite.

Alors que j'ai les yeux fixés sur la poignée que j'ai encore dans la main, je sens une présence autour de moi. Instinctivement, je relève la tête et découvre une jeune femme.

CHAPITRE 5
Liam

Nos regards se croisent. J'ai l'impression que j'arrête de respirer pendant une micro seconde, j'essaie de comprendre la situation. Je viens de galérer à ouvrir la porte pour ensuite, tomber sur cette jeune femme qui se trouve à l'intérieur de la maison.

Je la regarde un peu plus attentivement, elle est comme figée. Vu sa position, je dirais qu'elle était à l'extérieur et qu'avec tout le vacarme que je faisais avec cette foutue porte, elle a dû rentrer pour venir voir ce qu'il se passait. Sauf que je suis rentré plus vite que prévu et la voilà, totalement bloquée.

Cependant, cela n'explique pas pourquoi elle est à l'intérieur de *ma* maison. Son short en jean et son débardeur blanc m'indiquent qu'elle n'est pas la femme de ménage des lieux. Ni quelqu'un qui travaille ici car elle n'a aucun badge qui me l'indique.

Mon cerveau n'a pas le temps d'y réfléchir plus longtemps que la nana reprend vie et me dit :

— Je peux savoir ce que vous faites ? Et, qui êtes-vous ?

J'ouvre la bouche pour lui répondre quand elle ajoute :

— Ne répondez pas à la seconde question. Je sais qui vous êtes.

Je m'apprête à répliquer quand je réalise ce qu'elle vient de me dire.

— Comme ça, vous savez qui je suis ?

— Vous êtes le mec de l'autoroute. Celui qui renverse sa boisson, celui qui se marre et qui se barre sans s'excuser.

Elle s'avance vers moi, énervée. Maintenant que je prends le temps de la regarder, ou plutôt, de regarder son visage au lieu de sa tenue, je percute qui elle est. Effectivement, c'est la nana de l'air d'autoroute. La blonde avec les cheveux détachés. Celle qui se prenait en photo avec des ados. Cela me fait penser que je ne sais toujours pas qui elle est.

— Et vous ? Vous êtes qui ? lui demandé-je enfin. Et, qu'est-ce que vous faites ici ?

Elle s'arrête à deux mètres de moi.

— Pardon ? s'étonne-t-elle.

— Ma question est très simple.

— Je vous rappelle que vous venez de débarquer dans ma location, c'est à vous de répondre aux questions et non l'inverse.

— Votre location ?

— Vous le faites exprès ? dit-elle en perdant patience.

Ses questions commencent à me faire monter en pression à mon tour.

— Écoutez, on va mettre les choses au clair une bonne fois pour toute parce que c'est en train de me soûler ! annonce-t-elle.

— Honneur aux dames, dis-je en lui faisant signe de commencer.

Je suis tout bonnement pas d'humeur à commencer à me chamailler sinon je vais rentrer dans le tas. Il faut qu'elle parle, histoire de prendre du temps pour lui expliquer ce que je pense.

— C'est très simple, je suis en vacances, ici, dans cette maison, précise-t-elle en faisant de grands gestes autour d'elle. Je rends les clés samedi prochain.

Elle ferme les yeux et soupire.

— Elle est pas nette celle-là, murmuré-je.

Elle rouvre les yeux et m'assassine du regard. M'a-t-elle entendu ?

— Et vous ? C'est quoi votre histoire ?

Au ton de sa voix, je pense qu'elle a entendu ce que je viens de me dire mais fait comme si de rien. Après tout, j'ai le droit de penser ce que je veux, non ?

— Alors ? me presse-t-elle.

Va falloir tout de même qu'elle se calme parce que je sens que la suite de la conversation ne va pas lui plaire et j'ai pas envie d'être son punchingball humain.

— Alors… commencé-je, doucement. Je pense que nous allons avoir un souci car j'ai moi aussi loué cette maison. Et pour les mêmes dates. Soit, juste que samedi prochain.

— Impossible.

— Puisque je vous le dis !

— Je ne vous crois pas !

— Et comment aurai-je eu les clés si je n'avais pas loué cette maison ? demandé-je en montrant la clé restée dans la serrure.

Je vois ses yeux s'écarquiller. Je suis son regard et découvre qu'une seconde clé est déjà dans la serrure mais intérieur cette fois-ci. C'est sans doute pour cette raison que j'ai eu du mal à ouvrir la porte puisque la serrure était déjà occupée. J'entends qu'elle se met à faire les cent pas en soupirant à nouveau. En prime, je l'entends marmonner.

— Je peux savoir ce que vous dites ?

— Je parle toute seule, râle-t-elle. Ça ne vous regarde pas.

OK, cette nana est vraiment anormale.

— Là, on a un problème, on ne peut pas rester comme ça.

— Sans blague ! dis-je d'un ton arrogant.

Elle me lance un regard noir. Je remarque que ses narines se gonfler d'agacement et son visage se ferme. J'essaie de garder mon calme mais avec son attitude, c'est compliqué.

— Trouvons une solution, réponds-je simplement.

Elle s'arrête dans son élan et se tourne vers moi.

— Nous devrions aller voir madame Halliwell, propose-t-elle. Elle va trouver une solution.

— C'est laquelle ? demandé-je.
— Laquelle quoi ?
— C'est quelle sœur ?

Je vois qu'elle essaie de comprendre ce que je lui dis sans y parvenir.

— Prue, Piper, Phoebe ou Paige ?
— Vous êtes sérieux là ?

Au lieu de lui répondre, je ris. D'accord, la vanne n'est pas drôle mais elle était facile et tout le monde l'aurait faite. Je la vois lever les yeux au ciel, cela amplifie mon rire. Je suis fier d'avoir fait cette blague et ne regrette rien. Colin se serait marré avec moi, c'est sûr.

— Bon, on y va ? demande-t-elle, sérieuse.

Elle n'attend pas de réponse et se dirige vers la porte fenêtre restée ouverte pour la fermer d'un coup sec. Elle me rejoint sur le pas de la porte d'entrée.

— Par contre, j'ai une question, dis-je.
— Laquelle ?
— Qui est madame Halliwell ?

Elle marque un temps d'arrêt avant de me répondre. Comme si elle réfléchissait à la meilleure réponse à donner.

— C'est la dame de l'accueil et également la gérante des lieux.

Je réfléchis à l'information qu'elle vient de me donner.

— Et après, vous vous étonnez que j'ai dû mal à croire que vous avez loué quelque chose ici alors que vous ne savez même pas qui est madame Halliwell ?

Je l'écoute tout en fermant la porte à clé.

— Comment pourrai-je fermer cette porte si je n'avais pas loué cette maison ? la questionné-je en montrant la porte d'un mouvement de tête.

Je la vois fixer ma clé. Elle hausse les épaules en guise de réponse.

— On y va à pied ? proposé-je.

Elle hoche la tête de façon affirmative, trop occupée à réfléchir à ce que je viens de lui prouver pour la clé.

Je la vois faire le tour de la voiture garée juste devant la maison et là, ça me fait tilt. Cette voiture doit être la sienne ! Donc c'est normal qu'elle se soit garée devant, puisque… elle aussi a loué cette maison.

— Quel bordel ! marmonné-je.

L'accueil se trouve à peine à 500 mètres de la maison que nous avons louée. Le chemin se fait dans un silence de plomb, trop occupé à essayer de trouver une solution pendant qu'elle est incapable de lâcher son téléphone une seconde.

— C'est quand même important d'essayer de comprendre ce qu'il se passe, non ? murmuré-je pour moi-même.

Elle ne lève toujours pas la tête de son téléphone et continue de marcher à côté de moi. Nous arrivons devant la petite maison qui fait office d'accueil. Je la laisse passer devant moi pour, je l'avoue, essayer de voir son écran de téléphone. Elle s'en rend compte et s'empresse de le ranger dans la poche de son short, tout en me lançant un regard menaçant.

Elle se dirige vers le bureau de droite, celui où le jeune homme m'a reçu il y a peu. Sauf que là, j'ai la surprise de découvrir une dame, la cinquantaine, surprise de nous voir.

— Un souci, mademoiselle Davis ?

— Gros souci même, répond celle dont je ne connais pas le prénom.

C'est vrai ça, on s'est croisé plusieurs fois aujourd'hui sur des aires d'autoroutes, on se retrouve dans la même maison et on ne connaît toujours pas nos prénoms respectifs.

— Que se passe-t-il ? demande-t-elle, soucieuse.

— À priori, il y a un souci avec la location, commencé-je.

Les deux femmes se tournent vers moi, réalisant que je suis là.

— Nous avons chacun une clé, deux réservations différentes mais aux mêmes dates et dans la même maison. Donc, nous voici, finis-je en m'asseyant dans l'un des sièges devant le bureau.

— Je vois... répond madame Halliwell au ralenti. Vous êtes ... ?

Elle me regarde attentivement, attendant ma réponse.

— Monsieur Smith.

— Veuillez m'excuser pour ma question mais, quand êtes-vous arrivés ? Je ne vous ai pas encore vu.

— Il était 13H45 précisément quand je suis arrivé dans ce bureau. Je me souviens parfaitement avoir regardé l'heure sur ma montre car la personne qui m'a accueilli n'était.... Pas sûr que je puisse prendre possession des lieux, expliqué-je en choisissant mes mots avec précaution.

Ses sourcils se froncent, elle doit réfléchir à ce que je viens de lui dire.

— C'était un jeune, précisé-je. Il m'a clairement avoué être nouveau ici et de ce fait, il n'était pas très sûr de ce qu'il faisait....

Son visage s'éclaircit, elle sait de qui je parle.

— Effectivement, Timothy est nouveau est a commencé lundi seulement. Il y a encore pas mal de petites choses à apprendre.

— Je vois.

— Veuillez m'excuser pour la gêne, j'espère que tout s'est bien passé tout de même, me demande-t-elle.

— Dans l'ensemble, oui. Sauf cette histoire de double location finalement.

Madame Halliwell se contracte à nouveau, comme si elle avait oublié la raison de notre venue. Elle jette un coup d'œil à son ordinateur, puis demande :

— Via quel site, avez-vous réservé, mademoiselle Davis ?

— Je suis passée par le site du domaine directement, répond-elle dans la seconde.

— Et vous ? me demande-t-elle.

C'est un ami qui a réservé, et il me semble que c'est via un site dédié aux locations de vacances. Je ne connais pas le site en lui-même.

Elle regarde, attendant plus d'information. Je propose :

— Je peux lui téléphoner pour en savoir plus, si vous le souhaitez.

— Je vais essayer de regarder si je trouve plus de renseignements sur mes fichiers, sinon oui, je pense que le mieux serait de l'appeler.

— Je reviens.

Je récupère mon téléphone de ma poche tout en sortant du bureau. La sonnerie retentit sauf que personne ne décroche. Je tombe sur la messagerie. Je raccroche avant le bip sonore et rappelle dans la foulée.

— Allez, décroche !

Rebelote, je tombe sur la messagerie. Je décide tout de même de lui laisser un message.

— Faut que tu me rappelles au plus vite, il y a un problème avec la location. Je t'expliquerai mais grouille toi de me rappeler !

Tout en raccrochant, je percute qu'il doit être avec la livraison dont il me parlait un peu plus tôt. Je sais qu'il va me rappeler au plus vite, j'espère juste qu'on ne sera pas bloqué et qu'on arrivera à trouver une solution entre deux.

— Désolé, je n'arrive pas à le joindre, dis-je en me remettant à ma place.

— En vous attendant, j'ai su trouver quelque chose, explique-t-elle. Alors, avant toute chose, sachez que ce genre de chose n'arrive jamais. Je dirais même que c'est la première fois que j'ai le cas ici.

Je ne sais pas pourquoi, je sens que ce qu'elle va dire ne va pas me plaire. J'essaie de calmer les battements de mon cœur qui commence déjà à s'accélérer.

— En fait, l'explication est très simple. Vous avez dû réserver en même temps, ou quasiment en même temps, et le

lien ne s'est pas fait via l'un des sites. C'est sans doute à cause de celui que vous avez utilisé, dit-elle en me regardant. Puisque, mademoiselle Davis a utilisé celui du domaine, l'annonce s'est directement effacée. Alors qu'en passant par un site autre que le nôtre, le suivi ne s'est pas fait. Ce qui explique que nous avons deux réservations différentes pour la même maison.
— Et donc ?
Personne ne parle.
— Vous voulez dire qu'en 2023, ce genre de truc existe encore ? demandé-je, le plus calme possible.
— Apparemment, oui, répond madame Halliwell.
— Et vous, en regardant vos plannings, vous n'avez rien vu ?
Je secoue la tête, agacé par toute cette situation sortie d'un mauvais film. Je ne lui laisse pas le temps de répondre et ajoute :
— Et personne ne s'en est rendu compte en me donnant les clés tout à l'heure ? Vous avez combien de clés par location ?
Je le vois ouvrir la bouche pour répondre mais je l'en empêche en disant :
— En fait, j'aimerais juste que vous répondiez à une seule question : quelle est votre solution maintenant ?
Son regard passe de mademoiselle Davis, dont son prénom me reste inconnu, à moi et vice-versa. Soit elle réfléchit à une solution, soit elle cogite plutôt à la manière de nous dire qu'elle n'en a pas.
— Eh bien… je ne vais pas pouvoir faire grand-chose pour vous. Toutes les locations sont occupées, je n'ai pas la possibilité de reclasser l'un d'entre vous.
Est-ce que je le sentais venir ? Bien sûr ! Est-ce que je suis tout de même agacé ? Totalement !
— Ce qui veut dire ? demande celle assise dans le siège à mes côtés.

— Soit vous restez ensemble le temps de la semaine, soit l'un de vous deux doit partir.

CHAPITRE 6
Charlie

Je me mets à rire nerveusement. Je pressentais le truc venir de loin même si au fond de moi, j'espérais un dernier rebondissement. Loupé.

Je souffle. Sans doute pour la cinquantième fois aujourd'hui. Pour cette première journée de vacances, j'aspirais à autre chose.

Madame Halliwell nous regarde, silencieuse. En même temps, que peut-elle faire de plus ? Elle nous a bien fait comprendre qu'on avait que deux manières de régler le problème. Et concrètement, aucune des deux solutions ne me plaît.

— OK, dis-je. On va se débrouiller.

Je ne laisse pas le temps à madame Halliwell de répondre, ni même à l'autre-je-ne-connais-pas-son-prénom d'intervenir, que je me lève et sors du bureau. Je marche d'un pas rapide, comme si m'éloigner de l'accueil allait m'aider à y voir plus clair.

— Attends !

Je l'ignore et continue vers la maison. Ni une ni deux, la tension remonte et Liam explose.

— Écoute, cette histoire me fait autant chier que toi, donc commence pas avec ton comportement de gamine.

— Pardon ?

Il ne va pas commencer à monter sur ses grands chevaux celui-là ! Je m'arrête net de marcher. Sauf que je n'avais pas fait attention qu'il était juste derrière moi et en continuant sa course, il vient me percuter de plein fouet. Assez fort pour que je perde l'équilibre et me retrouve à terre. Il manque de me tomber dessus et, sans trop comprendre comment, se retrouve un peu plus loin de moi. Par chance, nous atterrissons dans un petit carré d'herbe, donc je n'ai pas trop d'égratignures sur les genoux. Ceci dit, toute cette situation m'agace au plus haut point.

Je me relève et continue ma marche jusqu'à la maison, le laissant là où il est tombé. Je récupère la clé dans ma poche et ouvre la porte. Dans la précipitation, je voulais me dépêcher pour refermer la porte à clé mais à quoi bon, puisqu'il l'a aussi.

J'entre et laisse donc la porte grande ouverte. Je décide de retourner sur la terrasse, sur le transat, là où je me sentais bien avant que tout dégénère.

En m'installant, je me rends compte que le soleil a tourné dans le ciel car le transat est en plein soleil. Moi qui avait froid tout à l'heure et qui, soit dit en passant, n'ai toujours pas mis de gilet vu tout ce qu'il s'est passé, cela fait du bien.

Je ferme les yeux, essayant de trouver une solution à tout ce bourbier.

Je ne sais pas combien de temps s'écoule, sans doute à peine quelques minutes, quand j'entends la porte d'entrée se claquer. Mon transat est dos à la porte fenêtre ouverte, cependant, je sens qu'il est là et cela m'agace déjà. Aucun bruit à part les clapotements de l'eau de la piscine. Je sens le soleil disparaître de mon corps, je sais qu'il en est la cause. Il s'est mis devant moi pour me faire comprendre qu'il est bel et bien présent.

— On peut discuter ? demande-t-il, calmement.

Sa manière de me parler me surprend. J'ouvre les yeux et me redresse.

— Il va bien falloir de toute façon, dis-je en lui indiquant le transat juste à côté du mien.

Il n'attend pas et s'y assoit.

— Déjà, pour commencer, c'est quoi ton prénom ? me questionne-t-il.

Sa question me fait sourire. C'est vrai que je ne sais pas du tout comment il s'appelle malgré toute cette embrouille.

— Je suis Charlie. Et toi ?

— Liam. Et donc, tu es censé être ici jusque samedi prochain, c'est bien ça ?

— C'est ça. T'es solo ?

— Pour le moment oui, mais j'ai un pote qui arrive lundi dans la soirée, m'explique-t-il. Et toi ?

— Pareil. Comment on fait pour décider ?

— Je te le dis, c'est ma seule semaine de vacances cette année, et il est...

— Et donc ? le coupé-je, faisant disparaître mon sourire.

— Il est hors de question que je la laisse passer, finit-il.

— Et qu'est-ce que tu en sais que ce n'est pas la seule semaine que j'ai aussi ?

Je le vois me regarder attentivement, comme si la réponse se trouvait dans ma manière de m'habiller ou de me tenir.

— Je suis ici pour les vacances et également pour le travail. Donc t'as pas le monopole du « faut que je me repose », dis-je en mimant les guillemets avec mes doigts.

— Tu travailles quand même, donc...

— Je ne vois pas en quoi ça te regarde, le coupé-je, agacée.

Je sens que ça va être compliqué de trouver un terrain d'entente vu comment c'est parti. Je réfléchis à ce qu'il vient de me dire et un détail m'échappe.

— Et elle est où ta bimbo ?

Son visage, qui était déjà tendu, se remplie de colère.

— Je ne te permets pas de parler d'elle comme ça.

— Tu ne réponds pas à ma question. Parce que si une nana doit arriver, j'aimerai être au courant.

— Elle ne viendra pas.

Il se lève de son transat et rentre à l'intérieur de la maison. Je pense que le sujet est à éviter et j'ai mis les deux plats dedans.

— En même temps, je ne pouvais pas deviner, marmonné-je. Et je m'en fiche en fait.

Je prends une grande inspiration, comme si cela à aller m'aider à reprendre mes esprits et à me concentrer sur la seule chose à faire :

— Comment faire pour qu'il se barre ? me demandé-je.

Je n'ai pas le temps d'y réfléchir plus longtemps que j'entends du bruit à l'intérieur de la maison. Je me dépêche de me lever du transat et arrivée à l'intérieur, je découvre qu'il est en train de déposer ses affaires.

— Tu fais quoi ?

Il ne me répond pas et sort de la maison, sans doute pour continuer de ramener ses bagages. Ni une ni deux, je sors et le rejoins à sa voiture.

— On a pas décidé de qui restait là, t'as pas à sortir tes affaires !

— Et moi je t'ai dit que je ne partirai pas !

— Et ça te donne le droit de me jeter dehors ?

Il attrape un gros sac de sport dans son coffre, le referme et se dirige vers la maison. Je le suis au pas, réfléchissant à toute allure quoi lui répondre.

— Je te préviens, la chambre du haut, c'est la mienne !

Je lui dis ça sans même m'en rendre compte. Est-ce que ça veut dire que je vais rester, alors que lui aussi sera là ? À croire que oui.

CHAPITRE 7
Charlie

— Il va falloir qu'on mette les choses aux claires.
— Sur quoi ? me questionne-t-il.
— Sur qui nous sommes, que j'en sache un minimum sur toi !
— Pourquoi faire ?
— T'as déjà vécu avec une inconnue ?
— T'as peur de moi, peut-être ?

La table de salle à manger nous sépare et je le vois attendre ma réponse.

— Je te connais absolument pas, qu'est-ce qui me dis que t'es pas un psychopathe ?
— C'est peut-être toi qui l'es, me rétorque-t-il.
— Si je dois vivre dans la même maison avec toi pendant une semaine, je veux en savoir un minimum. C'est la base de toute vie en communauté quand même !
— Si tu l'dis.
— À moins que tu comptes rester enfermée dans ta chambre tout le séjour ? Vu ton comportement de tout à l'heure, tu dois être…
— Stop, m'énervé-je. Tu sais quoi, je dois passer un coup de fil.

Il lève un sourcil, attendant la suite. Il doit penser que je dis ça pour changer de sujet.

— On mettra les choses au clair après parce que tu fais aucun effort pour que tout se passe bien.

— Bien sûr, princesse, dit-il de façon ironique.

Il n'ajoute rien et sors sur la terrasse. Sa manière de me parler me donne envie de hurler. Pour qui se prend-il ? Et pourquoi m'appeler princesse ? Il ne me connaît pas, il n'a pas à me juger en m'appelant de cette manière. Je regarde autour de moi, essayant de me calmer un peu.

— Je vais péter un câble !

Un son provenant de ma poche m'interpelle et me rappelle que je dois passer ledit coup de fil.

C'est un texto de Mia qui s'inquiète de ne pas avoir de mes nouvelles. Je m'apprête à monter dans ma chambre quand je réalise que je n'ai pas encore sorti mes affaires de la voiture. Je me dirige vers la porte et je pense à tous les sacs qui m'attendent.

— Le mieux, aurait été de sortir mes affaires, de les ranger et ensuite d'appeler. Mais, ça ne peut pas attendre. Je vais d'abord appeler, ensuite sortir mes affaires et peut-être que j'aurais enfin une conversation correcte avec celui-qui-ne-veut-pas-parler, dis-je en réfléchissant à voix haute.

Je n'attends pas plus longtemps et décide de monter dans ce qui va devenir ma chambre. Je ferme la porte et m'assieds sur le lit.

— Allô, Kenneth ?

— Hello, Charlie. Bien arrivée ? me demande-t-il.

— Oui et, justement, c'est pour ça que je t'appelle.

— Que se passe-t-il ?

— Rien ne va ! Vraiment, c'est la cata, ici !

— Attends, prends une grande inspiration et prends le temps de m'expliquer ce qu'il se passe.

Je me lève du lit et ouvre la petite fenêtre qui me fait face. Je suis côté jardin et j'aperçois un petit bout de la piscine. Et je découvre toute la partie fleurie que je n'avais pas regardé plus tôt lors de la visite de la maison. Je me surprends à trouver ça beau et m'apaise un peu.

Je lui raconte toute l'histoire, jusque dans les moindres détails.

— Attends, répète, s'il te plaît !

— La maison est louée à quelqu'un d'autre aussi.

— Comment c'est possible ?

— Ils ne savent pas. Ils comprennent pas. Sauf que ce n'est pas eux qui sont obligés de vivre avec un inconnu pendant une semaine.

— Tu sais s'il est sur les réseaux ? me demande-t-il, curieux.

— Ça change quoi ?

— Au moins, j'en saurai plus sur lui.

— Ah oui, pas bête. Mais je ne sais pas, sa tête ne me dit rien du tout.

— Il s'appelle comment ?

— Liam quelque chose... Smith, je crois.

Je l'entends pianoter sur un clavier d'ordinateur. Le connaissant, il a une page Instagram d'ouverte ainsi qu'une page google.

— Kenneth ? m'agacé-je.

— Il a peut-être un pseudonyme parce que je ne trouve rien de concret à ce nom. Il y a beaucoup trop de Smith pour que je tombe sur lui.

Il est tellement concentré sur ses recherches qu'il ne m'entend pas.

— Kenneth ? répété-je.

— Oui ?

— Tu t'égares là ! Je ne t'appelle pas pour que tu fasses des recherches sur lui mais pour t'expliquer que ça ne va pas du tout !

— Ah oui, excuse. Dis m'en plus.

— Mais c'est ça le problème, je ne peux rien te dire de plus !!

Je mets le haut-parleur, comme si le fait de ne pas entendre sa voix coller à mon oreille allait me calmer. Je commence à faire les cent pas tout en jetant des coups d'œil par la fenêtre.

— Qu'est-ce que tu veux que je fasse ? me demande-t-il, sérieux.

— Tu sais que je n'aime pas faire ça mais j'aimerais que tu envoies un mail ou que tu appelles directement.

— Qu'est-ce que tu veux que je leur dise ? Qu'ils ont merdé ? Je pense que...

— Oui, le coupé-je. Écoute, ils ont dit qu'ils n'avaient aucune solution de secours, que tout était loué. Et je n'y crois pas une seconde !

— Charlie, on est début juillet, c'est sans doute la vérité.

Je soupire. Il est de mon côté ou du leur, bordel ?!

— Appelle et s'il faut, tu les fais flipper.

— Qu'est-ce que tu as en tête ?

Je marque un temps d'arrêt.

— Non, ne fais pas ça, s'empresse-t-il de me dire.

Il sait très bien ce qu'il se passe dans ma tête.

— Et pourquoi pas ?

— Tu veux faire ça uniquement sur le coup de la colère et tu sais très bien qu'il ne faut jamais réagir à chaud.

— Ouais mais on dirait qu'il n'y a que moi qui...

— Qu'est-ce qu'ils t'ont dit à l'accueil ? me demande-t-il.

— C'est simple, soit, on reste comme ça, soit l'un de nous part.

— Elle t'as même pas proposé un dédommagement ou...

— Rien du tout ! crié-je. Je t'assure Kenneth, je suis à deux doigts de...

— NON ! hurle-t-il.

Pour le coup, j'ai l'impression de me prendre un savon par mon père. Et cette conversation tourne en rond, et ça commence à me souler sévère.

— Charlie, tu sais très bien qu'avec ton audience, tu peux carrément faire fermer son business !

— Et alors ? m'agacé-je.

— Tu vas le regretter. Tu ne fais pas genre de choses, tu t'en voudras si ça se passe mal.

— Écoutes, je…

— Non, toi, écoutes ! Tu sais très bien qu'avec la communauté que tu as sur insta et sur youtube, si tu dis quoi que ce soit, tu vas faire de la mauvaise pub et les gens t'écouteront et vont lyncher cet endroit.

— Mais…

— Je ne te dis pas de dire que tout est parfait non plus, ajoute-t-il. Juste, pour le moment, ne parle pas de ça et faire comme si de rien dans tes vlogs au moins.

— Tu veux que je mente ?

— Je te demande juste d'oublier de parler de ce détail-là, c'est pas mentir.

— Ça va être impossible, soufflé-je.

— Pourquoi ?

— Je te rappelle que je ne suis pas seule dans la maison donc même les *vlogs*[8] sont mis en périls.

Pour le coup, Kenneth ne sait pas quoi me répondre. Et c'est vrai que c'est délicat. Quand je pars en vacances, j'aime bien faire des *dailyvlogs*[9]. Car il faut savoir que j'adore me filmer toute la journée. Je montre ce que je mange, où je vais, ce que j'achète, les activités que je fais. Et après, je passe à la partie travail avec le montage de la vidéo et je la poste le lendemain matin. Donc les abonnés suivent mes vacances un jour plus tard, et ce, du premier au dernier jour de mes vacances.

De plus, ils savent que je pars toujours avec Mia et j'ai de la chance car ils l'adorent. Mia est toujours naturelle face à la caméra et se montre parfois sous son mauvais jour. Elle part du principe que l'on partage des

---

[8] Vidéo dans laquelle une personnalité publique détaille sa journée
[9] Vidéo journalière

moments avec nos amis. Pourtant, à chaque fois, avant de filmer, je lui demande toujours l'autorisation. Je pars du principe que parfois, elle ne voudrait pas être face à la caméra mais sa réponse est toujours la même : « *ils ont le droit de voir que j'ai des cernes et que je ne suis pas bien habillée* ».

Sauf que là, comment je suis sensée faire avec ce Liam-pas-sympathique dans la maison toute la semaine ? Cela sert à rien de lui demander l'autorisation de le filmer, je connais déjà la réponse.

— Charlie ?

— Oui, excuse, je réfléchissais.

— Et si cette fois-ci, tu laissais tomber les vlogs ?

— Hors de question, dis-je sur la défensive.

— Attends avant de répondre, je n'ai pas fini ! s'agace-t-il. Et si, pour une fois, tu faisais ton vlog sur la semaine ?

— Je déteste ça, tu le sais !

Je l'entends soupirer. Je me mets de nouveau à la petite fenêtre, les yeux rivés vers le ciel.

— Tes abonnés suivront ta semaine mais d'une autre manière, peut-être même qu'ils seront contents du changement, me rassure-t-il.

— Mouais… dis-je, peu convaincue.

Quelques secondes passent pendant lesquelles aucun de nous deux parle. De là où je suis, j'entends le clapotement de l'eau de la piscine. Je pense que ce sera le son que je vais préférer cette semaine.

— Je vais appeler l'accueil pour voir s'ils peuvent au moins faire un geste commercial et je reviens vers toi, OK ?

— Hum.

Il n'attend pas plus de ma part et raccroche.

Je reste quelques instants la tête levée quand une sonnerie se fait entendre. Je baisse le regard et découvre Liam, la tête levée vers moi, un regard noir. Ça s'annonce mal.

CHAPITRE 8
Liam

— Il faut que je décompresse avant de retourner à l'intérieur, sinon je vais péter un câble.

Je me pose sur l'une des chaises longues, face à la piscine.

— On va vraiment passer la semaine ensemble ? Mais qui fait ça ? Être en vacances avec des gens que tu ne connais pas ?

Mon téléphone émet une courte sonnerie, annonçant l'arrivée d'un texto.

— Quand on parle du loup, me dis-je en voyant l'expéditeur du message qui n'est autre que Colin.

> ALORS ? C'EST COMMENT ?

Tout se mélange dans ma tête, le problème de location, cette nana que je ne fais que de croiser depuis ce matin pour au final, se trouver ici à deux, madame Halliwell qui n'est ni Prue, Piper et encore moins Phoebe... Je relève la tête et vois la piscine.

— Je vais juste lui envoyer une photo de la piscine, ça fera l'affaire. Je lui expliquerai la situation quand tout sera réglé, aucun besoin de le souler avec ça.

Je me lève et me colle au mur de la maison, histoire d'avoir un plus bel angle. Je veux qu'il rage en voyant ce qu'il rate. Je prends le cliché et lui envoie.

Je remarque qu'il est déjà en train de me répondre car les pointillés s'affichent. Je souris, attendant sa réponse, quand j'entends une voix provenir de je ne sais où.

— Non, toi, écoute ! Tu sais très bien qu'avec la communauté que tu as sur insta et sur youtube, si tu dis quoi que ce soit, tu vas faire de la mauvaise pub et les gens t'écouteront et vont lyncher cet endroit.

Mon sang ne fait qu'un tour, je vois rouge. Dîtes-moi que je rêve !

Il faut que me rapproche, il faut que je sache si ce que j'ai entendu est vrai.

Je tends l'oreille et essaie d'entendre d'où provient la voix. Je longe le mur et me retrouve de l'autre côté de la piscine. J'entends la voix un peu plus fort et percute qu'elle vient du ciel. Je relève la tête et découvre une petite fenêtre ouverte.

— Sa chambre, dis-je.

Je me colle au mur, pour être sûr qu'elle ne m'entend pas.

— Je te rappelle que je ne suis pas seule dans la maison donc même les vlogs sont mis en périls.

J'ai un mélange de nausée et de colère qui montent en moi. Comment est-ce possible de ressentir toutes ces émotions en même temps ? Je sens que je vais vriller.

Je sais qu'il faut que je bouge de là sauf que c'est plus fort que moi, je dois continuer à écouter sa conversation. Elle s'est sans doute reculée de la fenêtre car je n'entends plus que ses réponses et non celles de son interlocuteur.

— Hum, fait-elle.

Vu sa manière de répondre, elles n'a pas eu les réponses qu'elle souhaitais. Et moi je suis comme bloqué, encore enragé face à ce que je viens de découvrir.

J'essaie d'expirer pour essayer de faire redescendre la pression sauf que ça n'a aucun effet.

Mon téléphone sonne à ce moment-là. Je me dépêche de le sortir de ma poche pour couper le son, ce n'est clairement pas le moment !

Et là, je sens un regard sur moi. Je n'attends pas et regarde vers la seule direction où je sais que je trouverai quelqu'un : sa fenêtre de chambre.

Vu sa réaction quand je lève la tête, elle comprend que nous allons avoir une discussion. Sauf que là, il vaut mieux que je me calme avant de lui parler sinon je vais être désagréable. Du moins, plus que tout à l'heure en tout cas.

Je me dirige vers la porte vitrée pour sortir de cette maison et je manque de percuter Charlie, qui elle, était en train de venir. Sans doute pour me rejoindre à l'extérieur.

— Désolée, me dit-elle en se reculant.

Je la fixe dans les yeux. Pourquoi me présente-t-elle ses excuses ? Parce qu'on s'est percuté ou parce qu'elle m'a caché qui elle est vraiment ?

— Est-ce qu'on pourrait... discuter ?
— Non.

Comme ça, ma réponse est claire et net.

Je n'attends pas plus et me dirige vers la porte d'entrée. Je pense à vérifier que j'ai bien ma clé de voiture dans ma poche, histoire de ne pas revenir comme un con, et sors de là en claquant la porte.

Je monte dans ma voiture et quitte le domaine. C'est à ce moment-là que mon téléphone sonne à nouveau. Je sais que c'est Colin avec cette sonnerie. Je décroche avec le Bluetooth de la voiture et hurle :

— C'EST UNE PUTAIN D'INFLUENCEUSE !

Un silence me répond. J'ai carrément un doute si j'ai vraiment décroché. Je vérifie le tableau de bord et la conversation est bien en cours.

Colin n'a pas le temps de rétorquer que j'enchaîne :

— Putain, j'te jure, j'ai envie de fracasser tout le monde ! Non mais, attends, quelle était la probabilité pour que je tombe sur une putain d'influenceuse ? MOI !!

Toujours le silence comme réponse, je continue :

— Le pire, c'est que j'allais m'excuser pour le jus de fruit de ce matin ! Quel con ! Qu'elle aille se faire foutre avec...

— Le jus de fruit de ce matin ? me coupe Colin.

— Hein ?

— Frère, je comprends rien à ce que tu racontes. Recommence depuis le début !

Je lui explique tout, absolument tout. Le coup du jus d'orange renversé sur elle contre ma volonté mais qui ne m'a pas empêché de rire, le fait de la recroiser deux heures plus tard dans un Starbucks.

— Qui, soit dit en passant, j'ai bien remarqué qu'elle aussi été étonnée qu'on se croise à nouveau. Le pire reste tout de même le moment où on comprend que l'on a la même location et qu'on aura aucune solution.

Ensuite, je lui raconte le moment où j'ai surpris sa conversation et que j'ai compris qu'elle était une influenceuse.

— J'ai une question, me dit-il après mon monologue.

— Vas-y.

— Elle s'appelle comment déjà ?

— Charlie. Pourquoi ?

— Oh, putain ! Je ne connais qu'une seule Charlie sur insta et je l'adore !

Ai-je précisé qu'il était accro à Instagram ? On peut lui sortir n'importe quel nom, il connaît. Donc là, je ne suis pas étonné de voir que son prénom ne lui soit pas inconnu.

— Et v'la le nombre d'abonnés qu'elle a !

— Je m'en tape.

— Arrête de faire ton rabat-joie, s'il te plaît.

— Est-ce que je dois te rappeler pourquoi ils me sortent par les trous de nez ces gens-là ? commencé-je à m'énerver.
— Tu la juges sans même la connaître.
— J'ai pas besoin de la connaître pour savoir qu'elle est comme tous les autres.
— T'es dur là quand même ! Peut-être...
— Tu veux pas non plus que je vous laisse seuls dès que t'arrives aussi ?
— Tu dis de la merde, Liam !
— C'est toi qui me cherches.
— C'est bon !

Plus personne ne parle. Sans doute est-il en train de réfléchir à la meilleure manière de rebondir après ça.

— Et j'y pense, t'as pas dit qu'elle avait une pote qui arrivait ?
— Elle arrive lundi, je crois. Mais j'en sais pas plus, réponds-je.
— Et si on voyait les choses autrement ?
— C'est-à-dire ?
— Pense qu'on va peut-être se faire des potes.
— Mais...
— Attends, me coupe-t-il. Même si ça dure que cinq jours, du moment que l'on passe du bon temps, c'est le principal, non ?

Je ne réponds pas. Là, à l'heure actuelle, je ne sais plus rien. On est dans une impasse

— En plus, on s'était dit qu'on serait rarement à la maison, donc pourquoi en faire tout un foin ? ajoute-t-il. Et si ça se trouve, une solution sera peut-être trouvée entre deux, qui sait !

J'essaie de prendre en compte tout ce qu'il me dit et finalement, il marque un point.

— Donc, écoute, retourne là-bas, met les choses à plat avec Charlie, et tu lui dis que ton meilleur pote arrive dès lundi pour détendre l'atmosphère, rit-il.

Sa réponse a tout de même le don de me faire sourire malgré moi.
— Tu as raison, je vais aller la voir, et avoir une discussion.
Il va juste falloir que j'arrive à rester calme, et ce n'est pas gagné d'avance.

CHAPITRE 9
Liam

Je me gare sur l'une des places du parking juste à côté de la maison. Je remarque que celle de Charlie est toujours là mais est à présent vide.

Je souffle un coup avant d'entrer dans la maison.

J'ai réfléchi sur la route du retour, et j'ai décidé que l'on devait repartir du bon pied. Laisser de côté ma mauvaise humeur et ma colère de ces derniers temps pour essayer d'établir une relation tranquille le temps de ces quelques jours de vacances.

Moins je la côtoierai, mieux ce sera tout de même pour moi. Je suis totalement différent à son contact, il faut que ça change. Je suis quelqu'un de bien, à moi de le montrer.

J'ai l'impression que c'était il y a une éternité déjà !

— Comment est-ce possible que ce n'était que ce matin ? me dis-je. Je déteste quand les journées sont comme ça, bordel !

Personne dans la grande pièce de vie, je passe un coup de tête pour regarder dehors, mais personne ni sur les transats ni dans la piscine. Je décide d'explorer un peu la maison car à part l'extérieur, je n'ai rien découvert. Je suis le chemin est atterris dans ce que je présume être ma partie privée avec salle d'eau et chambre.

Avant d'appeler Charlie pour discuter, je décide de mettre mes affaires sur le lit. J'y dépose ma grosse valise et mon sac de sport, rien de bien extravagant.

Je reviens à la salle à manger, réfléchissant à comment engager la conversation avec elle sachant qu'en partant tout à l'heure, je n'ai pas non plus été des plus charmant.

Je me mets face à l'escalier, prêt à l'appeler quand le bruit de la porte de sa chambre me fait sursauter. Elle vient de s'ouvrir et Charlie descend les escaliers à toute vitesse.

Je me redresse pour lui faire face.

Elle s'arrête dans les escaliers comme si elle était étonnée de me voir. Ce que je peux comprendre, mais n'ayant pas récupéré mes affaires, elle savait très bien que j'allais revenir à un moment donné.

— Salut, dis-je.

— Salut, répond-elle.

Alors, petit un, je ne savais pas quoi dire. Petit deux, je note qu'elle m'a tout de même répondu.

Elle finit de descendre les dernières marches et récupère un énième sac qui est encore échoué près de l'entrée.

Elle me regarde, ne sachant pas trop quoi faire et remonte dans sa chambre. Je remarque qu'elle n'a pas fermé sa porte.

— Est-ce que ça te dit qu'on discute après ? lui demandé-je.

Aucune réponse. Je me demande si elle a bien entendu ce que je viens de lui dire.

— J'aimerai qu'on mette les choses au clair avant de commencer cette semaine... ensemble.

— Je suis d'accord.

— Tu me diras quand tu es dispo ?

— OK, répond-elle simplement.

Je décide d'aller vider mes affaires, en attendant qu'elle redescende pour que l'on puisse parler.

Finalement, j'ai le temps de débarrasser mes affaires sans entendre une seule fois Charlie. Je sors de ma chambre, fais un tour dans la cuisine et remarque qu'elle a emmené pas mal de choses à manger. Note à moi-même : aller faire des courses avant que les magasins ne ferment.

Alors que je me sers un verre d'eau du robinet, j'entends quelqu'un marmonner quelque part dans la maison. Je pose mon verre dans l'évier et me dirige vers le salon. Personne. En m'avançant, j'entends que ça provient de l'extérieur.

Je découvre Charlie installée sur l'une des chaises longues avec un jus d'orange à la main.

— Salut, dis-je en m'asseyant juste à côté d'elle.

— Salut, répond-elle en tournant la tête pour me regarder.

Je trouve ça étrange de parler comme ça et en même temps, ça permets d'y aller en douceur après tout ce qui s'est passé aujourd'hui.

— On est d'accord sur une chose, commencé-je, ni toi ni moi ne voulions que ça se passe comme ça.

Elle boit une gorgée de sa boisson, attendant que je continue.

— Tu voulais ta semaine tranquille, je voulais la mienne également.

— Hum...

— Et je pense qu'il faut mettre les choses à plat pour que nous profitions chacun de notre semaine.

— Je suis d'accord. Que proposes-tu ?

— Que l'on se mette des limites.

— Par exemple ?

— Un truc simple, on ne va pas dans la chambre de l'autre ?

— Qu'est-ce qui te fait dire que j'ai envie d'aller dans ta chambre ? m'interroge-t-elle.

— J'en sais rien. On sait jamais.

Je la vois lever un sourcil.

— C'est juste une règle de base quand tu vis à plusieurs, je n'insinue rien, ajouté-je.

— OK... Quoi d'autre ?

— Je pensais que tu aurais pu m'aider à trouver aussi !

— Tu ne touches pas aux courses qui sont dans le frigo ni à côté.

Je lève les yeux au ciel. C'est la seule chose dont elle a pensé ? Alors que moi, c'était logique. Ce sont ses affaires, je n'ai pas à les toucher. Je sais respecter les gens un minimum.

— Je ne comptais pas y toucher, je te rassure.

— Bien.

— D'ailleurs, pourquoi t'as pris autant de bouffe ? T'es pas censée être là qu'une semaine ?

— Si.

C'est moi ou elle fait aucun effort pour faire la discussion ?

— Je te rappelle que j'ai ma meilleure amie qui arrive lundi. Et que nous sommes en vacances. J'ai pas envie de me prendre la tête à faire les courses, puis on aime bien grignoter, finit-elle.

— Tout l'inverse de nous.

— De vous ? répète-t-elle.

— Colin et moi. En vacances, on aime bien se faire des restau.

— Hum, fait-elle en haussant des épaules.

Je remarque que son visage se ferme. Étrange. Je rebondis et enchaîne :

— Tu peux me dire où se trouve le magasin le plus proche ? Je vais quand même aller acheter des petits trucs.

— Je ne sais pas.

— Tu veux pas me le dire, c'est ça ?

Elle ne répond pas.

— Pourquoi t'es fermée tout à coup ? J'ai dit un truc interdit ?

Je commence à perdre patience. Cette conversation est totalement inutile.

— Non, répond-elle simplement.

Je soupire. Sa réaction m'affirme que cela ne sert à rien d'être sympa, qu'elle reste dans son coin. Je me lève et là, en une fraction de seconde, j'éclate.

— T'étais en train de filmer depuis tout à l'heure ???

Contre le mur, à l'aide d'un petit trépied, son téléphone est tourné vers nous. Aucun doute qu'elle filme. Qui poserait son téléphone de cette manière sinon ?

Sa tête fait des va et vient entre son téléphone et moi.

— Au moins, ça confirme ce que j'ai entendu, t'es une putain d'influenceuse !

Elle se lève d'un bond et pars récupérer son téléphone.

— Tu viens de dire quoi là ? s'énerve-t-elle.

— T'as très bien compris !

— Je ne suis pas qu'une putain d'influenceuse comme tu dis si bien, je…

— T'es comme les autres, pas besoin de te justifier, la coupé-je.

— Et toi, tu n'es qu'un connard prétentieux !

— De mieux en mieux ici, dis-je en m'avançant vers elle. Tu parles pas depuis tout à l'heure et le seul moment où tu ouvres la bouche, c'est pour m'insulter ?!

— C'est pas ce que tu viens de faire avec moi, peut-être ?

— J'ai essayé d'être sympa avec toi ! rétorqué-je.

— Insulter les gens de putain, c'est vrai que c'est être sympa !

Elle s'avance d'un pas vers moi, on se retrouve très proche. Elle me soutient d'un regard très intense, rempli de colère vu ce que je viens de lui dire.

— Qu'est-ce que ça peut te foutre de ce que je suis ? demande-t-elle,

— Justement, de base j'en ai rien à foutre. Mais les gens comme toi, non merci.

Je m'apprête à reculer, prêt à partir quand elle tape de son index sur mon torse tout en me gueulant dessus.

— Écoute-moi bien, tu es absolument personne pour me manquer de respect comme t'es en train de le faire !

— Et toi, t'es qui pour me filmer à mon insu ?

— Pour ta gouverne, je filmais avant que t'arrives…

— T'es pas sensé me faire signer un papier ou quelque chose comme ça, si tu ne veux pas que je fasse des poursuites ? la coupé-je.

Elle a un mouvement de recul. Ses yeux sont remplacés par des flammes.

— Tu veux jouer à ça ? rugit-elle.
— C'est toi qui me cherches ! Je t'interdis de me filmer !
— Relax, je comptais pas te filmer de toute manière !

Elle se penche sur son téléphone et dit :

— Je vais même faire mieux, je vais supprimer directement la vidéo, comme ça, monsieur sera soulagé.
— Il y a intérêt qu'elle soit supprimée !

Elle me laisse en plan et rentre dans la maison. Je pense qu'elle n'avait pas d'autre argument face à moi car elle sait que j'ai raison. Au bout de quelques secondes, j'entends une porte claquer. Soit elle est partie de la maison, soit elle est partie s'enfermer dans sa chambre.

— Pire qu'une ado... C'est du n'importe quoi, dis-je pour moi-même.

Je rentre dans la maison et me pose sur le canapé.

J'ai le palpitant à cause d'elle. Elle m'agace ! J'ai essayé de mettre de côté ma façon de penser et être sympa avec elle, et voilà comment ça se passe encore une fois.

Je ferme les yeux et souffle plusieurs fois pour me calmer.

— Elle ne va pas gâcher mes vacances, il en est hors de question !

J'ouvre les yeux, prêt à trouver des solutions pour améliorer cette journée.

Il faut que je regarde si je trouve des bons plans dans les alentours avec les choses essentiels à savoir. Je découvre, sur la table basse devant moi, une pile de documents présentant les marchés locaux qu'il y a chaque jour, les activités, il y a même une liste des restaurants phares de la région ainsi qu'un répertoire avec tous les types de magasins comme les supermarchés et les boutiques de souvenirs.

Alors que je passe les feuilles une à une, mon œil est attiré par un livre posé sur le fauteuil en face du mien.

Je trouve cela étrange qu'il soit posé là et non ici sur la table basse avec le reste. Par curiosité, je me penche et regarde le livre d'un peu plus près. Je comprends instantanément que ce livre n'appartient pas à la propriété mais à Charlie.

Je sens la déformation professionnelle poindre le bout de son nez, et je vais plus loin dans mon analyse.

Juste avec la couverture, je comprends également de quel genre de livre il s'agit. C'est très solaire, avec des tons bleu clair, blanc, avec un couple qui se sourit. Rien qu'à ces détails, je comprends que l'histoire se passe en période estivale.

Je penche un peu plus la tête pour regarder le titre et lis « Love Diary » écrit par Floriane Joy.

Je tique sur le nom car j'ai l'impression qu'il me parle mais n'arrive pas à situer où.

— Fallait bien qu'elle fasse partie de ces gens qui lisent ces débilités... J'suis même pas étonné.

— Tu fouilles dans mes affaires ?

Je me surprends à me remettre correctement dans le fauteuil, comme pris la main dans le sac d'avoir regardé son livre. Je fais comme si de rien. Elle enchaîne :

— T'en as pas marre de me juger ?

Elle se penche et récupère son livre. Elle me toise, prête à me sauter à la gorge pour me faire payer ma manière de lui parler.

— Sache que des cons, j'en ai vu, mais putain toi, tu t'es au-dessus de la liste !

Elle ne me laisse pas le temps de répondre et s'en va. En même temps, que dire à ce qu'elle vient de me dire ? C'est vrai que je n'ai pas été le mec le plus sympa mais de là à dire que je suis un con...

— Mmh, c'est vrai, me dis-je.

Je regarde l'heure et découvre que l'après-midi est déjà passée. Il faut que je file vite faire des courses sinon je vais me retrouver sans rien à manger.

Je rassemble les feuilles que je viens de regarder, je remets de l'ordre avant que cela ne me retombe dessus.

Je me souviens avoir vu un supermarché pas loin quand je suis arrivé ce midi, je vais bien finir par le retrouver.

— Allons prendre l'air loin d'ici, ça va faire du bien.

CHAPITRE 10
Charlie

— Mais, puisque je te dis que c'est un connard, ce mec !
— Redis-moi tout, s'il te plait !

Je soupire. Mia m'a appelé au moment où je me posais pour essayer de lire un peu mon livre, histoire de me changer les idées. Avec tout ce qu'il s'est passé dans l'après-midi, j'ai oublié de la prévenir que j'étais arrivée et installée.

— Il m'a insultée de putain d'influenceuse... dis-je, la voix enrouée.

Je suis venue en vacances pour essayer de souffler un peu, pas pour me prendre ce genre de réflexion dans la tête. Je sais que ce métier ne plaît pas à grand monde, mais jamais personne ne m'a parlé de cette manière-là.

— C'est parce qu'il ne te connaît pas !
— Raison de plus ! Depuis quand tu parles comme ça à quelqu'un que tu ne connais pas ?
— Tu viens de le traiter de connard, c'est un peu pareil, non ?
— Non.

Bien sûr que si c'est pareil mais, je n'ai pas envie de le dire à voix haute. Il me juge, je le juge aussi. C'est donnant donnant, point barre.

— Bref, j'ai plus envie qu'on en parle, OK ? la supplié-je.
— Est-ce que t'as pensé à prendre le Uno avec toi ? me demande-t-elle.
— Ah, non ! Je l'ai complètement oublié ! Pense à le prendre, hein !
— T'inquiète, je gère.

Ça, c'est un des pouvoirs de Mia, changer de sujet aussi vite que son ombre et sans jamais rien demander.
— Et est-ce que tu as déjà vu s'il y avait des marchés nocturnes ?
— Je crois qu'il y a des papiers quelque part dans la maison avec les renseignements, je regarderai demain.
— T'as intérêt !
Les marchés nocturnes, c'est notre péché mignon quand on part en vacances. Ils ont un petit truc en plus que les marchés du matin n'ont pas.
On raccroche et je décide de m'allonger quelques instants.

***

Je me réveille sans même me rendre compte que je m'étais endormie. Je devais être complètement claquée avec la route et tout le reste. Je regarde l'heure sur mon téléphone : 23H10.
— La galère.
J'aurai dû mettre un réveil pour ne pas dormir si longtemps. Le tout va être de ne pas trop me décaler pour le reste de la semaine.
Je m'étire et file sous la douche pour me rafraichir. Je mets une tenue où je me sens à l'aise, soit un t-shirt et un short fin aux couleurs pastel.
Dès que j'ouvre ma porte de chambre, je comprends que Liam est là car j'entends un bruit de fond.
Je passe la tête et le vois dans l'un des canapés, avec la télévision allumée.
— Bon, quand faut y aller… me dis-je. Je ne vais pas rester enfermée dans ma chambre toute la semaine.
Tout en descendant les escaliers, mon ventre se met à gronder.
— Je vais faire un détour par la cuisine.

Les marches grincent sous mon poids mais je remarque que Liam ne se retourne pas pour autant. Cela me laisse un peu de temps de répit avant d'aller le rejoindre. Vu comment la conversation s'est terminée tout à l'heure, je ne sais pas du tout comment ça va se passer à présent entre nous, ni l'ambiance qu'il y aura.

J'ouvre le frigo et attrape ce qu'il me faut pour me faire un sandwich. Je pose tout sur un plateau, récupère de l'eau pétillante au passage et pars en direction de la table côté salle à manger.

— Tu peux venir t'installer là, je ne vais pas te manger, me dit Liam.

Je sursaute, ne m'attendant pas à ce qu'il m'adresse la parole.

— Désolé, je ne voulais pas te faire peur, ajoute-t-il en me regardant.

— C'est pas grave.

Tellement concentrée sur le fait que mon paquet de chips était en équilibre sur le plateau que je n'ai pas fait attention qu'il s'était tourné pour m'observer.

— Je pensais que tu t'étais endormi et je ne voulais pas te déranger, expliqué-je en m'approchant du second canapé.

À vrai dire, je ne me voyais pas venir dans le canapé, assise en face de lui, pour manger mon bout de pain tout en étant observée sans savoir si nous allions parler ou non. Et surtout, je voulais éviter une énième dispute.

— Tu peux me dire clairement que tu avais peur que je t'observe tout en te snobant, dit-il en souriant.

Grillée.

— Et si on repartait de zéro ? me propose-t-il.

— C'est-à-dire ?

— On oublie tout ce qu'on a pu se dire depuis qu'on est arrivé et on fait comme si de rien.

— Et pourquoi ce virement de situation ?

Bah quoi ? C'est bizarre, non ?

— Nos potes arrivent lundi, ça pourrait être bien de ne pas s'entretuer d'ici là, non ?

Je le regarde, essayant de comprendre s'il se fout de moi ou pas.

— Et clairement, je vais être honnête avec toi, c'est ma seule semaine de vacances et j'ai envie d'en profiter sans me prendre la tête. Si je suis venu ici, c'est pour souffler et changer d'air. Si je voulais être sur les nerfs, je serais resté chez moi.

Il se penche pour récupérer sa canette de soda et en boit une gorgée.

— Je ne te dis pas que l'on va devenir les meilleurs amis du monde, juste, que l'on reste poli l'un envers l'autre. Ça pourrait être bien. Au moins pour commencer.

Sur ce coup-là, il n'a pas tort. Je n'ai pas l'habitude d'être autant sur la défensive et de mal parler aux autres mais je pense que là, avec tout ce qu'il s'est passé aujourd'hui, c'était la goutte qui a fait déborder le vase. La grosse goutte même. Qui a fait déborder un énorme vase !

— OK, dis-je en me redressant.

— Tu es d'accord ? me demande-t-il, surpris.

— Oui, réponds-je simplement. Tu as raison, nous sommes des adultes, nous savons être civilisés quand on est en présence d'autres personnes.

Il acquiesce.

— À ce nouveau départ, dis-je en tendant la main au-dessus de la table basse.

— À ce nouveau départ, répète-t-il en serrant ma main.

Il fait un petit sourire en coin, le même que ce matin quand le jus d'orange se renversait sur moi. Cela me fait d'ailleurs penser que je dois impérativement mettre mon sweat à laver après.

— Bon, c'est pas que je m'ennuie, mais je vais aller me coucher, me salut-il.

Je me contente de lui sourire, ne sachant quoi dire à part un « bonne nuit ».

— Tu vas au marché demain matin ? me demande-t-il avant d'aller dans sa partie privé de la maison.

— Oui, c'est une habitude de vacances. Impossible de manquer le marché !

— Parfait, on pourrait y aller ensemble ?

Je manque de m'étouffer avec ma salive.

— On verra demain, OK ? dit-il en voyant ma réaction.

— Allons-y ensemble, réponds-je sans réfléchir.

— À demain.

Il referme la porte du couloir, me laissant seule face à mon plateau de nourriture et la télévision.

Plus cette journée avance, plus il se passe des choses auxquelles je ne m'attendais pas.

— Ça promet ces vacances…

CHAPITRE 11
Charlie

Mon réveil sonne. Pour la troisième fois. Je râle en appuyant de nouveau sur mon téléphone pour l'éteindre. À cet instant, je regrette la maxi sieste que j'ai faite hier après-midi parce que je suis totalement décalée. Je me suis couchée à presque quatre heure. Je n'avais pas d'autre choix que de mettre un réveil sinon je dormais jusqu'à midi.

La sonnerie retentit à nouveau, sans doute le premier rappel qui se met en action. J'ai envie de balancer mon téléphone à travers la pièce, histoire d'arrêter cette satané musique que je ne supporte plus.

J'ouvre difficilement les yeux pour regarder l'heure qu'il est. L'écran affiche 9H28. J'ai eu trente minutes supplémentaires, mais là, il est plus que temps de se lever.

Je garde mon téléphone en main et me dirige vers ma salle de bain privée. J'en profite pour éteindre tous les réveils que j'avais programmé. Soit un tous les quarts d'heure avec chacun d'entre eux, des rappels toutes les dix minutes. Ce qui fait un paquet de sonnerie pour réussir à me faire lever. Mais je me connais, et après la journée d'hier, sans réveil, jamais je ne me serais levée et ma semaine aurait été pourrie car j'aurais été en décalé. Donc, OK, ça va être compliqué aujourd'hui mais c'est pour mieux savourer la semaine.

Autant se rassurer comme on peut parce que là, je n'ai qu'une envie : retourner dans mon lit.

Je me passe un coup d'eau fraîche sur le visage, histoire de me réveiller un peu plus. Je récupère mon téléphone et sors de ma chambre.

En ouvrant la porte, l'odeur du café me titille instinctivement les narines. La meilleure odeur du monde selon moi, et je ne veux pas de débat là-dessus.

Je tourne la tête vers la pièce de vie que je surplombe et découvre de quoi petit déjeuner sur la table à manger. En descendant les marches, je regarde toutes les victuailles. Des viennoiseries, plusieurs jus d'orange, une thermos avec sans aucun doute le café, de la baguette fraîche et mêmes des pots de confiture.

Je jette un coup d'œil dans la cuisine, personne. Je jette un coup d'œil à la porte qui conduit aux quartiers de Liam et je découvre qu'elle est ouverte. Quand soudain, mon oreille est attirée par l'extérieur. J'ai l'intuition qu'il est dans la piscine.

J'avance doucement vers la porte vitrée, grande ouverte, et passe juste la tête pour regarder. Bah oui, je ne voudrais pas qu'il pense que je le surveille. Même si, en agissant de la sorte, c'est clairement ce que je suis en train de faire. Je me ravise et décide de sortir simplement sur la terrasse.

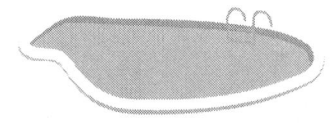

— Bah… il n'y a personne, murmuré-je.

Je m'avance vers la piscine pour vérifier et arrivée à deux pas de l'eau, Liam remonte à la surface. Il fait des allées et retours en apnée, c'est pour cela que je ne le voyais pas de là-bas.

Je le regarde quelques secondes, impressionnée par ce qu'il fait car j'en suis tout bonnement incapable.

Il se passe la main sur le visage pour enlever l'eau qui lui coule dans les yeux et son regard se dirige sur moi. Il me sourit.

— Bonjour, me salue-il.

— Bonjour.

J'ai répondu tel un robot. Je ne sais pas pourquoi mais depuis hier, je n'arrive pas à parler normalement. Il doit vraiment me prendre pour une tarée.

— Bien dormi ? me demande-t-il.
— Si on veut, réponds-je. Et toi ? Comment ça se fait que tu sois déjà dans l'eau ?
C'est vrai, qui va dans la piscine aussi tôt ?
— Depuis tout à l'heure, je suis sur le transat et elle m'appelait. Et je ne regrette absolument pas d'avoir plongé.
— Elle n'est pas froide ?
— Un peu, avoue-t-il. Mais après quelques minutes, elle est bonne. Tu veux venir ?
— Non merci, je ne suis pas une adepte de la baignade matinale.
— C'est parce que tu n'as jamais testé, explique-t-il. Après, tu vas avoir du mal à t'en passer.
— Mmh... Je préfère un café pour bien commencer la journée.
Il sourit à ce que je viens de lui dire.
— D'ailleurs, merci pour tout ce que tu as mis sur la table, me précipité-je d'ajouter.
— Avec plaisir, dit-il en me faisant un clin d'œil.
Il n'en ajoute pas plus et plonge à nouveau sous l'eau me laissant planter là.
Je n'attends pas plus et retourne à l'intérieur. Je prends la plus grosse tasse que je trouve et me sers un café. J'ajoute bien évidemment un peu de lait et deux sucres. Je laisse mes yeux vagabonder quelques instants sur la nourriture et me décide pour un croissant.
J'allume l'appareil photo de mon téléphone pour pouvoir filmer ce premier petit déjeuner de vacances.
— Rien de tel qu'un bon croissant accompagné d'un café pour bien commencer la journée, dis-je à la caméra.
La vidéo ne dure que quelques secondes à peine mais c'est largement suffisant vu que je ne fais plus de *dailyvlog*.
Je choppe une de mes casquettes laissées sur le meuble juste à côté de la table, je récupère ma tasse et mon croissant et décide d'aller déguster tout cela sur une des chaises longues du jardin. Autant en profiter.

Liam s'aperçoit que je suis de nouveau dehors, il reste dans l'eau et continue de nager. Il a raison, il n'a pas à arrêter parce que je me suis enfin décidée à me lever. Je prends le temps de flâner sur mon téléphone, profitant de répondre à quelques messages privés.

Je remarque beaucoup de messages d'abonnés qui me demandent à quelle heure seront postés les vlogs. Je me précipite vers ma storie pour essayer de comprendre étant donné que j'avais prévenu qu'il n'y en aurait pas. Et là, le pire truc qui peut arriver : ma storie ne s'est pas envoyée.

Donc soit j'ai éteint l'application avant qu'elle soit publiée. Soit, il y a à un problème de réseau.

— Je le sens mal, me dis-je.

— Tu m'as parlé ?

Je sursaute. Tellement concentrée avec cette histoire de storie, que je n'ai pas vu que Liam était sorti de l'eau.

— Excuse, je ne voulais pas te faire peur.

J'éclate de rire. Je me trouve idiote. J'ai sursauté comme si je cachais quelque chose alors que non. Même si, je pense que de ne pas parler de cette histoire de storie pourrait être une bonne idée.

— Non mais c'est moi, j'étais trop concentrée sur ce que je faisais. Et tu...

Je lâche mon téléphone des yeux pour pouvoir le regarder. Je m'arrête de parler net. Il est là, à deux mètres de moi, en maillot de bain, des gouttes dégoulinantes sur le torse. Mes yeux suivent l'une d'elle et elle dégringole sur son ventre musclé.

Je me rends compte de ce que je suis en train de faire et je panique. Je referme ma bouche, car oui, elle était bel et bien ouverte. Je sens le rouge me monter aux joues à toute vitesse.

Je ne réfléchis pas et engloutis la moitié de mon croissant d'un seul coup. J'évite soigneusement son regard, me concentrant pour ne pas m'étouffer avec tout ce que j'ai dans la bouche.

Je prends une petite lampée de mon café, histoire de m'aider à me faire passer le tout et là, je croise son regard.

Panique à bord, encore.

— Oui, allô ?

Sans scrupule, je fais croire que j'ai un appel. N'importe quoi !

Mon regard croise le sien à nouveau, il a les sourcils froncés. Comme je le comprends, je n'attendais pas d'autre réaction puisque je fais est un véritable sketch.

Il me fait signe qu'il revient, j'acquiesce tout en priant pour qu'il ne revienne jamais, tellement j'ai honte.

Je souffle tout en reposant mon téléphone.

— Mais, j'ai quel âge, bordel ?! Il m'a surpris en train de le mater et alors ?

Là, à cet instant précis, j'aimerais me plonger dans la piscine pour m'enlever ce moment gênant de ma mémoire.

Je n'ai pas le temps d'y penser plus longtemps que j'entends du bruit derrière moi.

— Ça t'embête si je me mets là ? me demande Liam en me montrant le transat à côté du mien.

— Non, vas-y.

— Je suis allé mettre un t-shirt, je ne voudrais pas que tu te sentes gênée.

Un clin d'œil finit d'achever sa phrase. Et moi en même temps.

Pour le coup, aucun doute à avoir, je suis rouge pivoine.

— Je te taquine, dit-il en souriant de toute ses dents.

Je décide de boire une nouvelle gorgée de café plutôt que de répondre. J'aurai trop peur de m'enfoncer encore un peu plus.

— T'avais un problème tout à l'heure ? demande-t-il sérieusement.

— Tout à l'heure ?

— Quand je sortais de la piscine, tu avais l'air soucieuse.

— Ah, euh... ouais. Je ne vais pas t'embêter avec ça.

— Dis toujours.

— Quand j'ai cherché un coin pour les vacances, je voulais un endroit un peu en retrait, histoire d'être... tranquille, expliqué-je en réfléchissant à mes mots. Mais là, on est tellement dans un coin perdu que c'est la merde avec le réseau.

Je vois son visage se fermer à mesure que je parle.

— Et bref, va falloir que je trouve une solution, dis-je simplement.

Il se contente de boire son café sans répondre. Petit rappel à moi-même : ne pas parler de réseau, ni même de téléphone aujourd'hui. Au risque de le faire péter un câble et qu'on soit de nouveau comme hier. Évitons ça. Je décide de changer de sujet sans attendre.

— Tu as l'habitude d'aller au marché vers quelle heure ?

— Je n'ai pas d'heure précise, c'est les vacances, dit-il en se détendant un peu.

— Ça te va si je vais me doucher vite fait avant de partir ?

— Qu'est-ce que tu appelles vite fait ?

— Dix minutes ?

Il me regarde d'un air de dire « je ne te crois pas un seul instant ».

— Mets un chrono et tu vas voir.

Je dépose ma tasse vide, ainsi que l'autre moitié de mon croissant que je n'ai pas encore mangé, sur le coin de la table. Je ne dis rien de plus et file à la douche.

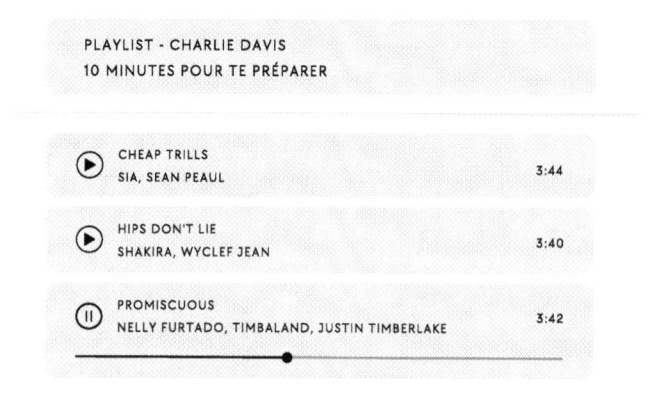

PLAYLIST - CHARLIE DAVIS
10 MINUTES POUR TE PRÉPARER

▶	CHEAP TRILLS SIA, SEAN PEAUL	3:44
▶	HIPS DON'T LIE SHAKIRA, WYCLEF JEAN	3:40
⏸	PROMISCUOUS NELLY FURTADO, TIMBALAND, JUSTIN TIMBERLAKE	3:42

En montant les marches pour atteindre ma chambre, je cherche ma playlist qui fait environ dix minutes. Comme ça, je sais que quand elle est finie, je dois être prête. Bien évidemment, elle me met d'excellente humeur et je chante mes meilleurs solo sous l'eau et fais mes meilleurs chorées devant le miroir.

Initialement, je ne suis jamais très longue à me préparer mais alors en vacances, c'est du rapide car je n'ai pas envie de perdre mon temps pour pouvoir aller profiter un maximum.

Une douche, brossage de dents et de cheveux, un coup de crème hydratante sur la peau, un peu de parfum et c'est tout. Pas de maquillage, pas de fanfreluches, nature peinture comme on dit.

J'enfile une longue robe rouge fleurie et à fines bretelles. Très légère et agréable à porter, comme tout le reste de mes vêtements pour cette semaine d'ailleurs. J'enfile ma paire de Converses blanches, qui est pour moi un indispensable dans ma garde-robe d'été, et j'entends les dernières notes de la dernière chanson de ma playlist.

— Bingo, j'ai réussi !

Avant de sortir, je change ma coque de téléphone. Étant donné que je n'ai pas de poche avec la robe, j'ai investi dans une coque de téléphone qui a un grand cordon, comme ça, je peux mettre mon téléphone comme si c'était un sac en bandoulière. Gadget très pratique !

Et je pense à récupérer mes lunettes de soleil que j'avais posées sur ma table de chevet hier après-midi. Indispensable !

— Je suis prêêêêêêête ! annoncé-je en descendant les marches.

Liam sort de la cuisine, étonné.

— Je te l'avais dit que je serai prête en dix minutes ! Et me voilà, prête à partir.

— *Mea culpa*, dit-il en joignant ses deux mains devant lui. J'avoue, je ne t'avais pas cru un seul instant.

— Je suis pleine de surprises !

— Je vois ça, sourit-il. Par contre, c'est quoi cette playlist ?

— Bah quoi ?

— Qui a des playlists si petites ?

— Ça m'évite de regarder l'heure toutes les deux secondes pour voir s'il me reste du temps pour me préparer. J'ai plusieurs playlist comme celle-là et à force, je sais avec les musiques qui défilent si je suis à la bourre ou pas.

— Bonne idée, avoue-t-il. Je ne connaissais pas le principe.

— Merci, dis-je en choppant les confitures pour aller les ranger.

— Et 'est quoi ce truc d'écouter que de vieilles chansons ?

— Et encore, tu n'as rien entendu, plaisanté-je.

C'est vrai, et je le sais parce que Mia me l'a déjà dit plusieurs fois, je suis un peu nostalgique de la chanson et je n'écoute presque que des vieilleries. Les années 90-2000 sont mes préférées car c'est ma génération. Et même si j'essaie de temps en temps de me remettre à la page et d'écouter ce qu'il se fait maintenant, il y a toujours un moment où je me lasse et où je reviens à corps perdu auprès de Mariah Carey, Ne-yo ou même les Destiny's Child.

— On y va avec ma voiture ? me propose Liam en choppant sa clé posée sur le meuble.

— Si tu veux, oui.

Je récupère la seconde moitié de mon croissant et je bloque sur Liam : il m'observe. Peut-être fait-il parti de ces personnes qui ne veulent pas qu'on mange dans sa voiture ? Pour éviter tout conflit, je mets la totalité dans ma bouche. Vu le regard qu'il me lance à cet instant, il doit sans doute se demander si c'est une bonne idée de se balader avec moi.

— Tu pouvais le manger dans la voiture, tu sais ? rit-il.

J'avale une grosse partie de ce qu'il y a dans ma bouche pour pouvoir lui répondre.

— Je pensais que tu n'aimais pas qu'on mange dans ta voiture, dis-je en haussant les épaules.

— Qu'est-ce qui te fait dire ça ?

— La manière que tu as eu de me regarder quand j'ai pris le croissant dans ma main.

— Alors, pas du tout. Je me demandais juste si tu allais percuter que tu n'avais pas de sac à main.

— J'ai tout ce qu'il faut.

— Ah bon ? s'étonne-t-il.

Je prends mon téléphone qui est en bandoulière et le retourne pour l'enlever de sa coque. J'enlève ma carte bleue ainsi qu'un billet que j'ai glissé pour lui montrer.

— Tu n'as pas peur de tout perdre ?

— J'ai toujours mon téléphone dans la main, donc aucun risque.

Je réponds sans réfléchir, de façon tout à fait naturellement, et vu sa réaction, il n'est pas étonné de ce que je dis. Il ne fait aucune remarque et se dirige vers la porte. Je prends note de l'effort qu'il fait en n'engageant pas la conversation sur ce terrain.

— Ne pas parler de téléphone, bordel, murmuré-je.

— De quoi ? me demande-t-il en se retournant vers moi.

— Est-ce que tu veux que je te prenne une bouteille d'eau ? Je vais m'en prendre une.

— Euh... non, merci, répond-il après un petit temps d'arrêt.

Il sort de la maison me laissant le privilège de fermer à clé. Je récupère une petite bouteille d'eau dans le frigo avant de le rejoindre à sa voiture.

Il a déjà ouvert en grand les fenêtres et à même ajusté des lunettes de soleil sur son nez. Cela me fait sourire. Vu de l'extérieur, personne ne devinerait qu'entre nous, tout a très mal commencé et que c'est même encore un peu tendu par moments.

CHAPITRE 12
Charlie

Personne ne parle dans la voiture. Non pas parce que c'est tendu, bien au contraire, je suis trop occupée à m'ambiancer sur les musiques qui passent à la radio.

Après avoir tourné quelques minutes pour trouver une place, Liam finit par se garer. Il coupe le contact et me dit :

— Quand tu disais que tu aimais les vieilles musiques, c'était pas pour rire !

— Je dis toujours la vérité, avoué-je en souriant. C'est toute ma vie les vieux sons !

— On verra si au retour tu connais toujours tes classiques.

Il ne me laisse pas le temps de répondre, qu'il sort de la voiture en riant.

Le soleil sur ma peau fait du bien. Il commence déjà à faire chaud et je pense déjà à la piscine qui m'attend en rentrant.

Liam ouvre son coffre et en sort des sacs en tissu.

— Waw, t'es carrément équipé !

— Pourquoi tu es si étonnée ?

— Quand on fait les courses avec les copains, c'est toujours moi la maman du groupe. À réfléchir ce que l'on va manger, les courses à faire…

— Intéressant, dit-il. Ce qui explique le fait que ta voiture était blindée de bouffe hier ?

— Tout à fait, réponds-je en souriant.

Il ferme son coffre et nous marchons silencieusement jusqu'à la barrière qui délimite le début du marché.

À peine l'avons-nous franchi que je suis à l'affût de la moindre chose. C'est simple, quand je suis en vacances, je suis une vraie touriste. Je craque sur tout et n'importe quoi et j'aime ça.

Je travaille toute l'année c'est pour pouvoir me faire plaisir pendant les vacances. Non pas que je me prive le reste de l'année, disons juste que c'est *open bar* pendant les vacances. Et finalement, heureusement que ce n'est qu'une voire deux fois dans l'année, sinon j'aurai mon banquier au téléphone tout le temps.

— Est-ce qu'il y a des choses qui te sont indispensables quand tu vas au marché ?

— Évidemment !

— Comme quoi ? demande-t-il, curieux.

— Sans réfléchir : le poulet ! Un bon poulet du marché avec ses petites pommes de terre accompagné d'une bonne baguette fraîche du boulanger… Rien que de t'en parler, j'en ai l'eau à la bouche.

Son sourire s'agrandit au plus j'avance dans mes explications. Nous ralentissons notre marche au point que nous sommes pratiquement à l'arrêt. Par chance, il y a pas encore beaucoup de monde donc les gens peuvent passer à côté de nous sans créer de bouchons derrière.

— C'est la base ! s'exclame-t-il.

— On fait un deal ?

— Dis-moi !

— Comme on est devenu sympa l'un avec l'autre, je propose que pour sceller ce début de vacances et de cette journée, le premier qui trouve le stand du poulet l'offre à l'autre.

— J'aime bien cette idée.

— Marché conclu ?

— Marché conclu, dit-il en me serrant la main que je lui tends.

Je ne peux m'empêcher de sourire. Il enlève sa main de la mienne et se remet à marcher à vitesse normale. Je crois bien qu'il est déjà en quête du stand de poulet. Je souris encore un peu plus.

Pour pouvoir mieux regarder ce que les stands peuvent proposer, je me mets derrière lui et je le suis. Je tombe sur un vendeur qui a absolument de tout sur son présentoir. Ça part de petits cadenas, à des paires de ciseaux pour finir sur des gobelets réutilisables de toutes les couleurs. J'aperçois un kit de couture et ce qui me semble être un trio de planche à découper.

Je dégaine mon téléphone pour filmer un peu pour le vlog.

Alors que je m'apprête à l'éteindre, mes yeux tombent sur d'autres produits comme des sacs poubelles, des lots de chaussettes et je tombe sur des épingles à linge.

Je reprends mon téléphone en main et ouvre Instagram. Je filme le stand de façon très large, juste assez pour que les abonnés voient ce que j'ai sous les yeux. Concrètement, c'est le genre de vendeur que tu as absolument à chaque marché, et tout au long de l'année.

Je marque en légende « Le marché des vacances, un indispensable pour moi ! Pas vous ? »

Finalement, aucune trouvailles chez ce vendeur mais je m'arrête d'un coup net sur le suivant. Je ne réfléchis pas et reprends mon téléphone. Je prends en photo le stand qui s'étend juste en face de moi et inscris « Alors, je craque ? ».

Je m'approche un peu plus, c'est typiquement le genre de produit pour lesquels je craque facilement en vacances.

— Allez, on en profite ! Une achetée, la seconde à moitié prix ! hurle le vendeur derrière son étale. C'est le moment d'en profiter !!

Clairement, avec un discours comme le sien, je tombe dans le panneau dans la seconde. D'un seul coup, ces serviettes de plage me sont devenues indispensables. En même temps, il y a une promo et ça me fera un souvenir de vacances. Le parfait combo, non ?

Je m'approche à tel point que mes genoux touchent la planche qui sert pour étaler toutes les références de produits. Le vendeur a eu l'intelligence de mettre son établi un peu plus bas que la moyenne pour pouvoir regarder toutes les sortes de serviettes sans devoir se tordre le cou.

— N'hésitez pas à déplier les serviettes, madame !

Je relève les yeux et lui fais un signe de tête pour le remercier.

Une bonne cinquantaine de modèles sont pliés et étalés n'attendant qu'une chose : être déplié pour être vendu. En bonne touriste que je suis, je jette mon dévolu sur un modèle qui me semble être une pastèque. Elle est rouge et des pépins noirs sont dessinés. Je la déplie mais je sais dans la seconde qu'elle n'est pas faite pour moi. Elle n'est pas assez flashy à mon goût.

Je la replie et la repose là où elle était. Je continue de regarder et là, mes yeux sont attirés par un autre modèle.

— Attendez, je vais vous aider, me dit le vendeur.

Il attrape celle que je regardais et l'ouvre en grand. Il l'étale sur le stand, me permettant de pouvoir regarder les détails. Elle est bleu clair et des dizaines de flamants roses sont présents un peu partout.

— Celle-là, je la prends ! dis-je sans hésiter.

Le vendeur la récupère et mes yeux continuent leur chemin sur les autres modèles. Je remarque qu'il y en a une qui a été reposé en boule et ma curiosité me pousse à vouloir la voir. Je me penche pour la récupérer mais elle est trop loin. Je me permets donc de demander au vendeur :

— Est-ce possible de voir celle-ci, s'il vous plaît ?

— Bien évidemment !

Il l'attrape et me refait le même spectacle que pour la serviette précédente et me la pose totalement à plat.
— Je vous la prends aussi !
Elle est fraîche, estivale, tout ce que je voulais. Elle a un dégradé de couleurs qui part du jaune en passant par l'orange, puis le vert, pour finir sur du bleu.

Il s'apprête à mettre les serviettes dans un plastique quand il est coupé dans son élan.
— Je vais les récupérer, propose Liam.

Le vendeur a un mouvement de recul, il ne l'avait pas vu venir. Et moi non plus. Il me jette un regard pour voir si je connais Liam, je lui fait signe que oui.
— Voici, monsieur.

Liam récupère les serviettes qu'il met tout de suite dans l'un des tote bags en tissu et je tends un billet au vendeur.
— En vous souhaitant une belle journée messieurs, dames, merci, dit-il en récupérant l'argent.
— Au revoir, le salué-je.

Liam fait un signe de tête et nous reprenons notre balade.
— À peine arrivé que tu fais déjà des affaires ?
— T'es pas au bout de tes peines avec moi !
— Pourquoi ? Déjà, je n'avais même pas fait attention que tu t'étais arrêtée, c'est une vieille dame qui m'a prévenu que je parlais tout seul.

Je ris, imaginant la scène.
— Et quand je suis revenue, je t'ai vu avec les serviettes.
— Alors sache que les marchés, c'est toute une histoire.
— Pourquoi ? répète-t-il.
— Avec Mia, on a comme un « slogan », dis-je en mimant des guillemets avec mes doigts.
— Vas-y, je suis prêt à tout, dit-il en s'arrêtant entre deux stands de fruits et légumes.
— Je suis une vraie touriste !

— C'est... tout ?
— Oui.
— Non, mais, développe !
— On aime bien visiter quand on est ailleurs que chez nous.
— Comme la plupart des gens qui partent, sourit-il.
— Les aquariums, les musées, les expos, les marchés... expliqué-je en ignorant sa remarque.
— Déjà, ça, c'est la définition du touriste.
— Attends, tu vas comprendre ! Je vais te donner un exemple et là, tu vas comprendre ce que c'est que d'être une vraie touriste !
— Je t'écoute.

Il se remet à marcher doucement quand d'un coup, il me fait un signe de tête vers la droite. Je regarde et découvre une terrasse d'un café. Il me pose la question alors que ça, c'est clairement un truc de touriste de boire un coup en terrasse pendant le marché. Je lui fais signe de la tête approuvant son idée et je reprends mon histoire :

— Avec Mia, nous sommes allées à New York City. C'était son rêve et bref, nous y voilà. On visite tout ce qui est visitable. On fait toutes les boutiques souvenirs qui se mettent sur notre chemin.
— Bonjour, que puis-je vous servir ? m'interrompt le serveur.
— Une menthe à l'eau, répondons-nous à l'unisson.

Son regard plonge dans le mien. Une petite étincelle se fait. Je ne peux m'empêcher de sourire. Le serveur part en nous prévenant qu'il revient avec la commande.

— Alors ? La suite de l'histoire ? me demande Liam après quelques secondes à m'observer.
— Alors, on fait une énième boutique souvenirs et au moment de passer en caisse, la nana nous explique que grâce à nos achats, on a accès à une autre boutique.
— Pour dépenser encore des sous, sourit Liam.

— Cette autre boutique se trouvait sur le même pâté de maison, continué-je sans lui répondre. Et nous, en très bonnes touristes que nous sommes...

— Vous avez accouru jusque là-bas ! se moque-t-il.

— Qui ne l'aurait pas fait ? lui demandé-je, très sérieuse.

Le sourire en coin qui ne l'a pas quitté depuis que nous avons répondu au serveur, s'élargit.

Le garçon de café profite de ce moment là pour nous apporter nos boissons. Cela met un peu plus de suspense à mon histoire.

— Merci, dit Liam avant de lever son verre vers moi. Aux vacances ?

— Aux vacances, dis-je en faisant tinter mon verre contre le sien.

Nous buvons une gorgée et je vois qu'il attend que je finisse mon histoire.

— Donc, nous voilà arrivées dans cette fameuse boutique secrète. Il s'avère que ce n'est pas réellement une boutique.

— C'était quoi ? demande-t-il, intrigué.

— C'est... comme un studio photo, expliqué-je en y réfléchissant. Dès que tu entres dans le local, sur la droite, un mec derrière un haut pupitre attend que les gens arrivent. Puis, il te fait son discours et tu comprends que tu as le droit à quatre photos. Et que tu peux avoir une petite promo si t'en prends je sais plus combien.

— Oh mon dieu... ne peut-il retenir en souriant encore plus.

— Attends ! dis-je en levant ma main droite en l'air comme pour lui mettre un stop. Il nous fait visiter et c'est là que je percute que c'est vraiment un truc de fou ! Deux décors étaient déjà faits et il n'y avait plus qu'à s'installer et à se faire prendre en photo...

Je reprends mon verre pour boire une gorgée.

— Arrête le suspense, et déballe tout ! s'impatiente Liam.

— Le premier décor, c'était comme à la maison blanche. Un pupitre avec un beau fond, de la lumière à gogo. Bref, on s'est mise toutes les deux derrière le pupitre, en mode : on fait un discours ensemble.

— Et le second décor ?

— C'était le bureau du président ! m'excité-je.

Le sourire de Liam s'élargit encore un peu plus.

— Donc chacun son tour, on s'est assise dans le fauteuil, comme si nous étions la présidente des États-Unis.

— Laisse-moi parier, vous avez pris toutes les photos que vous avez faites ?

— Évidemment que oui. C'était impossible de choisir !

Et là, Liam éclate de rire. Comme s'il s'était retenu jusque-là et qu'il devait impérativement exploser.

Pour le coup, je perds mon sourire et regrette d'avoir évoqué cette anecdote.

J'attrape mon verre et bois une grosse gorgée, histoire de me focaliser sur autre chose que lui en train de se foutre de ma gueule ouvertement.

Je n'ai pas le temps de finir ma bouche qu'il s'arrête net de rire.

— Charlie ?

Je vois qu'il m'observe attentivement pour essayer de me comprendre. Sauf qu'il n'y arrivera pas. Ce truc d'être une « touriste », j'ai arrêté de le raconter car à chaque fois c'est la même chose.

— Charlie, je ne…

— Ne t'en fais pas, j'ai l'habitude, dis-je en finissant mon verre d'une traite.

Je repose mon verre et commence à me lever.

— Attends ! me dit-il en se levant de sa chaise.

Il se penche en avant et arrive à choper mon poignet.

— Je t'assure que je ne me moquais pas de toi.

— C'était quoi alors ?

— C'est juste que ton histoire m'a fait penser à une anecdote un peu similaire que j'ai pu avoir avec Colin. Rien de méchant, je t'assure.

Il enlève sa main de mon poignet et se rassoit.

— Tu pourras lui demander dès qu'il arrive demain, mais je t'assure que ce que je vais te raconter est la stricte vérité.

Je décide de me réinstaller sur ma chaise, voyant qu'il me parle sérieusement. Puis au pire des cas, j'en parlerai avec Colin et j'aviserai à ce moment-là si jamais tout ça n'était pas vrai.

— À savoir que Colin adore Harry Potter. Nous avons été aux studios en Angleterre lors d'un long week-end début d'année. Je ne sais pas si tu as déjà été ? me demande-t-il.

— Non, réponds-je simplement.

— OK, alors, ce qui nous intéresse pour mon histoire c'est juste un petit bout. En gros, à certains moments de la visite, tu peux te faire prendre en photo dans un décor en particulier, ou en train de voler sur un balai et aussi dans le Hogwarts Express.

— Canon ! ne puis-je m'empêcher de commenter.

— Honnêtement, oui, c'est vraiment canon là-bas. Et bref, je pense qu'il y a cinq ou six endroits pour te faire prendre en photo. Bien entendu, Colin les a tous fait. Et a acheté toutes les photos.

Je souris. Bien évidemment que j'aurais fait la même chose que lui, en bonne touriste que je suis.

— Et pour les boutiques souvenirs, je te laisse imaginer un peu le carnage... Parce que oui, il y en a plusieurs là-bas. Bref, on est reparti, la bagnole était blindée !

— Incroyable !

— Donc, je ne me moquais pas de toi quand tu me racontais ton histoire. C'est juste que je me disais que tu vas bien t'entendre avec Colin parce que vous êtes pareil. Et quand je vois de quoi il est capable parfois, je me dis qu'avec vous deux, ensemble, on est mal barré si on fait des sorties à quatre, sourit-il.

Il finit son verre d'une traite et fait signe au serveur pour que l'on puisse payer l'addition. Je réfléchis à ce qu'il vient de dire. On a scellé un pacte pour aujourd'hui et jusqu'à ce que nos amis arrivent mais qu'en sera-t-il quand nous ne serons plus seuls ? Est-ce qu'on va de nouveau se comporter comme hier ? Ou juste rester sur une bonne entente ? Parce qu'il a quand même parlé d'éventuelles sorties ensemble, est-ce que cela veut dire qu'on sera ensemble tout le temps ?

Je n'ai pas le temps de réfléchir plus longtemps qu'un couple m'aborde :

— Tu es Charlie, n'est-ce pas ?

— Oui, dis-je en souriant.

Il y a plusieurs types de personnes qui m'accostent. Ceux qui disent bonjour et qui te font une vraie discussion avec questions-réponses pendant plusieurs minutes. Ceux qui te demandent directement une photo et s'en vont directement après. Et ceux qui sont bloqués et te regardent sans rien dire.

Pour la dernière catégorie, je peux comprendre que quand on est timide, c'est toujours compliqué d'engager la conversation mais une part de moi se demande « mais pourquoi tu viens me parler, si t'as rien à me dire ? »

Il y a aussi plusieurs versions de moi-même dans ces moments-là. Celle qui est toujours au taquet pour papoter, prendre le temps d'échanger, de prendre des photos. Celle qui est pressée et qui fait comprendre que ce n'est pas le moment. Puis la dernière, celle qui est soulée d'être coupée dans un moment dit personnel et intime.

Pour le coup, je suis dans la troisième catégorie mais pas pour moi personnellement, mais vis-à-vis de Liam. Quand je suis avec quelqu'un et que l'on m'accoste, je suis toujours gênée pour les autres et non pour moi, car finalement, j'ai l'habitude. Cependant, pour ceux qui m'accompagnent, c'est toujours une situation nouvelle et un peu intimidante la plupart du temps.

Et vu comment Liam se comporte avec moi depuis le départ concernant mon métier, j'espérais au fond que personne ne me reconnaisse pendant cette promenade pendant nos emplettes.

Je décide donc de me la jouer cool avec le jeune couple et engage de suite la conversation :

— Vous allez bien ?

— Oh, c'est pas vrai, Charlie, ici, dans notre village ! C'est incroyable, s'extasie la jeune fille.

Je les quitte du regard pour observer Liam. Son visage a radicalement changé, il est passé de joyeux-tout-sourire à renfrogné.

— On peut faire une photo ? demande le jeune homme.

— S'il te plaît, c'est difficile à dire ? s'énerve Liam tout bas.

La jeune femme l'entend également et me regarde embarrassée.

— Excuse-nous Charlie, on ne voulait pas t'embêter.

Son regard se détourne sur Liam, qui bougonne.

— On se fait une photo à trois ? proposé-je en me levant.

— Tu es sûre que ça ne t'embête pas ? demande le jeune homme.

— Pas du tout, c'est toujours un plaisir de se rencontrer.

J'essaie de leur faire un sourire qui se veut rassurant et à l'opposé du comportement de Liam.

Le jeune homme nous prend en selfie, j'ajoute :

— Peut-être que l'on se recroisera cette semaine !

— J'espère, répond la jeune fille tout sourire. Passe de bonnes vacances.

— Bonne journée à vous et à bientôt, réponds-je en leur faisant signe de la main.

Je me réinstalle sur ma chaise, jetant un dernier coup d'œil sur le jeune couple qui parte en s'extasiant de la situation qui vient de se produire.

Je tourne la tête et regarde Liam.

Monsieur Grincheux est bel et bien présent. Il marmonne tout en regardant partout sauf dans ma direction.

Je soupire. Il va vraiment falloir qu'on ait une discussion parce que sinon l'ambiance va être pesante toute la semaine et je n'ai clairement pas signé cette semaine de vacances pour avoir ce genre de chose.

— Je n'ai pas besoin de ça pendant mes vacances, dit-il.

A-t-il entendu mes pensées ?

— Pardon ?

— Je suis en vacances, commence-t-il en articulant plus que ce qu'il ne faut. Je ne suis pas venu ici pour me faire interrompre par deux imbéciles qui veulent faire une photo alors que je suis en train de parler.

— C'est exactement ce que je pensais.

Je vois qu'il ouvre la bouche et réfléchit avant de dire :

— Comment ça ?

— Quand ils sont venus nous aborder, je me suis dit « eh merde », expliqué-je en toute honnêteté. J'étais mal à l'aise pour toi !

Ses yeux rencontrent enfin les miens. Il ne dit rien, attendant la suite.

— Mais tu peux comprendre que je ne peux pas les rembarrer comme ça ?

— Et pourquoi pas ? s'agace-t-il.

— Tout simplement parce que je n'en ai pas envie, réponds-je honnête. J'adore rencontrer ces gens qui me suivent au quotidien. Et ils ont parfaitement le droit de vouloir me voir.

Je soupire à nouveau.

— Écoute, on passait un agréable moment, et j'espère que cette petite aparté n'a pas tout gâché.

Je vois qu'il s'adoucit un peu, sans doute comprend-il que je suis sincère et que je ne voulais pas qu'il soit gêné par ces petites rencontres.

— Je te propose qu'on oublie ça, et qu'on profite de la journée ?

Il détourne son regard du mien pour jeter un coup d'œil vers les gens marchant dans les allées. Est-il en train de regarder si de potentiels abonnés seraient encore présents dans les parages ?

— Si tu veux, n'importe quand dans la semaine, on pourrait discuter de tout ça, commencé-je. On pourrait mettre les choses à plat, que ce soit de mon côté comme du tien. Histoire de pouvoir repartir sur de bonnes bases.

Toujours aucune parole.

— Après, je ne t'oblige pas, hein !

J'essaie de détendre l'atmosphère mais c'est compliqué quand tu es seule. Et là, contre toute attente :

— Allons chercher notre poulet ! annonce-t-il en se levant.

Je décide de ne plus y réfléchir et je me laisser porter par l'ambiance qu'il y aura. Il a l'air de s'être détendu, ou du moins, assez pour pouvoir me parler normalement.

Je me lève à mon tour et le rejoint rapidement. Je décide de le suivre silencieusement, regardant tout de même les étalages de chaque côté, au cas où je trouverais une nouvelle pépite à chiner.

Au bout de quelques minutes, je manque de lui foncer dedans, trop occupée à regarder des petits bracelets présents sur un présentoir.

— Excuse, dis-je en m'accrochant à son bras, manquant de tomber. J'étais trop concentrée sur ce que je regardais. Pourquoi tu t'es arrêté ?

Tout en relevant la tête vers lui, je vois qu'il m'indique quelque chose avec son doigt.

— J'ai gagné, dit-il, vainqueur.

Je me mets sur la pointe des pieds pour mieux regarder et je découvre un marchand de poulet fermier.

— Bravo, le félicité-je.

Par chance, personne au stand de poulet. Le vendeur nous sert, nous récupérons la marchandise et nous nous remettons en route. Nous décidons de prendre du melon en passant devant le dernier stand de fruit et légumes du marché et nous quittons l'endroit chargé de merveilleuses trouvailles sous le bras.

— Prête pour ma playlist ? demande-t-il en mettant le contact de la voiture.

— Ah oui, j'avais oublié ! Je suis plus que prête !

La route du retour se fait dans la même ambiance que l'allée et je chante sur chacune de ses chansons.

PLAYLIST DE LIAM

▶ **DOWN ON ME**
Jeremih

▶ **THONG SONG**
Sisqò

▶ **CLOSER**
Ne-yo

▶ **HOLLABACK GIRL**
Gwen Stefani

Je jette un coup d'œil à l'heure, à peine onze heures trente. Il se gare, nous récupérons les courses dans le coffre et rentrons. Je vais directement ouvrir la baie vitrée et annonce :

— Bon, je sais pas toi, mais moi je vais faire un petit saut dans la piscine. J'y pense depuis tout à l'heure !

— J'y pensais aussi, répond-il en sortant de la cuisine.

— Rendez-vous sur la terrasse dans cinq minutes alors.

Je ne lui laisse pas le temps de me répondre que je monte à toute vitesse l'escalier jusqu'à ma chambre et ferme la porte.

Avant de me mettre en maillot de bain, j'étale mes deux nouvelles serviettes sur mon lit et dégaine à nouveau mon téléphone. Je décide de faire une story, ou je parle cette fois-ci.

— Bon, comme vous pouvez le voir, j'ai complètement craqué ! En même temps, elles sont canons, non ? Et là, je vous les montre car vous allez m'aider à me décider. Je vais à la piscine avant de manger, surtout que cette aprèm, je dois bosser un peu. Bref, je me demandais, quelle serviette utiliser ?

Je montre bien les serviettes chacune leur tour avant de tourner la caméra sur moi.

— Je vous laisse cinq minutes pour décider, juste le temps que j'aille me changer.

J'ajoute un sondage sur la storie, avec deux possibilités : un arc-en-ciel ou un flamant rose. Le choix est très simple.

Ma storie étant en ligne, je décide de mettre de côté les réseaux sociaux et j'ouvre mon application de musique. Je cherche parmi une playlist et décide par en lancer une au hasard.

PLAYLIST DE CHARLIE

FOREVER
Chris Brown

2.23   -1.33

Je fonctionne souvent avec des playlists ou même des minuteries. Autant je peux être quelqu'un de très productif, autant je peux vite me laisser envahir avec ce qui m'entoure. Surtout quand je suis sur les réseaux, je peux facilement me perdre dans les vidéos qui me sont proposées et je perds vingt minutes sans me rendre compte.

Je jette mon téléphone sur le lit et me retourne vers mon armoire. Pour cette semaine, je n'ai pris que deux maillots de bain. Si j'avais écouté Mia, j'aurais dû en prendre un pour chaque jour, voire plus. Je souris rien qu'en repensant à sa réaction quand je lui ai montré ceux que j'avais sélectionné.

— T'es sérieuse là ? T'as pas des deux pièces plutôt ?

Parce que oui, ceux que j'ai pris sont basiques. Noir, une pièce. La seule différence entre les deux, c'est que l'un a des petits volants au niveau des bretelles et le seconde, à une sorte de bijou au niveau de la poitrine.

— Pour ce premier plongeon, j'opte pour le seconde maillot.

J'en profite également pour m'attacher les cheveux pour être tranquille dans l'eau. Je fais deux tresses africaines et le tour est joué.

La musique terminée, je récupère mon téléphone et découvre le résultat au sondage. Les votes sont unanimes, ils adorent les flamants roses.

Je la récupère, la mets sous le bras et sors de la chambre.

Le calme m'accueille dans la pièce de vie. Je fonce directement sur la terrasse et découvre que je suis seule. Liam n'est pas encore là.

J'étale ma serviette sur le transat et décide d'immortaliser ce moment en prenant une photo. En premier plan, le transat et juste derrière, la piscine avec son eau transparente baignée de soleil.

Je prends une grande inspiration respirant cette odeur que j'aime tant : les vacances.

— À moi la baignade !

Je ne réfléchis pas et descends l'escalier, entrant un peu plus dans l'eau à chaque marche.

L'escalier n'est pas grand puisqu'il n'y a que quatre marches et pourtant, je prends tout mon temps pour entrer dans l'eau, le temps de m'habituer. Parce que même si la piscine est chauffée, l'eau est fraîche.

— En même temps, je suis sous le soleil depuis ce matin, marmonné-je.

Je ferme les yeux quelques instants, profitant du calme ambiant. Je fais deux-trois pas dans l'eau.

— Elle est bonne ?

Je sursaute.

— Je vois que tu utilises déjà ta trouvaille de ce matin ?

Je n'ai pas besoin de me retourner que je sais qu'il est en train de sourire. Je l'entends à sa voix et cela me fait sourire à mon tour. En me tournant vers lui, je réponds :

— Je fais partie de ces touristes qui utilisent absolument tout ce qu'ils achètent.

— Pourquoi, il y a une autre catégorie de touriste ?

— Ceux qui exposent absolument tout sans jamais y toucher.

Il acquiesce. Sans doute a-t-il quelqu'un en tête car j'entends un petit rire. En même temps, on a tous quelqu'un de cette catégorie-là dans notre entourage.

Liam descend à son tour les marches, je décide de reprendre le chemin pour aller à l'autre bout de la piscine pour voir la profondeur qu'elle a. Un truc que j'ai toujours aimé faire, et que je ne peux m'empêcher de faire.

La piscine n'est pas si profonde que ça. Je viens de m'arrêter à l'opposé de là où se trouvait Liam il y a quelques instants et l'eau n'arrive que jusque sous mon menton. D'ailleurs, je remarque que pour lui, l'eau s'arrête au niveau de son torse.

Mes yeux captent du regard une goutte qui descend gentiment le long de sa gorge pour continuer son chemin vers l'un de ses pectoraux, et finir sa course dans l'une des petites vagues qui vient le fouetter.

Je me rends compte que je suis en train de le dévisager et ce, sans aucune gêne. Je sens le rouge me monter aux joues.

— Qu'est-ce qu'il m'arrive depuis ce matin ? pensé-je.

Alors que je le vois ouvrir la bouche, mon téléphone se met à sonner.

Sauver par le gong.

— J'arrive, dis-je en me précipitant vers les marches.

— Tu ne peux pas le laisser sonner ?

— Non, si c'est important, il faut que je décroche !

Je sors rapidement de la piscine, attrapant au passage ma serviette pour me ressuyer les mains et récupère mon téléphone.

— Allô ?

— Ça va ?

— Oui et toi ?

— Oui ! Dis, je t'appelle pour deux petites choses. T'es occupée ?

— T'inquiète, je t'écoute.

— Donc, première chose, j'ai eu des nouvelles pour ton problème de location, me dit Kenneth.

— Ah, dis-moi !

Je me mets à faire les cent pas, impatiente de savoir ce qu'il a pu faire.

— Alors, elle n'a pas d'autre location de libre, vous allez devoir cohabiter ensemble.

— Vraiment aucune ?

— Apparemment, non. La seule solution ce serait que des locataires partent au milieu de la semaine. Donc, c'est mort.

— Fais chier !

Je soupire.

— Ensuite ?

Un silence se fait. Je sens que la suite ne va pas me plaire.

— J'ai demandé si elle pouvait faire un effort de son côté, commence Kenneth. Un effort financier, et la seule chose qu'elle propose, c'est un bon d'achat pour ton prochain séjour.

— Tu rigoles là ?

Nouveau silence.

— Parce qu'elle croit que je vais vouloir revenir après tout ce merdier ? m'énervé-je.

— Je sais, tu…

— Attends, tu vas voir, si elle croit qu'elle va s'en tirer comme ça !

— Charlie, arrête ! hausse le ton Kenneth.

J'arrête de marcher, essayant de contenir ma rage.

— Je lui ai expliqué qui tu étais. Évidemment, elle ne s'y connaît pas du tout en réseaux et même le domaine n'a aucun compte nulle part. J'ai bien appuyé sur le fait que cet incident soit tombé sur toi soit un mal pour un bien car avec d'autres, ça aurait pu très mal se passer.

— Qui te dit que ça va bien se passer avec moi ?

— Charlie, tu n'es pas comme ça !

Deux fois qu'il m'appelle par mon prénom, ça m'agace.

— Je te rappelle que je les paye moi-même ces vacances. Que je pourrai très bien péter un câble si j'ai envie !

— Oui, c'est vrai.

Je me remets à faire les cent pas.

— Je te demande juste de réfléchir avant de faire quoi que ce soit, me conseille-t-il.

— Ouais, ouais…

Je m'assieds sur le bout de mon transat et mon regard tombe sur Liam. Est-ce que j'avais oublié qu'il était là ? Complètement. Est-ce qu'il me regarde intrigué parce qu'il ne comprend pas pourquoi je réagis de la sorte ? Absolument. De toute façon, il va falloir que je lui en parle car ça le concerne également.

— T'as entendu ? me demande Kenneth au bout du fil.

— Non, quoi ?

Je quitte Liam des yeux pour me concentrer sur ma conversation téléphonique.

— Je t'appelais aussi pour ta collab' de bougie. T'as pu avancer ?

— Non, je comptais la faire cette aprèm !

— OK, envoie-moi dès que tu as fini. Et je te rappelle de réfléchir pour la collab avec l'apéro, essaie de faire des premiers plans pour confirmer ton idée à la marque.

Je soupire.

— Je te rappelle plus tard, d'accord ?

— OK, dis-je en raccrochant.

Je soupire à nouveau.

— Un souci ?

Je me retourne et regarde celui qui vient de m'adresser la parole. Il a l'air soucieux.

Et dire qu'il y a cinq minutes, j'étais détendue, j'appréciais le soleil sur ma peau et j'allais savourer mon dimanche comme il se doit. Certes, j'avais prévu de travailler mais je voulais profiter de mon après-midi pour la *farniente* et ne bosser qu'un peu en début de soirée.

Liam attend que je lui réponde.

— J'ai essayé de trouver une solution pour la semaine.

— Laisse-moi deviner, il n'y a rien à faire ?

— Rien du tout. Et le pire dans tout ça, c'est qu'ils veulent bien nous dédommager.

— C'est une bonne nouvelle, non ?

— Ils veulent nous donner un bon d'achat pour notre prochaine location... dis-je en levant les yeux au ciel. C'est n'importe quoi.

— C'est mieux que rien, répond Liam.

— Sérieux ? Après tout ça, tu comptes revenir ?

— Jamais, sourit-il.

Il se dirige doucement vers les marches de la piscine.

— Même un séjour complet offert, impossible d'accepter, ajoute-t-il.
— Tu me rassures.
Je récupère ma serviette et la met autour de moi.
— Ça te dit de manger d'ici un petit quart d'heure ?
— Euh… si tu veux dit, dit-il en fronçant des sourcils. Je croyais qu'il était tôt pour manger ?
— En fait, je viens d'avoir mon manager et j'ai pas mal de boulot qui m'attend. Et si…
— Oui, c'est bon, me coupe-t-il, froidement.
Il récupère sa serviette et entre dans la maison sans me jeter un regard.
— Il va vraiment falloir qu'on ait cette discussion, et le plus tôt, sera le mieux je pense, me dis-je.
Je regarde autour de moi, agacée.
— Franchement, moi qui voulais juste me reposer et profiter… ce sont vraiment des vacances de merde, râlé-je en rentrant dans la maison.

CHAPITRE 13
Liam

— C'est quand même un truc ce fou, faut toujours qu'à un moment donné, tout me revienne en pleine gueule ! m'énervé-je.

Je claque ma porte de chambre, histoire d'être tranquille le temps de me changer.

— À chaque fois que je trouve qu'elle est sympa, bim !

Je me sèche rapidement et décide de mettre un short quand j'entends mon téléphone sonner dans le salon. Il est resté sur la table le temps d'aller dans l'eau. Je me dépêche de le récupérer sauf que pendant la précipitation, je manque de percuter Charlie qui est en train de contourner la table pour se diriger vers les escaliers qui lui permettent d'aller à sa chambre. Je grogne, agacé.

J'entends Charlie marmonner quelque chose d'incompréhensible. Elle monte les marches rapidement pendant que la sonnerie de mon téléphone continue de se faire entendre.

— Allô ?
— Ça va ? me demande Colin.
— Super.
— Ah, monsieur ronchon est de sorti aujourd'hui !

Je ne fais même pas l'effort de cacher mon agacement.

— Qu'est-ce que tu veux ? aboyé-je.
— Je suppose que c'est à cause de Charlie que tu es dans cet état ? prédit-il.

Je ne réponds pas.

— Vas-y, raconte.

Je me mets à faire les cent pas autour de la table, réfléchissant à quoi lui dire.

— Laisse-moi deviner, dit-il, finalement, tu la trouves sympa mais le fait qu'elle soit influenceuse, ça t'agaces.

L'enfoiré.

— J'ai raison ?

— J'y peux rien, ça me fout les nerfs, réponds-je.

— Arrête de la juger et parle avec elle. J'ai vu dans ses stories que vous êtes allés au marché ce matin, et...

— Elle a montré ça ? le coupé-je.

Je m'arrête de marcher.

— Bah ouais.

— C'est n'importe quoi ! m'agacé-je. Qui ça peut bien intéresser qu'on aille au marché ?

— Tout le monde, rit-il.

— Tu te fous de ma gueule là !

— Mais, non !! Puisque j'te dis que j'aime bien aussi ce genre de choses, j'ai le droit, non ?

— C'est complètement débile.

J'avoue avoir moi-même un compte Instagram, cependant je n'y suis jamais. À vrai dire, mon téléphone me sert énormément au travail pour joindre mes fournisseurs et gérer mes mails quand je ne suis pas devant mon ordinateur. Sauf que là, en vacances, à part recevoir les appels de Colin, il ne me sert strictement à rien. Et quand il arrivera demain, je sais que mon téléphone restera dans un coin car je n'en aurai pas l'utilité.

Alors que Colin, lui, est au taquet. Il a également un petit paquet de followers sur Instagram, ce qui en fait sa fierté un peu plus chaque jour. Et c'est également lui qui gère les réseaux de notre librairie, et je dois bien l'avouer, il gère aussi de ce côté-là. Donc qu'il me dise qu'il aime bien voir les stories de Charlie la montrant au marché ne m'étonne pas du tout, même si cela n'empêche pas le fait de m'agacer.

— Je te l'ai dit, Charlie a l'air d'être quelqu'un de génial ! Elle est simple sur ses réseaux et ça fait du bien.
— Hum.
— J'ai hâte d'être demain pour la rencontrer !
— Tu l'as déjà dit ça.
— Oui, parce que je le pense, dit-il.

Ce con arrive tout de même à me faire sourire.
— De base, tu m'appelais pour quoi ? lui demandé-je.

J'entends du bruit sur ma gauche et instinctivement, je tourne la tête pour regarder. Je découvre Charlie descendre les marches. Elle m'adresse un sourire timide et s'en va dans la cuisine.
— T'es là ? me demande Colin dans l'oreille.
— Je ne t'ai pas écouté, lui avoué-je. Tu disais quoi ?
— Elle vient de revenir, c'est ça ?
— Qui t'a dit qu'elle était partie ?
— Mon intuition, dit-il en éclatant de rire.
— Ah ah, très drôle.
— Plus sérieusement, prends le temps de parler avec elle aujourd'hui. Sans jugement.

Il commence à m'énerver à vouloir absolument que l'on soit pote.
— Tu me remercieras plus tard.

Il ne me laisse pas le temps de répondre que je l'entends rire et raccrocher dans la foulée.
— Le con, marmonné-je.

J'entends quelque chose tomber dans la cuisine et Charlie râler.
— Ça va ? m'inquiété-je en me dirigeant vers elle.
— Oui, ça va. Mais je ne dirai pas la même chose pour le pot de cornichons, dit-elle en montrant l'explosion au sol.
— Oh, merde.

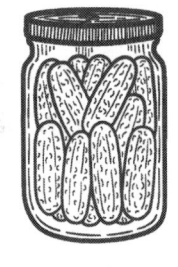

Effectivement, avec l'odeur ambiante, j'aurai dû deviner ce qu'elle avait fait tomber. Charlie me jette un coup d'œil et éclate de rire.

— Excuse, mais ta manière de regarder les cornichons... on dirait que tu es triste pour eux.

Je la regarde et ris à mon tour.

— Bah le truc, c'est que j'aime bien les cornichons.

Elle rit davantage.

— Je ne savais même pas qu'il y en avait dans le frigo, lui dis-je en me penchant pour attraper le plus de verre possible.

— Je les avais dans mes sacs de provisions, m'explique-t-elle. Fais-moi penser d'en reprendre demain.

On nettoie le sol en un rien de temps.

— Qu'est-ce que tu faisais avant de tuer les cornichons ?

— Je préparais tout sur un plateau pour manger sur la terrasse.

— Bonne idée, dis-je en observant ce qu'elle a déjà préparé.

Le poulet du marché, les baguettes fraîches, de la salade, des tomates, des rillettes, du fromage... De quoi se faire un bon repas.

— Il ne manque plus que les assiettes et les verres, m'informe-t-elle.

J'affirme d'un coup de tête et me charge de les prendre. Elle récupère le plateau et me laisse dans la cuisine. J'attrape un paquet de chips au passage et la rejoins à l'extérieur. J'ai le ventre qui gronde rien qu'à l'idée de ce qui m'attends.

— Est-ce que tu peux m'aider, s'il te plait ?

En sortant, je remarque qu'elle se bat avec le parasol. Étant donné qu'elle n'est pas très grande, elle se retrouve en situation de difficulté. Je pose tout sur la table et décide d'aller l'aider.

— Pourquoi tu ne m'as pas demandé directement ?

— Je pensais pouvoir y arriver toute seule, s'agace-t-elle.

J'installe le parasol en deux secondes. Je me tourne vers elle et la surplombe d'une tête.

— N'hésite pas la prochaine fois.

— Hum, répond-elle.

Nous nous fixons pendant quelques secondes qui me paraissent pourtant être une éternité. La dernière fois que nous étions si proche, c'était dans ce petit couloir d'aire d'autoroute. Et je me souviens m'être demandé quelle était la couleur de ses yeux. J'étais persuadé qu'ils étaient marron clair et pourtant, là, au soleil, j'ai cette impression qu'ils sont... verts. Une petite brise passe dans ses cheveux et la décoiffe. Une mèche vole jusque devant ses yeux, j'ai qu'une envie, la lui replacer derrière l'oreille. Je n'ai pas le temps de réagir qu'elle s'empresse d'attacher ses cheveux en un chignon approximatif.

— Allons manger, propose-t-elle en rompant le contact.

— Tu sais exactement vers quelle heure ta pote arrive demain ? lui demandé-je en m'installant en face d'elle.

— Milieu d'aprèm, si j'ai bien compris. Faut que je lui redemande confirmation demain matin parce qu'encore hier, elle était pas sûre de l'heure. Ou plutôt, elle essayait de partir plus tôt, ou un truc comme ça... Elle arrive en train, donc je vais aller la récupérer.

— En train ?

— On s'est dit que ça servait à rien qu'elle vienne en voiture et qu'elle reste sur le parking une fois ici. Puis, pour le retour, c'est toujours mieux d'être ensemble, m'explique-t-elle.

— Bien vu !

— Et ton pote ?

— Il arrive en fin de journée, sans doute début de soirée. Mais lui, vient en voiture.

— Ah, s'étonne-t-elle.

— Clairement, on a pas pensé au train, dis-je en souriant. Ni sur le fait que l'on repartirai chacun de notre côté.

Elle sourit. On doit passer pour de vrais idiots.

— Mais connaissant Colin, il va peut-être faire un détour pour aller voir sa famille qui n'est pas très loin d'ici.

Elle acquiesce, comme si cette excuse était valable.

— Pourquoi toutes ces questions ? T'avais un truc en tête ?

— Oui, et je pense que ça peut être sympa, dis-je en attrapant l'assiette avec le poulet. Demain, peu importe leur moyen de transport, ils auront fait pas mal de route. Et je pensais faire un truc ici, à quatre, histoire qu'ils puissent se poser. Et accessoirement, qu'on fasse tous connaissance.

Elle me regarde, son bout de pain dans la main, ne bougeant plus. Tout ce que je vois, c'est qu'elle ne répond plus.

Après quelques secondes, elle lâche un :

— J'avais eu l'idée aussi.

Un sourire se dessine sur ses lèvres, les miennes les imitent.

— Je ne pouvais pas le deviner, l'informé-je.

— Je n'ai pas encore eu le temps de t'en parler, rétorque-t-elle.

Elle jette son dévolu sur un morceau de fromage.

— Et t'as prévu un programme particulier avec... Colin, c'est ça ?

— Colin, oui. Non, rien encore. Je pense qu'il va vouloir squatter la piscine un max.

— Mia adore faire bronzette et rester dans l'eau.

— Mia... Celle qui arrive demain ? demandé-je, bêtement.

— C'est ça, dit-elle en réalisant qu'elle ne m'avait pas encore donné son prénom. Quand on part en vacances, on ne se prend pas la tête. On visite, on traîne, on fait les touristes...

Je prends le temps de finir ma bouche, histoire d'avoir un peu de temps et de réfléchir à la meilleure manière de lui parler.

— Un problème ? me demande-t-elle.

— Hein ? Non, pourquoi ?
— Je sais pas, soit je m'en suis foutue partout soit, tu veux dire quelque chose mais t'oses pas.
— Qu'est-ce que...
— Ta façon de me regarder, me coupe-t-elle, du tac au tac.
— Ah.
Et moi qui pensais lancer le sujet tranquillement, c'est loupé.
— Vas-y, crache le morceau.
— C'est nul ce que je vais te dire en plus, mais c'est juste que je sais que ça peut déboucher sur un autre sujet et j'ai pas envie de casser l'ambiance.
— Je vois...
Elle attrape son verre d'eau et en boit une gorgée.
— N'en fais pas des caisses, hein, la préviens-je.
— Promis.
— C'est juste que depuis hier, dès que j'ai Colin au téléphone, il me soule... avec toi.
Voilà, c'est dit. J'essaie de guetter chaque centimètre de son visage pour essayer de capter une émotion. Mais à cause de ses satanés lunettes, rien ne se passe !
— Ah oui ?
Un sourire commence à faire son apparition.
— J'te jure...
— Rassure-moi, c'est en positif au moins ?
— Ah oui, je te rassure, c'est même plus que du bien ce qu'il me dit de toi.
Son sourire s'agrandit.
— Qu'est-ce qu'il te dit ? demande-t-elle, curieuse.
— Que tu as l'air d'être quelqu'un de très sympa dans la vie, de simple, sans chichi...
Un peu de rouge vient colorer ses pommettes. Et je ne pense pas que ce soit à cause de la chaleur. Cela me fait sourire.

— Il a l'air très sympa ton pote... Je n'oublierai pas de le remercier demain.

— Je pense que vous vous entendrez bien tous les deux, dis-je, sincère.

Elle opine du chef et croque dans son bout de pain. Le silence s'installe mais je sens que la conversation ne va pas s'arrêter là. Je bois une gorgée d'eau, attendant de voir si elle va lancer le sujet ou non.

— Si tu veux, on parlera de... mon métier plus tard ? hésite-t-elle.

Je la regarde ne sachant quoi répondre. C'est vrai ce que je disais tout à l'heure sur le fait que je ne veuille pas que l'ambiance change aujourd'hui. Même s'il y a eu le moment pendant notre buvette de menthe à l'eau, j'ai décidé de l'oublier et d'apprécier cet instant. Sauf qu'une partie de moi qui souhaiterai mettre les choses à plat pour qu'on ait plus à revenir dessus.

— Faisons un deal ! commence-t-elle. Ce midi, on ne parle pas de tout ça, on reste sur des sujets légers, qui font du bien et qui font que cette journée reste agréable. Cette après-midi, vaquons chacun à nos activités et retrouvons-nous ce soir. Et si tu veux, on peut en discuter à ce moment-là. Comme ça, on aura profité de toute la journée, et au pire, on ira se coucher et c'est tout. Qu'en dis-tu ?

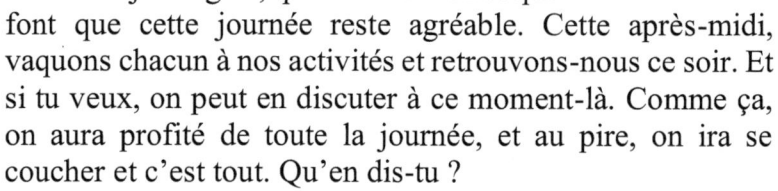

Ses paroles font le chemin dans ma tête. C'est vrai qu'elle n'a pas tort. Pourquoi gâcher la journée maintenant, alors qu'il est à peine midi ? Autant discuter de ça ce soir, profiter que nous serons qu'à deux, et demain, avec l'arrivée de Colin et Mia, nous repartirons sur de bonne base. Je n'attends pas plus et me lève de ma chaise. Charlie a un léger sursaut, ne s'attendant pas à ce que je me lève brusquement.

— Marché conclu, annoncé-je en avançant ma main vers elle.

Surprise que j'accepte, elle se lève immédiatement et attrape ma main pour la secouer vigoureusement.
— Marché conclu, répète-t-elle, tout sourire.
Nous nous serons la main plus longtemps que ce qu'il n'aurait fallu. Et même si elle a toujours ses foutues lunettes de soleil sur le bout du nez, je peux sentir la joie à travers sa poignée de main.
Puis, avec son énorme sourire aussi.

CHAPITRE 14
Liam

On a fini le repas du midi comme on l'avait commencé : dans la bonne humeur. Et ce moment m'a fait beaucoup de bien. Et ce que Colin m'avait dit, à propos de Charlie, a refait plusieurs fois surface dans mes pensées tout au long de l'après-midi.

Je pensais que nous passerions la journée chacun de son côté mais finalement, on était presque collés tout le temps. En milieu d'après-midi, je me suis posé pour regarder un film à la télé. Et comme le soleil tapait trop à l'extérieur, Charlie s'était installée dans le second canapé avec ses écouteurs et son ordinateur. Je dois bien avouer que je suis tout de même curieux de savoir ce qu'elle peut bien fabriquer sur son ordi autant d'heures d'affilées, mais ces détails-là, je les aurai ce soir. Ensuite, en fin d'après-midi, j'ai fait un saut dans la piscine. Elle est venue s'installer sur un transat et a délaissé son ordinateur pour son téléphone cette fois-ci. Et là encore, elle ne l'a pas lâché d'une semelle.

Au bout de je ne sais combien de temps, elle s'est levée et est repartie à l'intérieur. J'ai continué à faire quelques longueurs puis j'ai décidé de sortir et de sécher tranquillement au soleil, posé sur la chaise longue. Je l'entends parler au loin. Je ne sais pas ce qu'elle fait mais j'entends son téléphone sonner plusieurs fois.

Alors que je regarde devant moi, réfléchissant à cette fameuse conversation qu'on va avoir, mon téléphone sonne à son tour. Je reconnais la sonnerie : Colin.

— Aloooooooooors ? demande-t-il.
— Alors quoi ?
— Vous êtes potes maintenant ?

Je souris.

— T'as vu, je savais que vous alliez bien vous entendre ! répond-il, triomphant.
— Je n'ai même pas répondu à ta question, rétorqué-je.
— Ton silence en dit long !

Je ris.

— T'es con !
— Tu peux me dire merci, tu sais ? plaisante-t-il.
— Ne te réjouis pas trop vite, on a décidé d'avoir une conversation ce soir.
— Quel genre de discussion ?
— La fameuse, réponds-je, mystérieux.
— Vous allez parler d'elle, c'est ça ?

Ai-je déjà précisé qu'il est aussi très bon au jeu des devinettes ? Il aurait pu faire un très bon détective.

— Hum.
— Mais... POURQUOI ?
— Il le faut, Colin.
— Pourquoi tu veux tout faire foirer ?
— C'est pour éviter le fiasco qu'on a décidé de discuter ! l'informé-je. Écoute, ce matin, quand on était au marché, il s'est passé un truc qui ne m'a pas plu. Elle l'a vu, et on s'est dit qu'il fallait mettre les choses à plat. Rien de plus.

Je me lève du transat et décide de rentrer à l'intérieur pour aller me changer.

— Mais...
— On est des adultes, le coupé-je. C'est pour que la semaine se passe bien qu'on va en parler.

En passant la baie vitrée, je me rends compte que Charlie est là. Elle est debout, penchée au-dessus de la table à manger. Je m'arrête de marcher, essayant de comprendre ce qu'elle fait. Après quelques instants, elle se décale légèrement et là, je vois trois bougies posées sur la table, allumées, avec son téléphone placer devant à l'aide d'un trépied en train de la filmer éteindre une allumette.

— T'es là ?? me crie Colin dans l'oreille.

Je suis comme bloqué par ce que je vois. Charlie sait très bien que je suis là vu que je parlais en entrant dans la pièce. Après quelques secondes de silence, elle tourne la tête pour me regarder.

— Tu peux passer si tu veux, il n'y a pas de problème, me sourit-elle.

— Oh, dis-je tout bas. Attends, Colin, oui, je suis là !

— Tu peux parler normalement, me rassure-t-elle. Ma vidéo sera avec une musique.

— OK, réponds-je simplement.

Je me trouve idiot mais que dire face à cela ? Surtout que je ne capte pas tout ce qu'elle est en train de me raconter. Je me débloque enfin et marche jusqu'à ma chambre. Je prends soin de fermer derrière moi la porte du couloir.

— C'était quoi ça ? me demande Colin au bout du fil.

— Euh…

— Bon, laisse tomber. Concentre-toi sur ce que je te disais : sois gentil avec elle !

— Tu me prends pour qui ??

— Pour quelqu'un qui assassine tous les influenceurs sans les connaître, me poignarde-t-il.

— Je vais être sympa, ne t'en fais pas, le rassuré-je.

— Sinon, je te décapite demain ! me prévient-il.

Dans la seconde, je l'entends rire. Colin n'est pas quelqu'un qui aime la violence, mais faire des menaces qu'il ne mettra jamais à exécution, ça, c'est sa passion.

— On en reparlera demain.

On finit par raccrocher. Je file à la douche et m'habille. Je décide de partir sur une tenue détente mais un peu classe tout de même. Je choisis un ensemble en lin blanc cassé, avec le short et la chemise.

— Quand faut y aller...

Je pose ma main sur la poignée et prends une grande respiration. Je ne sais pas pourquoi j'appréhende autant cette discussion. Ou plutôt, si, je pense savoir et je me voile tout simplement la face.

Je n'aime pas les influenceurs, c'est un fait. Et Charlie en est une. Sauf qu'après cette journée avec elle, je dois me rendre à l'évidence : elle est sympa et j'ai vraiment apprécié cette journée avec elle. Ce qui me rends anxieux, c'est l'issue de cette soirée. Peut-être que ce qu'elle va me raconter ne va pas me plaire et je vais péter un câble, ce qui va m'amener à être de nouveau le connard que j'étais avec elle dès qu'elle me parlait. Bref, j'appréhende.

Je prends une inspiration et ouvre la porte du couloir. La première chose qui me percute, c'est la musique ambiante. Tellement dans mes pensées juste avant, que je n'avais pas fait attention qu'il y avait de la musique. Mes yeux parcourent rapidement la table et le meuble juste à côté, et je remarque qu'elle a apporté une petite enceinte portative ce qui explique l'ampleur du son. Même pour ce genre d'objet, elle pense à tout.

Mon regard se posent ensuite sur Charlie qui se trouve toujours autour de la table, sauf qu'à présent, elle est assise. Les bougies sont éteintes et elle est concentrée à noter, ce qui semble être une liste, dans son carnet. Elle se met à chantonner sur la chanson qui passe tout en faisant des mouvements de danse avec ses bras. Sa petite chorégraphie me fait sourire. Elle relève la tête, enjouée par le son, elle a un petit sursaut en m'apercevant. Vu sa réaction, elle n'a pas dû m'entendre arriver.

Elle met la main sur son cœur, il doit battre à toute allure d'avoir été prise en flagrant délit de danse improvisée.

— Excuse, je ne voulais pas te faire peur, dis-je en m'avançant.

Elle baisse le son de la musique via son téléphone et dit :

— Je ne m'attendais pas à...

— Ce que je te vois danser ? la coupé-je.

Elle se met à rougir, embarrassée.

— Ne sois pas gênée, ta chorée était très bien.

— Mouais... Disons que de base, la musique m'aide à me concentrer puis il y a toujours un moment ou...

— Ça dégénère ?

— T'as tout compris, sourit-elle.

— En même temps, tu mets des musiques qui te mettent dans l'ambiance directement ! Qui resterait concentré avec ça à fond ?

Son sourire s'élargit.

— Qu'est-ce que tu fais de beau ? demandé-je en me rapprochant.

— Je... travaille, hésite-t-elle.

— Oh, désolé, je te laisse tranquille.

— Non, c'est bon, je peux finir plus tard.

Elle referme son carnet d'un geste et me dit doucement :

— On va dire que ça permet de mettre le sujet sur le tapis dès l'entrée.

— C'est vrai...

— Avant de commencer, ça te dit qu'on se prépare un apéro et qu'on se pose dehors ?

— Je suis partant !

Nous nous levons en même temps de nos chaises, et je la vois me jeter un coup d'œil en coin, regardant rapidement ma tenue. Cela ne dure que quelques secondes mais j'aimerai savoir ce qu'elle se dit.

— Très chic ta tenue, me complimente-t-elle.

À croire qu'elle m'a entendu.

— Merci.

C'est le seul mot capable de sortir de ma bouche à cet instant précis. Je secoue la tête, essayant de me ressaisir et la suis jusque dans la cuisine. Encore une fois, elle gère tout d'une main de maître et fait un plateau avec tout ce qu'il faut pour se faire un apéro sympa.

— On se met sur les transats ? propose-t-elle.

— C'est parfait.

Je chope un tabouret dans le salon et le pose entre les deux transats. Il nous servira de petite table d'appoint pour ce soir. Je n'avais pas fait attention mais elle a pris également son enceinte. Elle la pose au sol, et met le son au minimum.

— Vin blanc ou bière, ça te va ? Je n'ai rien d'autre dans mes courses, dit-elle.

— Oui, ne t'en fait pas, c'est très bien.

Je me penche et récupère une bière pour la décapsuler. Elle choisit la bouteille de vin blanc et s'en sert un verre. Nous buvons chacun une gorgée de nos boissons, nous préparant mentalement à ce qui va suivre.

On est assis, l'un devant l'autre, chacun sur son transat, attendant que l'autre commence. Je décide de sauter le pas, et je commence en lui disant :

— Déjà, peu importe comment va se passer cette conversation, j'aimerai préciser que... j'ai trouvé la journée agréable.

Elle a un mouvement de sourcil. Elle paraît étonné de ce que je suis en train de lui dire.

— D'un autre côté, on n'aurait pas pu faire pire qu'hier, sourit-elle.

J'opine du chef. C'est vrai que si on compare ces deux journées, les deux sont à l'opposé.

— J'espère que le reste de la semaine sera comme aujourd'hui... chuchote-t-elle, presque au ralenti.

Elle détourne son regard vers la piscine. J'en profite pour la regarder un peu plus attentivement. Je ne sais pas pourquoi mais je suis attiré par ses cheveux. Ils sont blonds et lui arrivent au niveau des épaules et le fait qu'ils soient légèrement ondulés, ça lui donne un air... frais. Et je crois que c'est ça qui m'attire.

Putain, depuis quand je pense à des trucs comme ça ?

— Tu veux me poser des questions ?

Je sursaute en l'entendant me parler, cramer de l'observer attentivement.

— Euh... oui... non... bégayé-je. Comme tu veux.

Le rouge lui monte aux joues. Et ce n'est pas la première fois que cela arrive aujourd'hui. Elle replace une mèche derrière son oreille, comme si elle avait compris ce que j'avais en tête quelques instants plus tôt.

Elle boit une nouvelle gorgée et me dit :

— Et si, pour commencer, c'était moi qui te posais une question ?

CHAPITRE 15
Charlie

Je vois bien qu'il tourne autour du pot et qu'il n'ose pas me demander ce qu'il a en tête. Et même si ce qu'il vient de me dire me touche, cela n'empêche pas que nous devons discuter. Et je sais qu'il y a de fortes chances que ça dégénère comme ça a été le cas hier. On sait que l'on doit y passer donc autant y aller et mettre les pieds dans le plat.

Je suis nerveuse. Liam reste tout de même un inconnu pour moi, on se connait que depuis à peine 24 heures. Si ça se trouve, c'est un psychopathe et il va péter un câble à un moment donné. Ou peut-être est-ce juste moi qui le suis, à penser ça de lui ?

Je remets une seconde mèche de cheveux derrière mon oreille. C'est un tic que j'ai quand je suis un nerveuse. Je ne réfléchis plus et demande :

— Qu'est-ce qu'un *influenceur* pour toi ?

Ses yeux s'arrondissent. J'ai été directe avec cette question mais quand faut y aller… faut y aller. Il tourne la tête vers la piscine. Je ne sais pas s'il réfléchit à la réponse, ou juste s'il se demande comment s'exprimer sans m'en mettre plein la figure mais il ne bouge pas pendant un petit moment.

J'écoute la chanson qui passe à l'intérieur de la maison, lui laissant le temps qu'il a besoin pour me répondre tout en essayant de ne pas trop angoisser.

— Des profiteurs, des voleurs, des glandeurs, énumère-t-il.

Voilà, c'est lâché. Il l'a dit. Ma gorge se serre. Je garde la face et fait comme si ses mots ne m'atteignaient pas, ce qui paraît l'étonner. Je n'en attendais pas moins de sa part quand j'ai posé la question mais j'ai quand même du mal à avaler ma salive. Il me regarde à nouveau, jaugeant s'il a été trop fort dans ses propos. Sauf que je ne veux pas qu'il prenne de pincette avec moi. Surtout que j'ai déjà entendu des termes pas très... sympathiques. Je n'ai pas peur d'en entendre de nouveaux.

— Mais encore ?

Là, pour le coup, il ne cache plus du tout son étonnement. Néanmoins, je souhaite vraiment saisir le fond de sa pensée pour ensuite, lui expliquer ce que je fais réellement dans la vie.

— À part être sur leur téléphone toute la journée, ils font quoi ces *influenceurs* ? demande-t-il, agacé. Ils se plaignent toute la journée d'être fatigués mais ils foutent rien. Ils montrent tout le temps des promos pour des conneries uniquement pour que les gens achètent. Sérieux, il y en combien par jour ? Et vas-y que ça part en vacances tout le temps, que je montre que j'ai de l'argent, et que je parle de pseudo souci qui en fait, n'en sont absolument pas. Je dirais même qu'ils font mieux que de partir en vacances puisqu'ils partent dans des paradis fiscaux. Et ça crée des marques à tout va alors que c'est dans l'unique but de voler les abonnés. Vraiment, que d'exploits ! Et je devrais aimer ces gens et accepter ce qu'ils font ? Tu m'prends pour qui ?

OK, finalement, il a de sacrés préjugés sur ce métier. Maintenant qu'il a fini de parler, je vois ses narines s'agrandit de rage et il croise les bras, totalement fermé. À moi de lui expliquer les choses à présent et vu son comportement, je sens que ça va être compliqué et que je vais devoir recourir à des arguments imparables. J'attrape une tomate cerise que je me presse de croquer. Réfléchissant à comment lui démonter.

— D'accord, dis-je en le regardant droit dans les yeux. J'ai encore une question.

Il m'observe d'un regard sombre. Je réalise que la tension est montée d'un cran avec ce qu'il vient de me dire.

— Pourquoi tu ne m'as pas mis dans le même panier ? Pourquoi ne pas avoir dit « vous les *influenceurs* » plutôt que de dire « ils » ?

Il me fixe, réfléchissant à sa réponse.

— Honnêtement ? J'en sais rien. C'était pas fait exprès parce que pour moi, vous êtes tous pareil, vous êtes tous dans le même panier.

Cette phrase, je pense que c'est celle que je déteste le plus entendre quand on me parle des influenceurs. Cela a le don de me mettre hors de moi habituellement. Sauf que cette fois-ci, j'essaie de me contenir car on a dit qu'on se parlait calmement.

Machinalement, je fais non de la tête.

— Je vais te démontrer que je ne suis pas comme eux.

— Si tu le dis... dit-il en levant les yeux au ciel, exaspéré.

Il blesse mon égo une nouvelle fois, il n'a pas l'air de vouloir me croire. Il décroise ses bras, le rendant moins fermé à la discussion. Il tend la main pour récupérer sa boisson, il boit une grosse lampée et attend que je m'explique.

— Déjà, il y a deux catégories. Les influenceur*s* et... les créateurs de contenus !

— C'est un nouveau mot pour dire influenceur, c'est ça ?

— C'est un nouveau mot pour éviter de mettre tout le monde dans le même panier, réponds-je, agacée. Pour éviter ce que tu viens de me dire !

Je vais devoir me rendre à l'évidence, rester calme va être compliqué, surtout s'il me coupe pour dire des conneries.

— OK, répond-il, simplement.
— Je ne sais pas si tu te rends compte, mais tu me mets dans le même panier que ces pseudos *influenceurs* qui font du *bad buzz* [10] ! Et je t'interdis de faire ça ! le menacé-je du doigt. Je peux tout entendre, vraiment, absolument tout, mais de là à me comparer à eux, c'est non !

Au moins, c'est dit.

Je prends une grande inspiration, essayant de calmer la vague de rage qui monte en moi.

— Alors, oui, il y a une différence. Les créateurs de contenus partagent quelque chose aux autres, comme l'apprentissage de nouvelles choses par exemple, et...

— Parce que tu leurs apprends quelque chose, toi ? me coupe-t-il.

Ma respiration se coupe. Je pensais avoir tout entendu mais j'étais loin de mes peines.

— Parce que si j'ai bien compris, tu te considères comme *créatrice de contenu*, non ? ajoute-il, acerbe.

— J'en suis une ! dis-je sur la défensive.

Il lève à nouveau les yeux à nouveau, lassé. Je détourne les yeux pour me concentrer sur la piscine, essayant de m'apaiser et de calmer mon rythme cardiaque qui va beaucoup trop vite depuis le début de cette conversation. Je le regarde à nouveau, il me scrute, impatient.

— Est-ce que tu as vu un peu comment s'était passée ma journée ? lui demandé-je.

Il opine de la tête, n'ouvrant plus la bouche.

— Je vais reprendre tes propres mots, comme ça je suis sûre que tu comprennes ce que je vais dire, commencé-je, réfléchissant à toute vitesse à ce qu'il m'a dit quelques instants plus tôt. Est-ce que je me suis plains d'être fatiguée ? Est-ce que j'ai fait pleins de promos pour des produits ? Est-ce que je suis tout le temps en vacances ? Ou non, attends,

---

[10] Buzz négatif

qu'est-ce que je fouterai ici alors que je pourrai aller dans un paradis fiscal ?

J'ai parlé sans respirer. Je suis essoufflée et mes explications n'ont aucun intérêt pour le moment. Il faut que je me ressaisisse.

— Et à quel moment tu apportes quelque chose à tes abonnés ? me devance-t-il. Parce que pour toi, montrer que tu as acheté des serviettes au marché, c'est important ?

— Tu as regardé mes stories ?

— Pas du tout, c'est Colin qui m'en a parlé. Donc, quel message veux-tu véhiculer en partageant ça ? me questionne-t-il, pensant me piéger.

— Ça prouve que je suis comme tout le monde, que je suis dans la même catégorie que ceux qui me suivent.

— C'est-à-dire ?

— C'est là, la différence entre influenceur et créateur de contenu. Ces « *influenceurs* », dis-je en mimant des guillemets, sont reconnus pour faire du *drop-shipping*[11]. Et là, oui, je suis d'accord avec ce que tu as dit, ils créent une marque et arnaquent leurs abonnés et quand ils ont de l'argent, ils se barrent ailleurs où ils ne paieront pas d'impôts.

— Des voleurs, donc.

— Je ne peux pas nier ce point-là, en effet…

Je vois un rictus, il pense que je m'avoue vaincu alors que pas du tout.

— Tu te rends compte que la nouvelle génération veut être… comme eux ? À se la couler douce à l'autre bout du monde ? ajoute-t-il.

— Je sais et c'est pour ça que faire la différence est important.

— Et donc, quelle est la différence avec toi ?

---

[11] Produits de mauvaises qualités avec de fausses promotions

— Je travaille.
— Tu peux développer ? s'agace-t-il. Parce que pour le moment, à part t'avoir vu sur ton ordinateur et pianoter sur ton clavier, j'en sais pas plus.
— Je gère des partenariats.
— Comme... les autres ? demande-t-il, septique.
— Oui... et non, dis-je en réfléchissant comment lui expliquer. Je bosse avec de très bonnes marques, et non des trucs de *drop-shipping*, dis-je en reprenant l'exemple de tout à l'heure. Et la manière de faire les choses est totalement différente. Mes vidéos sont toujours travaillées alors que les autres se contente de se poser devant leur téléphone et de parler face cam. Suffit de regarder, ils font quinze écrans pour parler d'un seul et même truc.
— Écran ?
— C'est le nombre de *story*, excuse, c'est l'habitude.
— Et quand tu dis que tes vidéos sont travaillées... tu veux dire quoi par là ?
— Est-ce que tu as vu ce que je faisais cette après-midi ?
— Vite fait.
— J'ai travaillé sur une marque de bougie. Avant toute chose, quand la marque me contacte, c'est mon manager qui gère. Il négocie le contrat et la dotation.
— La dotation ?
— Souvent les marques t'envoient leur produit. Parfois, tu en reçois un ou, comme là, avec les bougies, j'en ai eu trois.
— Ah d'accord.
— Parfois, pendant la négociation, je dois aussi leur envoyer mes idées de vidéos.

Je le vois méditer à ce que je lui dis. Je sens que je commence à m'apaiser au fil de la conversation. J'enchaîne :
— Je réfléchis à comment mettre leur produit en avant, parler de la marque, l'environnement, le contexte dans lequel je me trouve quand j'utilise les bougies par exemple.
— Pourquoi, il y a différent moyen de parler de bougie ?

Je souris. Pour quelqu'un qui s'agaçait tout à l'heure, il est plutôt curieux finalement. Ça me rassure de le voir s'ouvrir sur ce monde qu'il ne connaît pas.
— Bah quoi ? demande-t-il, me souriant à son tour.
— Rien, je suis ravie de voir que tu poses des questions pour en savoir plus.
— Tu as réussi à rendre ce sujet intéressant pour moi, m'avoue-t-il.
— J'espère que je vais réussir à te faire changer d'avis sur ce métier alors.
— Continue et je te dirai.
Son sourire est franc et sincère. Je suis touchée.
— Et ensuite ?
— Quand j'ai les produits, je fais ce que j'ai à faire. Si c'est une vidéo avec de la musique, je réfléchis aux plans à tourner, la musique à mettre, la légende à noter sous la vidéo… Parfois, je dois également faire des voix off[12], donc réfléchir à quoi dire, tout noter sur une feuille pour ne pas oublier les informations importantes.
— Tout à l'heure, tu as dit que tu faisais des vidéos travaillées… c'est donc ça ?

Je fais un signe affirmatif de la tête. J'attrape un bout de fromage que je jette dans ma bouche. Faire des micros-pauses dans mes explications lui permet d'assimiler tout ce que je lui apprends. Parce que pour quelqu'un qui ne connaît pas tout ça, soit c'est du n'importe quoi et j'invente, soit la personne se rend compte de la charge de travail.
— Puis, je fais le montage de la vidéo et je l'envoie à la marque pour approbation.
— À chaque fois ?

---

[12] Une voix qui vient s'ajouter aux plans et qui nous explique ce que l'on voit

— Oui. Parfois, les marques ne demandent pas de *preview*[13], mais j'aime bien que tout soit carré et c'est automatique.

— C'est déjà arrivé que tu doives refaire ?

— Oui, ça arrive parce que parfois je n'ai pas assez de détails sur le briefing que je dois suivre et la marque me rajoute des choses après.

— Et tu dois tout refaire à chaque fois ?

— Avec le temps, j'ai appris à filmer plus que ce qu'il faut donc c'est juste un travail avec le montage. Mais avant, oui, je refaisais tout du début à la fin, c'était horrible, expliqué-je.

— C'est quoi ton maximum de vidéos que tu as dû faire ?

— Pour la même collab ?

Il opine du chef.

— Une fois j'ai dû refaire ma vidéo quatorze fois.

Ses yeux s'arrondissent.

— Comment c'est possible ?

— Un brief pas du tout exploité comme il fallait, avec peu de détails. Donc, quand tu fais un premier envoi de vidéo, le retour indiquait qu'il fallait montrer un peu plus le produit car pour eux, on ne le voyait pas assez. Donc, tu refais et tu la renvoies. Puis, il fallait rajouter un titre sur la vidéo, puis finalement, l'écrire à gauche, non à droite, non mais sur la gauche c'était mieux…

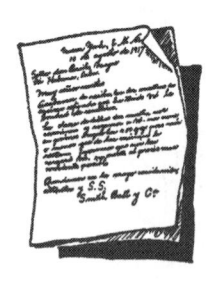

— Donc t'as refait la vidéo quatorze fois ?

— Hum, dis-je en buvant une de gorgée de vin. C'était horrible ! J'en avais ras-le-bol.

— Tu m'étonnes !

Il boit également une gorgée de sa boisson et m'observe.

— À quoi penses-tu ? demandé-je, intriguée.

---

[13] Envoie test d'une vidéo non fini à la marque pour recueillir leurs réactions.

— Donc ce que tu fais... c'est comparable à quoi ? Une pub ?

— C'est exactement ça. C'est comme les pubs qu'on voit à la télé mais version réseaux.

— Intéressant...

Il grignote quelques chips, assimilant ce que je viens de lui raconter.

— J'ai encore une question commence-t-il, doucement. Ça ne m'explique pas quelle est la différence entre les *influenceurs* et *créateurs de contenus* ?

— Comme son nom l'indique, les *créateurs de contenus*[14] crée ses vidéos, et pour la plupart d'entre nous, nous avons été connus grâce aux réseaux sociaux. Quant aux *influenceurs*[15], la plupart sont juste là pour influencer les gens et sont connus de la télé. Bien évidemment, il y a quelques exceptions à la règle mais grosso modo, c'est ça.

Il opine, me remerciant pour ma réponse claire. C'est vrai que parfois, cela ne sert à rien de faire de long monologue pour expliquer quelque chose, parfois il vaut mieux être direct et dire les choses simplement. Je décide de continuer sur ma lancée et lui dis :

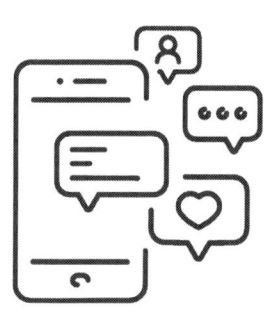

— Il n'y a que Mia qui sait... tout ça. La partie de l'iceberg qui est caché de tous. Si j'ai pris cette semaine de vacances, c'est pour essayer de souffler et de prendre du recul...

---

[14] Un créateur de contenus élabore parfois des stratégies de communication, gère des publications, fait du référencement, conduit des projets dans leur globalité. Une profession complète qui demande des compétences techniques, mais aussi une curiosité et une créativité importante.

[15] Personne qui influence l'opinion, la consommation par son audience sur les réseaux sociaux.

— Tu appelles ça des vacances ?
— Oui, pourquoi ?
— On est dimanche, c'est les vacances et pourtant, je t'ai vu bosser toute l'aprèm. Donc je répète ma question, tu appelles ça des vacances ?
— Ça peut te paraître bizarre... mais oui.
Il semble interloqué.
— Si j'ai travaillé cette après-midi, c'était pour avoir du temps libre cette semaine. Je n'ai pas choisi cette semaine de vacances au hasard, c'est parce que c'est celle où je savais que j'aurai le moins de travail, expliqué-je. Bon d'accord, une collab s'est calée entre deux mais sinon, tu verras, le reste de la semaine, je serai tranquille.
Il n'a pas l'air convaincu par ce que je suis en train de lui dire. J'ajoute :
— Après, je ne pars pas du principe que dès que je poste une *story*, c'est du travail. Ça reste un plaisir et un loisir. Pour moi, la partie travail concerne les appels avec mon manager, répondre aux mails, monter des vidéos, travailler les idées pour les marques...
— Je peux concevoir que d'être sur les réseaux est un plaisir de base, mais, à partir du moment où tu filmes tout ce que tu fais, ça devient pesant, non ?
Je réfléchis quelques secondes à sa question.
— Parfois.
Ma réponse le surprend. Il devait s'attendre à ce que je dise non.
— Ça devient aussi des automatismes. Tu sais, je demande jamais rien à personne, je fais ma petite vie dans mon coin. Et malheureusement, être créateur de contenu est très mal vu. Je ne blâme personne, c'est un nouveau métier et les gens ont du mal avec. Mais je pense juste qu'ils devraient avoir un peu plus de compassion quand ils parlent de quelque chose dont ils ignorent tout.
Je le vois acquiescer doucement.

— Et attention, j'adore ce que je fais. Vraiment ! Je ne changerai pour rien au monde. Je dirai même que ce métier était celui dont j'étais faite pour mais que je ne le savais pas jusqu'à y faire face. Mais me battre constamment, me justifier sur mes choix, mes actions, prouver que j'ai de bonnes valeurs, j'en suis fatiguée...

Et là, sans comprendre ce qu'il se passe, je craque. Complètement. Je me lève précipitamment de mon transat et m'avance vers la piscine. Je sentais bien que cette discussion avec Liam était compliquée et sans doute celle de trop mais de là à pleurer, là maintenant ? Non, je ne m'y attendais pas. Je ne veux pas pleurer devant lui. Je me mets face à l'eau et éclate en sanglots. Si j'avais su que je serai dans cet état en parlant, je pense que j'aurai évité de boire de l'alcool en même temps. Tout à coup, je sens que l'on me choppe par les épaules, que l'on me fait pivoter sur moi-même pour m'enlacer.

Liam m'a pris dans ses bras.

Mon cœur s'arrête de battre pendant une petite seconde et se met à battre à nouveau mais tellement fort que j'en ai mal à la poitrine. Qu'est-ce qu'il fait ? Je ressens une vague de chaleur commencer au creu de mon ventre pour s'étendre dans tout mon corps. Sont-ce ses bras qui me donnent chaud ? Ou est-ce juste ce sentiment de sécurité que je ressens à travers son embrassade qui me fait cet effet ?

Oh, bordel.

Cela fait redoubler mes sanglots.

— Calme-toi, me dit-il doucement.

Je mets de longues minutes avant de me calmer. Dès que j'arrive à me calmer, un nouveau torrent de larmes débarquent et Liam ne bouge pas. Il me garde dans ses bras et me caresse le dos pour essayer de me calmer.

Je finis par reculer légèrement de son torse tout en reniflant.

Qu'est-ce qu'il sent bon.

Trop occupée à sangloter, je n'avais pas fait attention à son parfum. Je prends une nouvelle grande respiration, profitant de son odeur. Et cela m'apaise. Ce matin déjà, j'ai pu sentir son parfum divin, mais si près de son cou, l'odeur est plus forte, plus masculine et surtout plus enivrante.

— Je suis désolée… pour tout ça, dis-je en me ressaisissant.

— Tu n'as pas t'excuser.

— J'ai quand même sali ta belle chemise.

— Ce n'est qu'un détail, sourit-il.

Comme il est plus grand que moi, je dois relever la tête pour pouvoir le regarder. Ses yeux bleus plongent dans les miens. Nous nous regardons en silence pendant quelques instants, j'ai cette sensation que le temps s'arrête autour de nous. J'ai la chair de poule, un frisson me parcoure le corps éveillant des sensations dont je ne me souvenais plus. Je ne comprends pas ce qu'il se passe.

— Ça va ? me demande-t-il.

— Hum.

— Sûre ?

— Je m'excuse, dès que l'on parle de ce sujet, c'est toujours compliqué pour moi. Même si je dois bien avouer que je ne pensais pas me mettre dans cet état… pas devant toi du moins, dis-je, gênée.

— Tu veux que l'on retourne s'asseoir ?

Je n'ai pas le temps de répondre que j'entends mon téléphone sonner. Je m'écarte de Liam, prête à aller récupérer mon téléphone sur notre table basse pour répondre, quand il me dit :

— Laisse sonner. Si c'est important, la personne rappellera.

Je sais qu'il a raison mais c'est plus fort que moi. Je me détache de lui et m'empresse d'attraper mon téléphone.

— Ça va ? demandé-je après avoir décrocher.

— Je t'appelais pour demain !

— Dis, je peux te rappeler plus tard ? J'étais en pleine conversation avec Liam et...

Tout en parlant, je me retourne vers Liam, pour lui faire comprendre que je vais couper court à la conversation quand j'appuie sur le bouton du haut-parleur et que Mia annonce :

— T'inquiète, je te laisse avec monsieur beau gosse et tu me racontes tout quand tu as cinq minutes, bisous !

— Merde ! m'écrié-je en verrouillant mon téléphone.

Liam s'assied sur son transat, un grand sourire aux lèvres.

— Sans commentaire, dis-je en sentant le rouge me monter aux joues.

— Monsieur beau gosse ? me demande-t-il.

— Je ne vois pas de quoi tu parles, réponds-je, innocente.

— Ce n'est pas grave, je verrai ça avec elle demain.

Il éclate de rire. Je pense que de me voir dans cette situation l'amuse. À vrai dire, si ça avait été le cas inverse, je n'aurais pas été la dernière pour lui faire une petite vanne.

— Ça suffit, dis-je en ne pouvant pas m'empêcher de rire avec lui.

Me voilà partir en fou rire. Comment est-ce possible de pleurer à chaudes larmes puis basculer sur un fou rire quelques minutes après ? Je le sens, je suis déjà épuisée par cette soirée.

Après quelques minutes à rire, nous nous calmons.

— Ne te sens pas... gênée avec moi.

— Il y a de quoi. J'ai pleuré dans ta chemise alors qu'on se connaît pas, expliqué-je.

— Et alors ?

— J'ai pas l'habitude de me comporter comme ça...

Avec les réseaux, même si je suis authentique et sincère, je ne suis pas du style à me montrer sous cet angle-là, étant fragile, à fleur de peau, anéantie...

— J'aimerai juste que tu sois naturelle en ma présence et que tu t'empêches pas de vivre tes émotions.

— Je vais essayer, dis-je.

Je décide d'envoyer un message rapide à Mia,

> LA CONVERSATION A ÉTÉ PAS MAL MOUVEMENTÉE MAIS LE PLUS DUR EST PASSÉ, JE PENSE QU'ON VA PASSER UNE BONNE SEMAINE TOUS ENSEMBLE

— Tu vas faire une story là ? demande-t-il, un peu sèchement.
— Non, réponds-je, gênée.
— Je veux bien être ouvert d'esprit par rapport à ton métier. Tu m'as expliqué un peu ce que tu fais et c'est cool mais je t'interdis de me filmer.

J'ai un peu de mal à avaler ma salive. L'ambiance s'alourdit en une fraction de seconde. Comme si la conversation que nous venions d'avoir n'avait pas eu lieu. Moi qui pensais que la soirée allait être légère à présent, je me trompe.

— Je le sais que tu ne veux pas être filmé, ne t'en fais pas, dis-je, blasée. Mais il n'y a pas que les *stories* dans la vie.

C'est bon, il m'a mis les nerfs.

— J'étais en train d'envoyer un message à Mia pour lui dire que l'ambiance s'était apaisée et que l'on s'était parlé. Je pense que je devrais la prévenir que tout a changé en une fraction de seconde.

Pour marquer ma parole, je pianote rapidement un texto à Mia.

> LAISSE TOMBER, C'EST UN CON.

— Tu peux comprendre que...
— Je viens de lui dire que tu étais un con, le coupé-je. Comme ça, tu sais tout.

Agacée, je tourne mon téléphone vers lui pour montrer mes textos avec Mia.

— Content ?

Il jette un coup d'œil à l'écran et fait comme si de rien en disant :

— Ce n'est pas parce que je sais ce que tu fais dans la vie que tu dois m'y inclure. Hier, je t'ai dit que je ne voulais pas être filmé, et ce soir, ça ne change pas. Et ça ne changera jamais.

— Je ne comptais pas te filmer.

— T'allais pas du tout allumer Instagram là ? Pour poster je ne sais quelle *story* ?

— Non, parce que je sais que tu n'aimes pas ça et je n'ai pas envie de te l'infliger.

— Genre, soupire-t-il.

— La seule chose que j'aurai pu partager, c'est ça, dis-je en montrant notre plateau d'apéro. Et basta.

Il lève les yeux au ciel.

— Tu sais, tout à l'heure, je t'ai dit que les gens aimaient voir que j'étais comme eux. Prendre l'apéro pendant les vacances en fait partie. Montrer les trucs de tous les jours, c'est ça qui me différencie des autres. Moi j'aime aller au marché, prendre l'apéro et juste profiter.

— Et si tu apprenais à profiter sans tout montrer tout le temps ?

Je prends sa question comme une pique. Et je n'apprécie pas.

— Je pensais vraiment que le fait de t'expliquer un peu l'envers du décor te permettrait de moins me juger. Apparemment, ce n'est pas le cas. C'est pas grave, j'ai l'habitude après tout.

Je me lève du transat. Ce revirement de comportement m'irrite. J'essaie toute de même de lui parler calmement plutôt que de monter dans les tours :

— Si ça ne t'embête pas, je te laisse débarrasser. Je monte.

— Charlie, attends, tu…

— Bonne soirée, Liam.

Je ne lui laisse pas la possibilité de répliquer et je file à l'intérieur de la maison.

Le temps d'arriver à l'escalier pour monter dans ma chambre, mon téléphone sonne. Je regarde et découvre que Mia m'a répondu :

> APPELLE-MOI DÈS QUE TU ES POSÉE

Je fais exprès de claquer ma porte de chambre, histoire de bien mettre un terme à cette soirée qui était en dent de scie.

Je lance mon téléphone entre mes oreillers et m'assieds sur le bout du lit.

Je me sens épuisée.

CHAPITRE 16
Liam

Cela fait déjà deux heures que Charlie a claqué la porte de sa chambre. Deux heures que je suis sur ce transat, à regarder la piscine et à savourer ce silence ambiant. Là, c'est sûr, elle ne reviendra plus de la soirée et il commence à faire frais, autant rentrer. Je récupère le plateau à moitié vide. Je laisse le tout dans l'évier de la cuisine et décide d'aller dans ma chambre.

Je vais directement vers la salle de bain. Il faut que je m'asperge d'eau fraîche.

Je me regarde quelques instants dans le miroir, essayant de comprendre ce qu'il se passe depuis deux jours. Vu d'extérieur, je suis le même qu'avant mon arrivée ici. Mes cheveux sont coiffés comme à leur habitude, ma barbe n'a pas particulièrement poussé, je n'ai pas perdu de muscle... La seule différence, c'est que mon bronzage est un peu plus prononcé car j'ai passé pas mal de temps exposé au soleil et cela fait ressortir mes yeux bleus mais c'est tout. Alors pourquoi à l'intérieur, j'ai l'impression de me battre contre une tornade ?

La voir pleurer tout à l'heure m'a fait quelque chose. Je n'arrive pas encore à déterminer exactement pourquoi ce sentiment m'a bouleversé mais je me devais de la prendre dans mes bras. C'était impossible de la laisser dans cet état sans rien faire.

Plusieurs fois, j'ai eu envie d'aller la voir et de lui parler. Puis à chaque fois, je me suis ravisé. C'est vrai, qu'est-ce que je lui dirai de plus ? Que si je déteste ces satanés influenceurs, c'est parce que j'ai mes raisons ?

Je secoue la tête, essayant d'oublier cette soirée.

CHAPITRE 17
Charlie

La nuit fut courte. Je me suis endormie tard et le peu de sommeil que j'ai eu n'a pas été réparateur. Je me lève du lit difficilement et me dirige directement vers la douche.

— L'eau chaude va me faire du bien, pensé-je.

Je profite de cette longue et chaude douche pour gommer mon corps, faire un masque à mes cheveux et à prendre soin de moi, quitte à ne plus avoir d'eau chaude, ce n'est pas grave. Le tout, en musique, comme à mon habitude.

Quand je sors de là, la salle de bains est un véritable hammam. Je passe un coup de serviette sur le miroir pour enlever la condensation et là, je bloque sur mon reflet. Je comprends mieux pourquoi j'avais mal aux yeux. Ils sont gonflés, très gonflés même. Ils réagissent comme ça quand j'ai trop pleuré… juste avant de dormir.

— Fais chier… râlé-je contre moi-même.

C'est foutu, ils seront comme ça une bonne partie de la journée. Et aucun remède ne fonctionne pour les dégonfler, donc je n'ai pas le choix que de faire avec. De toute façon, je n'ai pas le temps puisque je vais devoir partir pour aller chercher Mia à la gare.

J'achève de me préparer et je file.

Depuis mon réveil, je me suis interdit de repenser à la soirée d'hier et encore moins de penser à cette nuit. Aujourd'hui est un nouveau jour, Mia arrive, et j'ai envie

que ce soit une bonne journée, pour qu'ensuite ce soit une bonne semaine.
    J'ouvre la porte et n'entends aucun bruit dans la maison. Liam est sans doute parti ou alors il est dans le jardin. Peu m'importe, il faut que je parte. Je ne le cherche pas dans la maison, récupère mes clés laissées sur la table ainsi que ma paire de lunette de soleil et sors de la maison.
    Je m'installe derrière mon volant et envoie un message à Mia :

> JE ME METS EN ROUTE.
> J'AI HÂTE QUE TU ARRIVES !

    Je mets le GPS sur mon téléphone et démarre. Il fait beau, le soleil est déjà haut dans le ciel, et les passants sont souriants. Oui, tout cela présage une merveilleuse journée. Et là passe à la radio, la chanson « *Paradise* » de Coldplay. Une chanson que je considère comme un basique à avoir dans sa playlist et que j'aime beaucoup. Je l'écoute très régulièrement. D'ailleurs, je l'ai écouté cette nuit.
    Une pointe se fait dans poitrine, mon ventre se tord et mes yeux commencent à s'embrumer.
    — Non, non, non… me dis-je, tout bas.
    Je m'arrête à un feu rouge et je me perds dans mes pensées…
    Il est déjà passé deux heures du matin, je n'arrive toujours pas à dormir. Je viens de passer plus d'une heure au téléphone avec Mia pour lui expliquer la soirée, on s'est mise d'accord sur l'heure à laquelle je devais la récupérer. Sauf qu'à l'instant où je raccroche, je repense à Liam. Ou plutôt de la manière dont s'est terminée la soirée. Après m'être tournée et retournée dans mon lit, je rallume mon ordinateur et je me suis mise à bosser sur un montage vidéo.
    Et à un moment, sans comprendre pourquoi, je repense à ce que Liam m'a dit :
    — Tu considères ça comme des vacances ?

Effectivement, qui bosse pendant ses vacances jusque deux heures du matin, voire plus ? Je referme donc mon ordinateur et je me perds dans les applications de mon téléphone. A priori, rien de bien méchant. Je regarde un peu ce que les gens ont partagé pendant leurs soirées, je visionne des dizaines de vidéos et je finis par regarder mes notifications. Et c'est là que ça dérape.

J'ai pris l'habitude de ne plus regarder mes notifications parce que c'est un peu comme les vidéos, quand on commence, on a du mal à t'arrêter. Sauf que là, il était tard, je n'arrivais pas à dormir et... j'ai vu ce que j'aurai préféré ne pas voir.

De vielles photos ont réapparues dans mes notifications, ce qui veut dire que : soit les personnes ont mis un j'aime, soit ils ont commenté. En soit, rien d'alarmant. Sauf qu'en regardant de plus près... Au début, cela me fait sourire de voir que les abonnés retournent voir ces anciens clichés. Ces photos me rappellent d'agréable souvenirs. Mais ce sont sur les commentaires sur mes yeux se sont posés.

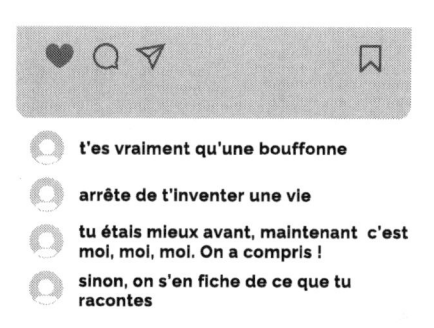

♥ ◯ ⧊   ▢

◯ t'es vraiment qu'une bouffonne

◯ arrête de t'inventer une vie

◯ tu étais mieux avant, maintenant c'est moi, moi, moi. On a compris !

◯ sinon, on s'en fiche de ce que tu racontes

Des coups de klaxons me font me tirent de mes pensées. Je secoue la tête, fais un signe de la main dans mon rétroviseur pour m'excuser auprès de celui qui me suit et vérifie que le feu soit bien vert avant de démarrer.

Je n'arrive pas à me concentrer sur la route, j'ai l'impression que je roule n'importe comment. Je décide de me garer dès que je le peux. Lorsque retentit les dernières notes de la chanson, mes pensées s'envolent de plus belle.

Le fait d'avoir de mauvais commentaires fait partie du jeu. Ou du moins, c'est ce que tout le monde me dit. Comme si le fait de se faire insulter était normal et que je devais me laisser faire. Sauf que non, ce n'est pas normal. Les gens se pensent être en sécurité derrière leurs écrans mais cela ne m'empêche pas de porter plainte s'il le faut.

♥ ○ ▷   ☐

○ Ça joue la star alors que tu es personne

○ t'étais mieux avec Nicholas

○ T'es comme les autres, tu nous bernes

○ Je t'ai déjà croisé et tu n'es pas très jolie, on voit que tu retouches tes photos !

Cela fait plusieurs années que je suis sur les réseaux et mes abonnés sont montés crescendo jusqu'à l'année dernière, où j'ai eu un énorme pic. Encore aujourd'hui, je ne sais pas ce qu'il s'est passé mais quoi qu'il en soit, les abonnés sont bel et bien présents. Par chance, j'ai 95% de personnes bienveillantes dans mes commentaires. Mais les 5% restants sont résistants et ne me lâche jamais la grappe. Je sais que l'on ne peut pas plaire à tout le monde mais, quel est l'intérêt de venir me voir et de me dire « *t'es qu'une conne* » ?

Depuis le début, j'essaie de passer au-dessus quand je vois un message de la sorte passer. Puis, parfois, comme cette nuit, après avoir passé un mauvais moment, après avoir accumulé de la fatigue et d'être à fleur de peau, je craque. Et pas qu'un peu. Comme si je relâchais tout ce que j'avais accumulé durant ces dernières semaines.

Je reste humaine après tout, j'ai le droit de prendre les choses à cœur même si tout le monde me dit de prendre du recul et de ne pas rester bloquée sur ces mauvais messages. Et j'ai une chance incroyable d'avoir cette communauté qui me défend à chaque fois. Mais c'est un fait, je suis quelqu'un de sensible, même si je ne le montre pas sur mes réseaux, seuls mes proches voient réellement qui je suis.

Je suis entière sur mes réseaux, je me montre tel que je suis... même s'il faut que je préserve certaines parties de ma personnalité pour, justement, ne pas donner le droit à ces personnes malveillantes de m'attaquer.

Il faut que je me ressaisisse...

Je récupère mon téléphone qui est clipsé sur mon tableau de bord et ouvre mon application de musique. Je farfouille dans mes playlists, il m'en faut une qui me mets dans une bonne ambiance. Je dois être de bonne humeur pour récupérer Mia.

Après quelques instants de recherche, je décide de mettre :

PLAYLIST DE CHARLIE

2 be loved
Lizzo

2.23 — -1.33

Dès les premières notes, je sens grimper en moi l'envie de refaire le monde.

Je repositionne mon téléphone, vérifie que le GPS est toujours activé et je me mets en route. Au moment où j'arrive près de la gare, Mia m'appelle.

— T'es où ? me demande-t-elle.

— Je suis là dans trente secondes, t'es où toi ?

— J'suis devant la gare. Il y a un accès pour les taxis, passe par là.

— OK, j'arrive.

Je repère rapidement le dépose minute bondé de taxis. En cherchant une place parmi les voitures, j'aperçois une tignasse châtain, des longues jambes et des valises énormes... Pas de doute, c'est Mia ! Elle s'empresse de m'enlacer. Que c'est bon de la savoir enfin avec moi, ici. Elle balance son énorme valise à l'intérieur et s'installe sur le siège passager.

— Que les vacances commencent ! annonce-t-elle.

Un vrai soleil cette nana. Rien que de la voir, j'ai le sourire.

— Bon, c'est quoi le programme du jour ?

— Là, je dois aller dans un supermarché pour aller chercher ce qu'il faut pour l'apéro.

— Ce que tu m'as expliqué hier ?

— C'est ça. Dans l'idéal, on fait les courses et on file à la maison, comme ça je filme un maximum de plans...

— En espérant que le ronchon ne soit pas là, termine-t-elle.

J'opine du chef. C'est la deuxième et dernière collaboration que je dois préparer cette semaine, enfin, normalement. On n'est jamais à l'abri qu'une marque me contacte pour une prestation urgence.

— Tu sais déjà ce que tu veux prendre ?

— *Grosso modo*, oui. Mais je sais que tu trouveras des petits trucs à rajouter.

Mia adore m'aider quand je dois faire du contenu, surtout quand il s'agit de nourriture. C'est quelqu'un de très créatif, qui a toujours de merveilleuses idées, elle est une aubaine pour moi quand je suis en panne sèche.

Nous arrivons au supermarché. Je récupère un caddie et explique à Mia ce que j'ai en tête.

— J'avais pensé à faire une belle planche apéro.

— J'aime bien l'idée, tu la prépares et hop, t'es tranquille.

— Je dois mettre en avant la marque bio du magasin, aussi bien dans les produits frais que les produits secs.

— Est-ce que tu vas faire une boisson ?

— Je n'y avais pas pensé ! lui avoué-je.

Quand je vous dis qu'elle pense à tout.

— Je m'en occupe, me rassure-t-elle. T'as déjà une liste préétablie pour les courses ?

Je lui jette un coup d'œil. Elle comprend directement ce que je signifie ce regard. Elle est rodée désormais, mon métier n'a presque plus de secret pour elle.

— Question bête... Allez, dis-moi ce qu'on doit prendre.

Je lui tends mon téléphone pour qu'elle ait un aperçu des ingrédients à prendre en rayon.

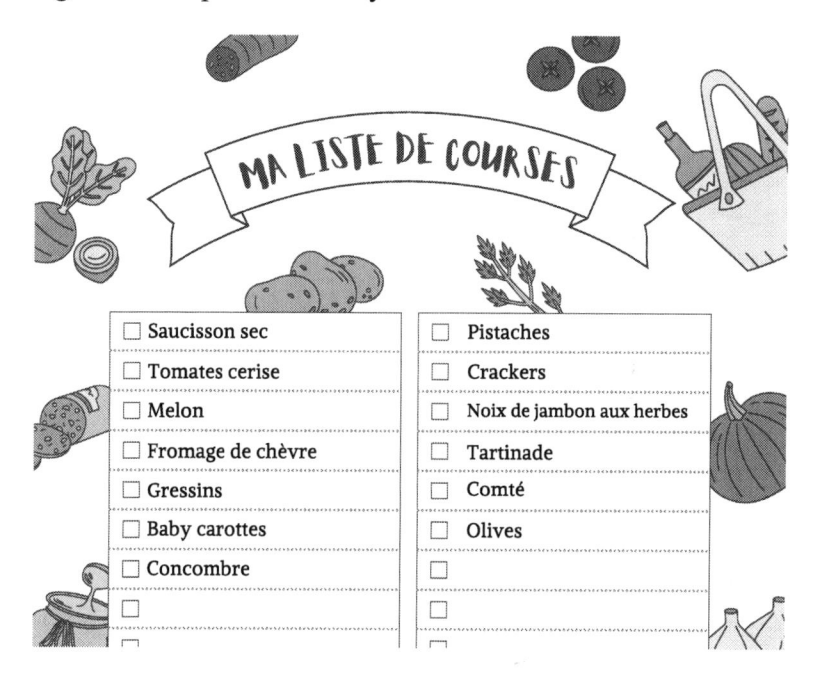

MA LISTE DE COURSES

☐ Saucisson sec	☐ Pistaches
☐ Tomates cerise	☐ Crackers
☐ Melon	☐ Noix de jambon aux herbes
☐ Fromage de chèvre	☐ Tartinade
☐ Gressins	☐ Comté
☐ Baby carottes	☐ Olives
☐ Concombre	☐
☐	☐

— Allons-y, se réjouit-elle.

On passe plus d'une heure à faire le tour des rayons, à réfléchir à ce que l'on aurait oublié et on imagine déjà comment nous allons mettre tous ces produits en place. Arrivées en caisse, Mia se charge de mettre les courses dans les sacs et moi je paie avec les chèques cadeaux reçus au préalable par la marque.

Je jette un coup d'œil à mon téléphone et me rends compte qu'il est passé treize heures.

— Ça te dit qu'on mange là ? demandé-je à Mia en lui faisant un signe de tête vers une cafétéria dans la galerie marchande.

— Ah ouais, je veux bien, tout ça m'a donné la dalle !

On s'approche, regardant s'il est encore possible d'être servie.

— Si tu veux, je vais ranger le caddie dehors et toi, garde les sacs, me propose-t-elle. Avec la chaleur dehors, vaut mieux éviter de laisser le melon trop longtemps dans le coffre.

Je souris. Encore un détail auquel je n'avais pas pensé. Ou plutôt, j'aurai percuté en revenant à la maison et que j'aurai vu le melon faire une drôle de tête en le sortant du coffre. Puis, nous n'avons que deux sacs, c'est faisable.

Elle me fait un clin d'œil et s'empresse d'aller ranger le caddie. J'en profite pour regarder mon téléphone : plusieurs mails entrant mais Kenneth n'a pas encore dû les regarder. Je prends tout de même la peine d'en ouvrir un. Une proposition pour aller dans un parc aquatique en Espagne. Je supprime directement le mail, cela ne m'intéresse pas. Je prendrai tout de même le temps de l'informer plus tard que j'ai moi-même supprimer la proposition. Car même s'il me dit toujours de jeter un coup d'œil sur mes mails, et qu'il m'autorise à supprimer ce genre de mail qui n'est pas intéressant pour moi ou qui ne me représente pas, je préfère toujours être transparente avec lui.

— Allons manger ! se réjouit Mia en me rejoignant.

Nous jetons toutes les deux notre dévolus sur une salade composé avec du saumon frais. Vraiment mon péché mignon quand il fait chaud. À peine installées, que Mia commence :

— Alors ? Tu l'as vu ce matin ?

Je n'ai pas besoin de demander plus de détails que je sais très bien qu'elle parle de Liam. Je secoue la tête.

— Tu sais s'il est là quand on va rentrer ?

Je me contente de hausser des épaules.

— Il sait que tu dois faire ta collab d'apéro ?

Décidément, elle va me poser toutes les questions du monde le concernant ?

— Non, dis-je simplement. C'est pour ça que j'aimerai la faire dès que l'on rentre, en espérant qu'il ne soit pas là, comme ça je serais tranquille.

— Tu m'as pas dit que son pote arrivait ce soir ?

— Si, pourquoi ?

— Autant faire ta collab' ce soir, non ?

J'ouvre la bouche, prête à lui répondre et je repense à hier soir. Avec Liam, on s'était dit que ça pouvait être une bonne idée de se faire un apéro, histoire de passer notre première soirée à quatre et de grignoter sachant que nos potes avaient des heures de route dans les pattes.

— Un truc ne va pas ? me demande Mia, voyant que je mets trop de temps à répondre.

— Normalement, c'était prévu que l'on fasse un apéro ce soir.

— Ah, bah tu vois !

— Ouais mais, on avait pensé à ça avant... que ça dérape.

— Ah.

— Comme tu dis...

— Fais comme tu veux, moi le principal, c'est que je goûte...

Elle me fait sourire.

— On verra quand on rentre, lui réponds-je.

Nous finissons de manger et reprenons la route vers la maison. Arrivées au domaine, je vois la voiture de Liam. Je dois faire une drôle de tête car Mia me dit :

— Il est là, c'est ça ?

— Tu vois cette voiture ? lui demandé-je en faisant un signe de tête. C'est la sienne, donc je pense qu'il est là.

— Intéressant, sourit-elle.

Je n'en attendais pas moins de sa part. On récupère les courses ainsi que sa valise et nous entrons dans la maison.

Nous tombons nez à nez avec un blondinet avec un style un peu de surfer.
— Vous êtes qui vous ? le questionné-je.
— Colin, enchanté !

CHAPITRE 18
Liam

Par je ne sais quel moyen, Colin a su arriver en début d'après-midi. Je viens à peine de le récupérer à la barrière de l'entrée, il a sorti ses affaires de sa voiture et voilà que Charlie rentre. On ne s'est pas croisé depuis qu'elle a claqué sa porte de chambre, et je dois bien l'avouer, je ne sais pas comment me comporter avec elle.

Je vois Colin tendre la main à Charlie qui se trouve sur le pas de la porte. Elle ne m'a pas encore vu puisque je suis dans la cuisine.

— Trop bien, t'es déjà arrivé ! s'exclame une voix fluette, que je ne reconnais pas. Je suis Mia !

Une brune débarque et s'empresse de faire la bise à Colin. Cette nana a l'air d'être à l'aise et j'ai l'impression qu'elle lui plait déjà car il me lance un regard qui veut dire « ah ouuuuuais ».

— Manquait plus que ça, murmuré-je.

Je le connais par cœur et je sais déjà ce qu'il pense. Je secoue la tête, préférant ne pas m'en mêler. Il était déjà en train de faire ses yeux de *loveur*, alors que je n'ai même pas encore eu le temps de lui dire bonjour.

— Il abuse, me dis-je.

— Qui ça ? me demande Charlie.

Mes yeux basculent de Colin à Charlie qui attend que je me pousse pour pouvoir passer.

— Colin, réponds-je sincèrement.

— Qu'est-ce qu'il a fait ?

Je la laisse entrer dans la cuisine et remarque qu'elle a deux gros sacs de courses pleins à craquer. Qu'a-t-elle pu bien acheter alors que le frigo est encore bien rempli ? Je remarque qu'elle attend ma réponse.

— Je pense que Mia lui plaît.

— Et connaissant Mia, je suppose que Colin ne la laisse pas indifférent non plus.

Je la fixe, essayant de comprendre si ce qu'elle dit est vrai ou non.

— Colin est carrément son style de mec, m'explique-t-elle.

Je me retourne pour jeter un coup d'œil et effectivement, ça sent le rapprochement dans l'air.

— Tu veux de l'aide pour ranger les courses ? lui proposé-je.

— Euh… oui, hésite-t-elle.

— Si tu me l'avais dit plus tôt, j'aurais pu t'aider avec les courses.

Je remarque qu'elle ralenti son geste en sortant un saucisson du sac.

— À vrai dire…Eh bien, je… hésite-t-elle, écoute, ce que je vais t'expliquer-là ne va sans doute pas te plaire, mais autant être honnête, non ?

Je sens mes sourcils se froncer. Que va-t-elle me raconter ?

— C'est pour une collab'.

Je me tends.

— Tu vois, je te l'avais dit que ça ne te plairait pas.

— Euh… non, mais, tu… euh… bégayé-je.

— Et j'aimerai, si possible, faire cette collab' ce soir. J'essaierai d'être la plus rapide possible pour n'embêter personne, précise-t-elle.

Que répondre à ça ? Si je lui dis de ne pas le faire, je vais passer pour un gros lourd alors que, comme elle vient de me le dire, elle est honnête. Et je ne peux pas passer pour un con si elle joue franc jeu avec moi.

— Fais ce que tu as à faire, lui dis-je.

Sa bouche s'ouvre puis se referme. Je pense qu'elle ne s'attendait pas à ce que je lui réponde cela.

— Colin sera très content de voir comment tu bosses, ajouté-je. À moins que tu veuilles que l'on parte ?

— Non, restez ! Puis, je ne sais pas si tu te souviens, mais hier soir on avait eu l'idée d'un apéro pour ce soir, histoire d'être tranquille.

— Exact.

— Bah c'est ça que je dois faire, une planche apéro.

— C'est cool comme truc, dis-je, sincère.

Elle me sourit et reprend son déballage de course. On achève de tout ranger en silence, aucun de nous ne fait référence à la veille au soir et c'est tant mieux. Ne remettons pas de feu là où il n'y en a pas besoin.

— Si tu as besoin d'aide, n'hésite pas.

— Merci, me sourit-elle.

Nous décidons d'aller rejoindre Colin et Mia à l'extérieur.

— Déjà affalés sur le transat ? demandé-je.

— Oh, Liam ! me salue Mia en se levant. Ça va ?

— Très bien et toi ?

— Pas mal, sourit-elle.

Je la vois lancer un regard à Charlie mais je n'arrive pas à le déchiffrer. Est-ce un regard qui parle de moi ou Colin ? Parce que c'est le genre de regard qui dit « *tu ne m'avais pas tout dit !* ». Je m'installe sur l'une des chaises autour de la table pour avoir tout le loisir de voir les réactions de Mia avec Charlie. Cela me fait doucement rire car j'ai l'impression de me voir avec Colin. Ou plutôt, j'ai l'impression de voir Colin car il adore faire des commentaires sur tout et n'importe quoi.

— Quoi de prévu aujourd'hui ? demande Colin en se levant à son tour du transat.

— Je pensais qu'on aurait pu profiter de la piscine cet après-midi, proposé-je.

— J'adore l'idée, s'extasie Mia.

Nous tournons tous les trois la tête vers Charlie pour avoir son avis. Elle entrouvre la bouche et se rend compte qu'elle se retrouve seule contre trois. Elle lâche l'affaire et hoche la tête pour valider cette idée.

— Pendant que vous serez dans l'eau, j'en profiterai pour bosser un peu, précise-t-elle.

Je remarque qu'elle évite mon regard, et je comprends vu ce que je lui ai dit hier.

— Tout le monde en maillot ! s'écrie Colin.

— Viens, je vais t'aider à mettre tes affaires dans la chambre, dit Charlie à Mia.

Avant que les filles arrivent, j'ai juste eu le temps d'expliquer à Colin le souci des chambres. Charlie à celle d'en haut, moi je me suis posé dans la suite parentale qui se trouve en bas et il ne reste qu'une seule chambre et elle est composée de deux lits simples. J'ai prévenu Colin qu'il dormirait là mais que les filles dormiraient sans doute toutes les deux en haut. Toutefois, quand je vois comment ils se comportent depuis que Mia est arrivée, je ne sais pas pourquoi, mais j'ai presque envie de parier qu'ils vont finir dans la même chambre à un moment donné. Rien que d'y penser, je souris.

J'attends que les filles soient hors de portée et demande à Colin :

— Mia te plaît ?

— Grave, avoue-t-il.

— Vas-y mollo quand même.

— Pourquoi ?

— On est là toute la semaine, si jamais ça devait mal se passer avec elle, je préférerai que ça ne soit pas dès le premier jour.

— Pourquoi ça se passerait mal ?

— Je te connais.

— Et ?

Je sais que tu passes la nuit avec les nanas et qu'après, tu les oublies. Et je te rappelle qu'on est dans la même maison donc ça va être un peu compliqué de garder cette sale manie.

— Qui te dit que cette fois-ci ce sera qu'une seule nuit ?

— Je te connais, répété-je.

— T'inquiète, dit-il en me faisant un clin d'œil.

Il ne me laisse pas le temps de rétorquer qu'il entre à son tour dans la maison pour aller se changer.

— Au moins, j'aurais prévenu... me dis-je.

Je ferme les yeux quelques instants, profitant du calme avant le retour de tout le monde.

— Tu ne vas pas te changer ?

Instinctivement, j'ouvre les yeux et vois Charlie qui refait surface, les bras chargés de son ordinateur, un carnet, un trépied et j'aperçois également les bougies qu'elle filmait déjà hier.

— Alors ? me demande-t-elle, curieuse.

— Pour l'instant, ça ne me dit rien, dis-je en l'observant. Tu as beaucoup de choses à faire ?

J'hésite à lui poser la question mais je suis intrigué par le fait qu'elle doive bosser alors que sa meilleure pote vient à peine d'arriver.

— Ce sont les dernières heures de rush et après, je serai tranquille, m'explique-t-elle.

— Tu as besoin d'aide... pour quelque chose ?

Le regard qu'elle me lance est compliqué à déchiffrer. Elle paraît étonnée et en même temps, un peu craintive. Elle doit penser que je me moque d'elle ou que je prends les choses à la légère, cependant, ce n'est pas du tout le cas.

— J'aurais peut-être besoin d'aide après, oui, finit-elle par répondre. Merci.

Je lui fais un signe de tête tout me levant.

— Je reviens tout de suite.

Elle me sourit puis se concentre sur son écran d'ordinateur. Je suis soulagé de voir qu'entre nous il n'y a pas d'animosité par rapport à la veille. Et j'espère que l'on sera sur cette même longueur d'onde si jamais nous devrions nous retrouver qu'à deux.

CHAPITRE 19
Charlie

Est-ce que je suis quelqu'un de sympathique dans la vie de tous les jours ? Absolument. Est-ce que je suis capable de faire comme si de rien n'était et de passer au-dessus de mes émotions ? Évidemment. J'ai donc mis de côté tous les sentiments que je ressens depuis hier, je les ai cachés dans une boîte intérieure et à présent, je suis tout sourire, tout va pour le mieux. Ou plutôt, je fais comme si je n'avais pas été blessée par les mots qu'a eu Liam à mon égard et cela à l'air de bien fonctionner.

Ceci dit, pourquoi est-ce que j'apporte de l'importance à ce qu'il me dit ? D'habitude, ce genre de réflexion me blesse sur le coup, puis, je passe outre. Mais là ? Est-ce parce que c'est une « vraie » personne qui se trouve devant moi ? Ou est-ce aussi parce que je sais qu'on va cohabiter ensemble pendant la semaine et que ses mots résonnent encore plus forts que les autres ? En même temps, hier, et plusieurs fois dans la journée, j'ai trouvé que c'était un mec agréable, donc le contraste avec la soirée a été fort.

— Je suis paumée… murmuré-je.

Je n'ai pas le temps de tergiverser plus longtemps que Liam est déjà de retour. Lunette de soleil sur le nez, il dépose un livre ainsi qu'une bouteille d'eau sur la table et retourne à l'intérieur. Mon regard est de suite attiré par le livre. De là où je suis, je n'arrive pas bien à voir quel est le titre, je me redresse un peu plus sa ma chaise, penchant légèrement la tête.

— T'es bien curieuse, s'élève une voix que je reconnaitrais parmi tant d'autres... celle de Liam.

Je sursaute, prise la main dans le sac. Je fais comme si de rien et fixe mon écran d'ordinateur.

— Je lis un livre pour le boulot, m'explique-t-il. C'est Colin qui me l'a apporté aujourd'hui, il faut que je le lise pour septembre.

Il s'installe sur sa chaise et me montre la couverture du livre colorée, le titre me saute immédiatement aux yeux : *Allez fils, on va de l'avant* écrit par Chris Joyz.

Mon pouls s'accélère, ma respiration se coupe. Je regarde le livre pendant de longues secondes.

— C'est quoi l'intérêt ? finis-je par demander.

— De quoi tu parles ?

— Hier, tu me dis que tu n'aimes pas les créateurs de contenu et aujourd'hui, tu lis ce livre ? Celui-ci en particulier?

— Je ne comprends pas, répond-il en fronçant des sourcils.

— Chris Joyz est dans le top 10 de ceux qui ont eu la plus grosse évolution ces six derniers mois et tu me fais croire que son nom de te dit rien ?

Il me lâche du regard pour se concentrer sur la photo présente sur la couverture. Ses yeux s'agrandissent, il vient de comprendre.

— Je peux t'expliquer ? me demande-t-il.

Je décide de m'assoir m'asseoir au fond de ma chaise tout en croisant les bras.

— C'est un pote de Colin. Apparemment, ils se parlent depuis un moment et Colin voulait mettre son livre à la librairie, et...

— À la librairie ? le coupé-je, incrédule.

Depuis quand ont-ils une librairie ? Depuis quand s'intéresse-t-il au livre ? Pourquoi je n'avais pas cette information plus tôt ? J'essaie de me remémorer nos conversations mais à aucun moment il n'y a fait référence.

— On a une librairie avec Colin... Je pensais que tu le savais.

— Tu ne me l'avais jamais mentionné...

Il lève les deux mains devant lui, comme pour montrer son innocence face à cette nouvelle. D'un côté, je n'ai pas vraiment cherché à le connaître davantage. Cependant, je trouve ça intéressant. Savoir qu'il a la fibre littéraire me permet de mieux le cerner. Je trouve que cela lui offre un côté plus... comment dire... posé ? Il est vrai que je l'ai vaguement aperçu la veille, durant l'après-midi.

— Donc, tu disais ? l'incité-je à continuer.

— Colin connaît mon avis sur... votre métier, commence-t-il en prenant des précautions sur les mots qu'il emploie. Il sait que de l'avoir dans notre stock peut nous aider.

— Tu lis tous les livres que vous mettez en stock ?

— Oui... et non, réfléchit-il. Il y en a certains qu'on ne lit pas car ce n'est pas notre truc mais qu'on est sûrs de vendre.

— Comme quoi ?

— La romance, répond-il, du tac au tac.

Je souris et il m'imite.

— C'est typiquement ton genre de lecture, n'est-ce pas ? Tu ne me verrais *jamais* en lire.

— C'est rigolo que tu en parles, car l'autrice de cette romance, c'est justement la femme de celui dont tu vas lire le livre, dis-je en pointant du doigt le livre.

— Ah oui ?

— Comme quoi, le monde est petit. C'est vrai quelle était la probabilité pour que ça arrive ?

Il prend le livre entre les mains et le retourne pour lire le résumé.

— Je peux te poser une question ?
— Dis-moi ?
— Pourquoi est-ce que tu lis son livre ? De ce que j'ai entendu, c'est une autobiographie, de son parcours jusqu'au moment où le fait de devenir créateur de contenu est devenu son quotidien. Tu l'as encore dit il y a quelques minutes, que tu n'aimais pas son métier...

Il médite quelques instants avant de me répondre :
— Colin pense que mon point de vue sur ce métier peu changer grâce à ce livre.
— Il a du courage !
— Mais c'était sans compter sur le fait que je sois avec toi toute la semaine et que, comme quoi le hasard est bien foutu, tu sois aussi...

Mon pouls s'accélère de nouveau. Qu'entend-il par-là ?
— Mon avis est ce qu'il est, reprend-il, mais avec ce que tu m'as expliqué et le peu que je peux apercevoir de ce que tu fais, peut-être que mon point de vue est en train d'évoluer...

Voilà, il a répondu à ma question. Je pense que notre conversation de la veille fait doucement son chemin et j'en suis ravie. Je sens mes lèvres se soulever pour se transformer en un sourire. Ce con arrive à me faire sourire encore une fois.

— Mais ce n'est pas gagné d'avance pour autant, me met-il en garde. Peut-être que mon avis sera complètement fermé après avoir lu ce livre.
— Qui sait... sourit-il.

Je m'apprête à laisser cette conversation derrière moi pour enfin me mettre au travail quand une question me turlupine. Je le regarde, réfléchissant au meilleur moment pour la lui poser. Néanmoins, est-ce qu'il y aura vraiment un moment plus adapté qu'un autre pour ce que je veux lui demander ?

Je prends mon courage à deux mains et me lance :

— Il y a quelque chose d'autre qui t'embête avec ce métier ? Que tu ne m'aurais pas dit ?

Il relève les yeux du livre qu'il s'apprêtait à commencer et me regarde, confus. Ma question est légitime et j'espère qu'il y répondra sincèrement. Il ouvre la bouche et la referme plusieurs fois.

— Je pense que c'est trop simple, qu'il suffit d'avoir un téléphone et de se filmer du matin au soir. Tout le monde peut le faire.

— Si tout le monde peut le faire, pourquoi ne le fais-tu pas, toi aussi ? Puisque c'est si simple.

Déjà entendu maintes et maintes fois. Sous prétexte que je n'ai pas d'heure fixe comme la plupart des gens, c'est ça qui les dérange. Et en découle le fait que ce soit simple, celle-là va de pair avec la précédente.

— Parce que je n'ai pas envie de m'étaler sur la place publique, répond-il.

Celle-là, je ne pensais pas qu'il me la ferait... Aïe.

— Chacun sa manière de voir les choses, réponds-je.

Je regrette presque d'avoir posé ma question. Qu'est-ce que je pensais ? C'était sûr qu'il allait me faire ce genre de remarque.

— C'est à cause d'une histoire personnelle... commence-t-il. Ce n'est pas si vieux que ça, ou plutôt...

— J'te jure, t'aurais dû voir ça ! s'esclaffe Colin en arrivant dans le jardin.

Et Mia rit aux éclats en réponse à Colin. Le visage de Liam se ferme totalement, faisant comme si nous n'étions pas en train de discuter. Notre bulle vient d'éclater alors qu'il était enfin en train de s'ouvrir à moi et de parler de choses personnelles. J'étais à deux doigts de comprendre la véritable raison de sa rancœur face à ce métier.

— Qu'est-ce que vous faites de beau ? demande Mia en s'approchant de la table.

Aucun des deux ne se rendent compte qu'ils viennent de nous couper dans notre conversation. Je fais comme si de rien et réponds :

— Je bosse un peu sur ma collab' de ce soir, histoire de prendre de l'avance et d'être la plus productive possible.

— Oh, c'est quoi ? s'intéresse Colin en s'approchant à son tour.

Je jette un coup d'œil à Liam, je suis étonnée de voir qu'il m'écoute attentivement.

— Je dois faire une planche apéro, expliqué-je. Donc j'en profite pour vous dire de ne pas trop vous gaver cette aprèm', car il y aura de quoi manger ce soir !

— Génial ! s'excite Colin. Ça t'embête si je regarde comment tu fais ?

— Pas du tout, souris-je. Tu pourras m'aider, si tu veux.

— Je suis grave partant ! Tu commences quand ? s'impatiente-t-il.

— J'ai d'autre chose à gérer avant, donc, profite de la piscine et je te dirai quand c'est bon.

— Merci Charlie, tu gères !

Il me fait un énorme sourire et sans prévenir personne, se met à courir et saute dans la piscine. Mia éclate de rire et se précipite pour le rejoindre. Je les regarde, presque à les envier de pouvoir profiter sans penser à rien. Quant à Liam, il a toujours le regard fixé sur moi. J'aimerais bien savoir ce qu'il pense.

— J'ai mes propres raisons, me dit-il tout bas.

Que lui répondre à ça ? Je ne quitte pas Mia et Colin des yeux.

— Tu es sûre de ne pas pouvoir profiter un peu avec eux ? me questionne-t-il, changeant de sujet.

Je secoue la tête et lui dis :

— Je préfère être raisonnable et finir ça avant de passer à la détente.

— Je comprends.

Il n'ajoute rien de plus et se replonge dans sa lecture. Je décide à mon tour de me concentrer dans le boulot pour ensuite pouvoir profiter tous ensemble.

CHAPITRE 20
Charlie

L'après-midi est passée comme une flèche. Colin et Mia ont passé tout leur temps ensemble. Quand l'un allait sur le transat, l'autre le suivait et ils retournaient ensemble dans l'eau. À croire qu'ils nous ont totalement oubliés...

Liam a passé son après-midi en face de moi, assis sur sa chaise avec son bouquin entre les mains. Parfois, il parlait avec Colin et Mia. Et bien souvent, il me jetait des coups d'œil pour voir si je m'en sortais avec mes affaires. J'ai pu faire pleins de choses donc je suis contente de ma productivité : monter une vidéo, refilmer des plans pour les bougies, l'envoyer à la marque, noter tous mes plans à faire pour ma planche apéro du soir. En prime, la playlist de Colin est passée en fond et bien des fois, je me suis noté des titres de chansons pour les écouter plus tard. Ce fut une bonne après-midi et même si j'ai travaillé, je me sens reposée.

Je jette un coup d'œil et me rends compte qu'il est déjà presque dix-huit heures. Il est plus que l'heure de me mettre à bosser sur ma fameuse planche apéro. Je rentre dans la maison et décide de regrouper tous les produits dont j'ai besoin sur un plateau.

— T'as besoin de mes bras ? me demande Liam juste derrière moi.

Je me retourne et me cogne contre son torse. Il était plus proche que ce que je pensais.

— Désolée, dis-je en me reculant.

— J'ai l'impression que tu prends un malin plaisir à me foncer dedans, sourit-il.

C'est vrai que c'est arrivé plus d'une fois depuis samedi. Je sens le rouge me monter aux joues, il va peut-être croire que je le fais exprès pour pouvoir me rapprocher de lui mais ce n'est pas le cas, je suis juste maladroite. D'accord, je dois quand même avouer qu'on ne peut pas rester indifférente face à lui.

— Je t'embête, dit-il en me faisant un clin d'œil.

Je le regarde quelques instants, ne sachant quoi lui répondre. Et là, je remarque que ses yeux sont d'un bleu intense, sans doute à cause du soleil mais ils sont devenus très clairs et c'est incroyablement beau.

— Tes yeux…

Son sourire s'élargit et ses yeux ont un je-ne-sais-quoi en plus qu'ils n'avaient pas quelques secondes auparavant. Je ne sais pas si c'est la proximité, ses yeux, son sourire ou tout ça à la fois mais je sens que quelque chose se passe. J'ai de nouveau envie de me nicher dans ses bras musclés, comme la veille. Une chaleur se propage à l'intérieur de mon ventre et se propage dans mon corps au fil des secondes. Je sens mon visage rougir et même si je peux mettre ça sur la cause de la chaleur, lui comme moi savons que ce ne sont pas ces raisons qui me chamboulent. Il faut que je bouge de là et pourtant, mes pieds sont ancrés dans le sol.

— Chaaaaaarliiiiiie ?! s'écrie Mia.

Nous sursautons à l'unisson. J'ai l'impression d'être de nouveau une adolescente qui se fait surprendre par ses parents en présence d'un garçon. Mon cœur bat la chamade, je me retiens d'éclater de rire mais mes yeux restent verrouillés aux siens.

— T'es oùùùùùùùùù ?? me rappelle Mia.

Je lève les yeux au ciel, agacée d'être coupée dans ce je-ne-sais-quoi qui était en train de se passer. Quant à Liam, il ne bouge pas et continue de me fixer. Un air de malice s'installe dans son regard, cette situation à l'air de l'amuser.

— Quoi ? crié-je.

— Tu vas commencer l'apéro ?

Je soupire.

— Vraiment, impossible d'être tranquille quand il s'agit de bouffe, dis-je pour moi-même.

— C'est grave si je te dis que j'étais moi-même impatient ? me demande Liam, prenant un air le plus sérieux possible.

Il ne tient que quelques secondes et pouffe de rire. Le voir comme ça me fait partir dans un rire incontrôlable à mon tour. Nous sommes désormais pliés en deux, comme deux gamins, se tordant de rire.

— Allez, je vais t'aider sinon les deux ogres vont s'impatienter là-bas.

Je finis par le lâcher du regard, tout en me promettant de réfléchir plus tard à ce qu'il vient de passer.

— Tu peux prendre tout ce qu'il y a ici, dis-je en lui montrant la porte du frigo. Le reste, tout devrait passer sur un plateau.

— OK, je reviens pour prendre la vaisselle, si tu veux, me propose-t-il.

— Attends, tu crois que les deux autres vont rien faire ? Ils veulent participer, tu vas voir !

Son visage s'illumine, content de voir que je ne suis pas du genre à me laisser faire.

— COLIN ? MIA ? J'AI BESOIN DE VOUS, hurlé-je à travers la maison.

Liam quitte à peine la cuisine qu'ils arrivent en courant.

— Tu peux prendre ça, dis-je en donnant le plateau à Colin. Et toi, tu peux prendre la vaisselle. Prends des verres, couteaux, la planche... et deux bols. J'arrive.

— Bien, madame, me répond Mia en s'activant.

Je retourne dehors pour vérifier ce que j'ai noté sur mon carnet.

— Bah... t'as rien pris avec toi ? me demande Liam.

— J'ai des esclaves, réponds-je en faisant un signe de tête vers la porte vitrée.

Et pile à ce moment-là, Colin et Mia arrivent les mains chargées.

— Bien joué, rit-il.

Après avoir fait l'inventaire de ce qu'il me fallait pour la vidéo, je leur explique ma manière de procéder.

— À partir du moment où je mets mon téléphone sur mon trépied et que je lance la vidéo, impossible de bouger de place. Donc, s'il vous plait, évitez de vous mettre de ce côté-là, dis-je en montrant le bout de table.

— OK, répond Colin, très sérieux. Ensuite ?

— C'est très simple, sachant que vous vouliez m'aider, je me suis dit que le mieux serait que vous mettiez la main à la pâte.

— C'est-à-dire ?

— Vous faites et je vous regarde, expliqué-je en souriant de manière fourbe.

Colin et Mia ont un énorme sourire sur le visage, alors que Liam, lui, est beaucoup plus sur la réserve. Je m'empresse d'ajouter :

— Si vous ne voulez pas participer, vous avez le droit. Je n'oblige personne !

Liam m'offre un petit signe de tête en guise de remerciement.

— Et si on veut jouer le jeu, que doit-on faire exactement ?

— On verra uniquement vos mains. Et pour cette vidéo, je vais utiliser une musique donc vous pouvez parler autant que vous le souhaitez, ce sera coupé.

Colin et Mia opinent du chef, ils prennent les choses très au sérieux. Venant de Mia, je ne suis pas étonnée, surtout qu'elle a l'habitude mais Colin, j'avoue que cela me fait plaisir intérieurement.

— En gros, le principe c'est de montrer que préparer un apéro pour ses potes, c'est pas seulement de partager le plateau mais c'est aussi le préparer ensemble. Le premier plan, c'est la planche vide et on nous verra ajouter des choses au fur et à mesure, jusqu'à ce qu'elle soit pleine.

— Génial, j'adore ! répond Mia.

— Et je verrais au moment du montage, mais j'ajouterai peut-être des plans de nous en train de prendre les aliments sur la planche. Genre un bout de fromage, un bout de pâté et la planche se videra au fur et à mesure. Et pourquoi pas faire ce plan jusqu'à ce qu'elle soit vide ?

— Comme ça, quand la vidéo reprend depuis le début, ça fera une boucle. Et selon la musique que tu vas choisir, ça peut faire un truc à l'infini, enchaîne Colin.

— T'as tout compris, le félicité-je.

— C'est canon ! répond Colin, enthousiaste.

Mia applaudit, impatiente de s'y mettre et mon regard dérive vers Liam. C'est la première fois que je parle avec autant de termes techniques devant lui, et sa réaction me fait plaisir et me touche. Il hoche la tête, impressionné par l'idée que je viens d'annoncer.

— J'ai tout de même une question… dit Colin, un peu gêné.

— Vas-y, dis-moi !

— Le coup des plans où l'on mange et que la planche se vide, tu n'as pas peur que la luminosité change ?

— J'y avais pensé, c'est pour…

— Excuse-moi, me coupe Colin, j'aurai dû me douter que tu y avais pensé.

— Ne sois pas désolé ! Au contraire, l'évoquer est intéressant, j'aurais très bien pu oublier. Mais j'avais eu ce souci pour une autre vidéo, et depuis, j'ai pris l'habitude. Je te remercie d'y avoir réfléchis !

Colin hoche la tête, n'osant plus parler. Je lui souris pour le rassurer.

— Vous êtes prêts ? leur demandé-je.

— Plus que prêt, répond Colin.

— On attend plus que toi, me dit Mia.

— Très bien, alors, attention... dis-je en lançant la caméra.

Liam profite de ce moment pour prendre une chaise et se mettre à l'écart. Il se met assez loin pour être sûr de ne pas être filmer à son insu mais assez proche tout de même pour lui permettre de regarder ce que l'on fait.

— Mia, tu peux découper le melon, lui proposé-je. Et toi, Colin, le fromage ?

— T'as envie que je le coupe d'une manière particulière ? me demande Colin.

— Non, fait comme tu le sens. Coupe-le comme toi tu aimes et tu le poses où tu veux sur la planche. On verra au fur et à mesure comment on dispose le reste.

Ils sont tellement concentrés sur ce qu'ils font, qu'aucun des deux ne parlent à part pour me demander ce qu'ils peuvent faire, où poser les aliments et s'ils peuvent gouter un bout du chorizo avant de le déposer.

— Du coup, je suis privé de goûter moi ? me demande Liam, toujours sur sa chaise.

— Fallait venir aider, réponds-je en tournant la tête pour l'observer.

— D'accord, capitule-t-il en se levant de sa chaise.

Aucun sourire sur le visage, est-ce que je dois croire qu'il va nous aider ? Ce n'est pas dérangeant qu'il n'aide pas, mais est-ce qu'il a oublié que je filmais ? Je remarque que Colin relève la tête de son paquet de pistache pour vérifier si ce que je pense est exact.

— Je peux ? demande Liam en montrant un paquet de saucisson sec.

Je réponds par un signe de tête affirmatif, incapable de parler de peur qu'il ne retourne s'asseoir. Je me place derrière mon téléphone pour vérifier si mon plan est toujours bon et la qualité de l'image. J'en profite pour observer discrètement ce que Liam fait. À l'aide d'un petit ramequin, il confectionne une fleur avec les tranches de saucisson sec déjà coupées.

— Tu m'as piqué l'idée, s'écrie Mia en voyant Liam retourner sa fleur.

— À vrai dire, c'est son idée, raconte Colin.

— Comment ça ? demandé-je, curieuse.

— Chaque semaine, on se fait un apéro dinatoire, et à chaque fois c'est pareil, il nous fait des planches de dingue ! Et il adore faire des fleurs avec du saucisson sec, c'est *son* indispensable !

— Pourquoi garder ce secret ? questionné-je Liam.

Il dépose délicatement sa fleur de charcuterie parmi l'espace libre restant sur la planche et relève la tête vers moi, victorieux.

— Parce que je voulais voir cette tête, répond-il, fier de me voir impressionnée.

— Quelle tête ? demandé-je innocemment.

— Tu es impressionné, avoue-le !

— Abuse pas non plus.

Il s'approche de moi, voulant me taquiner, mais je lutte pour ne pas être réceptive.

— Allez, avoue !

— Tu fanfaronnes avec une fleur en saucisson ? m'esclaffé-je.

— Absolument.

— OK, je suis impressionnée.

Il jette un coup d'œil à Colin et ce dernier lui fait un clin d'œil. Cela me fait rire.

— Du coup, j'ai le droit de goûter quelque chose ? demande Liam, impatient. Je commence à avoir la dalle de vous voir dessus depuis tout à l'heure.

Je jette un coup d'œil à la planche pour faire un rapide inventaire de ce qu'il manque.

— Il reste à mettre quelques fraises, et on est bon.

— Parfait !

— Et je dois juste filmer la planche sous un autre angle, expliqué-je. Donc, il faudra encore patienter quelques secondes.

— Bien, cheffe, me salue Liam en souriant.

La planche se termine en moins de trente secondes. Je réajuste quelques détails et filme les plans qu'il me manque. J'en fais même plus que ce qu'il ne me faut, toujours dans l'optique d'en avoir potentiellement besoin plus tard. Puis, j'annonce :

— À taaaaable !

Entre deux, Mia est partie chercher les verres ainsi de quoi les remplir. Car même si elle a fait une recette de boisson non-alcoolisée, on laisse la possibilité à chacun de boire ce qu'il souhaite.

— Rappelle-moi ta recette ? demande Colin à Mia.

— Lait de coco, jus de mangue, un trait de sirop de framboise et la blinde de glaçons.

— Ça a l'air bon ton truc ! J'en veux bien un verre, s'il te plait, se réjouit Colin.

— Moi aussi, ajoute Liam.

— Bon, tournée générale ? propose-t-elle.

Le pichet se vide en quelques instants. Les garçons boivent une gorgée et réclament d'en avoir tous les soirs. Pendant qu'ils discutent, j'essaie de me concentrer quelques instants sur mon téléphone, histoire de vérifier que chaque *rush*[16] soient bons.

— Bonne idée, se réjouit-elle. Ça peut être notre petit truc des vacances.

— D'ailleurs, il y a des activités que vous faites systématiquement quand vous partez ? nous demande Colin en piochant sur la planche en même temps.

— Les glaces, répondons-nous à l'unisson.

---

[16] Rush est un mot anglais qui désigne les épreuves du tournage, c'est-à-dire toutes les prises de vues effectuées lors d'un tournage vidéo

— Une glace particulière ?

— À l'italienne, précisé-je en relevant la tête de mon téléphone. Toujours à l'italienne !

— Toujours ? redemande Liam.

— N'importe où, n'importe quand, une glace à l'italienne, ça passe toujours.

— Intéressant, dit-il en faisant apparaître un petit sourire.

Je me reconcentre sur mon téléphone et là, je tique. C'est bien ce que je pensais, en faisant sa fleur tout à l'heure, il est dans le champ. Puis, en la positionnant sur la planche, on voit ses mains. Je relève la tête et je remarque que Liam est toujours en train de m'observer.

— Un problème ? me demande-t-il discrètement.

— Ça dépendra de toi…

— De moi ?

— Je voulais juste vérifier la qualité de la vidéo avant de poser mon téléphone pour la soirée, mais on te voit. 'Fin, tes mains quoi…

Il me fixe pendant quelques seconde. À quoi réfléchit-il ?

— Ce n'est pas grave, répond-il simplement.

— Tu es sûr ? demandé-je, étonnée.

— Ce n'est pas pour deux secondes où on voit mes mains que je vais faire un drame, me rassure-t-il. Puis, je m'en doutais.

J'essaie d'ancrer mes yeux dans les siens, pour tenter d'y déceler de l'honnêteté.

— Ne t'en fais pas. Ce ne sont que mes mains, ce n'est pas grave.

Il finit sa phrase en me faisant un clin d'œil.

— Je te montrerai la vidéo finie, comme ça, tu valideras, lui dis-je.

— Si tu veux, me sourit-il.

Je pense que c'est le mieux, puis, peut-être que d'ici demain, il aura changé d'avis donc vaut mieux assurer mes arrières.

La soirée se passe tranquillement, et tout le monde se régale aussi bien avec la nourriture qu'avec nos conversations. Nous faisons connaissances tous les quatre, racontons des anecdotes et nous essayons de planifier une ou deux sorties ensemble dans la semaine. Puis, sans que je m'en rende compte, la discussion change et elle se retrouve centrée sur moi.

— Tu fais des *vlogs* cette semaine ? me demande Colin.

— De base, je devais en faire mais... j'ai changé d'avis.

— Oh merde, j'en rate aucun en plus ! Pourquoi ?

J'évite de regarder en direction de Liam et me concentre sur Colin.

— Avec le problème qu'on a eu quand on est arrivé samedi, je t'avoue que je n'avais pas la tête à me filmer.

Ce que je raconte est en partie la réalité. C'est sans compter sur Liam qui ajoute :

— C'est surtout à cause de moi. On s'est un peu embrouillé car elle filmait.

— Quand même pas ? lui demande Colin, un peu sur les nerfs.

— Tu sais très bien ce que je pense de tout ça, lui répond-il en soupirant.

— Et si elle ne te filme pas ? Qu'est-ce que ça peut faire qu'elle soit avec sa caméra ?

Un silence s'installe autour de nous. Je n'ose pas reprendre la parole, c'est Mia qui s'en charge.

— En même temps, c'est plutôt cool qu'elle ne se mette pas la pression avec les *vlogs*.

Je regarde Mia, elle m'attrape la main et m'avoue :

— J'avais vraiment envie qu'on profite de cette semaine sans se prendre la tête. Sans que tes journées ne soient rythmées par tes montages, tes plans bien cadrés et les commentaires à répondre...

Mon cœur se contracte. Apprendre cela me fait mal.

— Attention, tu sais que j'adore te voir épanouie dans ce travail mais je sais aussi à quel point, par moment, ça te bouffe.

Ma vue commence à se brouiller. Je me concentre sur elle plus que sur le fait que les larmes soient montées en un rien de temps. Je ne comprends pas pourquoi je réagis de la sorte.

— C'est compliqué à ce point-là ? demande Colin, doucement.

J'attends quelques secondes avant de répondre.

— Disons que c'est très prenant.

— C'est prenant de dingue, ouais ! surenchérit Mia. Mais ce n'est pas que le temps qu'elle y passe, parfois c'est plus profond que ça. Tu sais, on fait le choix de s'exposer ou non, ça je suis d'accord mais les gens sont tellement méchants. Et c'est ça qui est horrible parce qu'elle fait tout avec le cœur sur la main, et voilà comment certains la remercie ! Elle met du cœur dans tout ce qu'elle fait ! s'énerve-t-elle.

Nouveau silence autour de la table. J'aimerais qu'on arrête d'en parler, qu'on change de sujet mais je n'arrive même pas à ouvrir la bouche.

— Et après on s'étonne que je ne veuille pas m'afficher, s'agace Liam.

— Est-ce que tu sais pourquoi Charlie s'expose de base ? demande Mia, légèrement irritée.

— Elle ne l'a jamais mentionné, non.

— Pour la lecture. Parce que tu vois, Charlie lit beaucoup de livres et elle parle de ses lectures. Elle ne pouvait pas le faire avec moi parce que je n'aime pas lire donc elle a trouvé des gens pour le faire et ça s'est fait sur les réseaux, répond-elle d'une traite. Mais ça fait des années maintenant et elle parle d'un tas de choses en plus de ce qu'elle lit. Elle partage son quotidien, des astuces de rangement, des recettes de cuisine... Car elle a évolué justement et elle s'est rendue compte qu'elle ne se résume pas à une seule passion mais à pleins d'autre choses. Les gens la découvre et restent, peu importe que prend la tournure de ses réseaux...

— Et les gens sont méchants, commence Liam en reprenant les mots de Mia, parce qu'elle montre qu'elle va au marché pour du poulet ?

Je comprends que le fait d'avoir filmé la veille au matin l'ait agacé. Je décide de fermer les yeux, essayant de calmer le torrent d'émotions qui ne pas tarder à m'envahir. Je sens une larme couler le long de ma joue. Je prie pour que personne ne le remarque.

— Évidemment que les gens sont cons, et ce, peu importe ce que tu montres, enchaîne Mia. Je vais parler en mon nom parce que je n'ai pas envie de parler à sa place mais je suis arrivée ce midi, tu es d'accord avec moi ? Eh bien, il y a deux heures, j'ai posté une story de la piscine. J'ai un mec, un putain de con, qui m'a dit que de toute façon, je profitais de Charlie uniquement pour qu'elle m'emmène en vacances et qu'en rentrant, j'en aurai plus rien à faire d'elle. Excuse-moi mais, t'es qui pour te permettre ce genre de message ?

J'ouvre les yeux et découvre que Liam m'observe. J'essuie comme si de rien n'était ma joue et récupère mon verre de soda pour boire une gorgée. Je tourne la tête pour regarder Mia.

— Sauf que, ce qu'il sait pas l'autre connard, c'est que Charlie est ma meilleure amie depuis toujours. Donc, oui, des mecs ou même des nanas, qui débarquent sur ton compte et qui déversent leur haine, t'en auras et ce, peu importe ce que tu montres.

— Et c'est injuste, ajoute Colin.

— Je suis d'accord, répond Mia. Et désolée, mais quand je suis en colère, j'ai tendance à être vulgaire.

— C'est sexy, dit Colin tout bas en lui faisant un clin d'œil.

Sauf qu'il ne l'a pas dit si bas que ça puisque tout le monde se met à sourire, moi y compris.

— Et qu'est-ce que les gens peuvent bien te dire ? me demande Liam.

Mon pouls s'accélère à nouveau. Et j'ai des flashs de la nuit précédente qui me reviennent en tête. Mes yeux se brouillent et ma gorge se noue.

— Je peux répondre ? me demande Mia en me prenant la main.

Je la lui serre comme réponse. Elle sait, elle peut parler en connaissance de cause. Je suis fatiguée d'en parler, j'ai juste envie de laisser couler pour ce soir.

— Tu sais, s'exposer reste quelque chose de compliqué. Et peu importe ce que tu penses, quand tu n'as pas confiance en toi, ce n'est pas évident.

Je sens Liam dévisager et je suis incapable de le regarder, je préfère me concentrer sur la bougie que nous avons allumée il y a peu.

— Sauf que, quand tu n'as pas confiance, et que la plupart des gens se moquent de ton physique, tu réagis comment ? demande Mia.

Le silence lui répond.

— Eh bien, tu t'effondres.

Ses mots résonnent en moi et finissent de m'achever malgré elle. Les larmes coulent sans que je n'arrive à les calmer. La main de Mia me serre davantage.

— Suffit d'arrêter dans ce cas, s'exprime Liam.

— Pourquoi arrêter alors qu'elle aime ça ? À cause de connards qui se croient supérieur à elle ? Là, je te parle du physique mais il n'y a pas que ça. C'est aussi pour l'argent dit facile, car elle ne fait rien de ses journées…

En arrière-plan, je vois le visage de Liam se décomposer.

— Et ces remarques là, ce sont celles qui m'insupportent le plus, avoue Mia. Parce que ce n'est que de la jalousie. Quand tu connais Charlie, tu sais que c'est une acharnée de boulot, et qu'elle adore ça. Tout à l'heure, je te disais que j'étais contente qu'elle ne fasse pas les *vlogs* alors qu'en vrai, je suis triste pour elle parce que je sais qu'elle adore ça. Même si elle passe deux heures à faire du montage chaque matin, c'est son truc.

— Des gens font vraiment des remarques sur son physique ? demande Colin. Excuse, mais je suis resté bloqué sur ça.

— Bien trop souvent... dit-elle, attristée. Alors que, regarde-moi cette beauté, bordel !

Elle me desserre la main pour me prendre dans ses bras. Je lâche la rampe et m'écroule. Je me mets à sangloter, ne pouvant plus retenir tout ça.

— Elle est plus que canon ! s'écrie Colin.

Et sans comprendre ce qu'il se passe, je sens une nouvelle paire de bras m'enlacer. Colin a fait le tour pour venir à son tour me réconforter. Et cela me met du baume au cœur et au moral. Ce mec est vraiment incroyable alors que ça ne fait que quelques heures que l'on se connaît.

Après quelques minutes, je décide de sortir de ma cachette pour me montrer au grand jour. Je récupère rapidement un mouchoir pour me ressuyer le visage. Mes yeux finissent par croiser ceux de Liam, qui est assis en face de moi. Je remarque qu'il n'est pas à l'aise, il semble gêné. Dans mon champ de vision, je remarque que Colin retourne s'asseoir à sa place mais je laisse mes yeux plantés dans ceux de Liam. Avec le coucher de soleil, ses yeux ont virés du bleu translucide à un bleu plus profond, plus intense. Un frisson me parcoure le corps. J'aimerais savoir ce qu'il pense, qu'il me parle.

— Parlons d'autre chose, propose Mia. Demain, vous voulez faire quoi ?

C'est après quelques longues secondes, que Liam décide de lâcher mon regard pour se tourner vers Mia.

— On peut aller au marché, si ça vous dit, propose-il.

— Je valide ! répond Mia.

— Est-ce qu'on irait pas se faire une visite aussi ? demande Colin, déjà au taquet.
— Où ça ?
— Dans la vieille ville. Je crois avoir vu qu'il y avait plusieurs vendeurs de glace, dit-il en me regardant, fier de sa trouvaille.
— Faisons ça, réponds-je.
Je ressens un nouveau frisson mais cette fois-ci, ce n'est pas à cause du brun assis en face de moi.
— On rentre ? proposé-je.
— J'allais le dire, annonce Mia. Je commence à cailler.
On débarrasse la table en un rien de temps.
— Un *Uno*, ça vous tente ? demande Mia en le récupérant sur la table.
— Je suis désolée les gars, mais je vais aller me coucher moi, annoncé-je.
Colin fait la moue et s'empresse de venir m'enlacer.
— Repose-toi, et demain, je te bas au jeu.
Il me fait une bise sur la joue et s'empresse d'aller s'asseoir sur le canapé.
— Je te rejoins plus tard, d'accord ? Mais ne prends pas toute la place, hein, me dit Mia.
Elle me fait un câlin et part rejoindre Colin sur le canapé. Au moment où je me tourne pour prendre la direction de l'escalier, je remarque que Liam est au niveau de la porte de la cuisine et qu'il me regarde. J'ai cette sensation qu'il veut me dire quelque chose mais qu'il ne sait pas comment me les dire. Sauf que j'ai assez donné en émotions pour ce soir, et avec la nuit dernière, je n'ai qu'une envie : aller dormir. Je décide donc de lui faire un simple signe de tête.
— On verra demain, pensé-je.

CHAPITRE 21
Liam

J'ai passé une nuit de merde. Et là, il est à peine 7 heures, je tourne en rond dans mon lit depuis plus d'une demi-heure. J'ai repassé en boucle la conversation que nous avons eu hier soir. Et ce qui me chagrine le plus, c'est d'avoir vu Charlie pleuré encore une fois.

J'ai repensé aux détails dont elle a parlé dimanche soir, comme le fait que seule Mia était au courant de tout et hier soir, Mia l'a prouvé en prenant la parole. Et quand elle expliqué, j'ai eu cette sensation qu'elle me plantait un couteau dans le ventre. J'étais mal, très mal vis-à-vis de Charlie.

Je n'aurais pas dû être aussi dur avec elle, j'aurais dû peser mes mots paroles quand on a discuté ce week-end. Je m'en veux de lui avoir fait du mal.

Il faut que je me lève sinon si je reste dans ce lit, je vais continuer à me torturer les méninges.

Je ferme la porte du couloir délicatement pour éviter de faire du bruit alors que tout le monde dort. En me retournant, je découvre Charlie debout, devant la baie vitrée, regardant dehors. Je marque un temps d'arrêt, étonné de voir qu'elle est déjà réveillée.

— Bonjour, me salue-t-elle doucement en continuant de regarder dehors.

— Bonjour, je ne m'attendais pas à ce que quelqu'un soit déjà levé.

— Je n'arrivais plus à dormir...
Elle se tourne au doucement vers moi et m'annonce :
— Il reste du café si tu veux.
Elle n'attend pas ma réponse, ouvre la baie vitrée et sort. Je me dirige vers la cuisine en réfléchissant. Certes, je ne m'attendais pas à la voir à cette heure-ci mais je suis tout de même content qu'elle soit là.

Je vais la rejoindre sur la terrasse pour profiter de sa présence, profiter de ce moment de tranquillité avec elle. Je dis rien et m'assieds sur le second transat, juste à ses côtés.

Le ciel est déjà bleu et le soleil se montre délicatement. Seul le bruit des petites vagues de la piscine se fait entendre. Et je remarque que Charlie ferme les yeux, sans doute pour apprécier le calme qui règne autour de nous.

— Bien dormi ? me demande-t-elle après un certain temps.

— Pas tellement, lui avoué-je. Et toi ?

— Bizarrement, j'ai bien dormi. À partir du moment où j'ai posé la tête sur l'oreiller, je me suis endormie sans m'en rendre compte et j'ai ouvert les yeux à six heures.

— Et... ça va ?

Elle ouvre les yeux doucement, porte la tasse jusqu'à ses lèvres et la repose sur son transat sans même boire une gorgée. J'ai l'impression qu'elle a une grande discussion dans sa tête. Doit-elle me dire des choses ou juste jouer un rôle ?

— J'ai connu mieux, finit-elle par admettre.

Elle reprend sa tasse et boit une grosse lampée. C'est maintenant ou jamais pour lui parler.

— Je m'excuse pour hier, commencé-je. Même pour tout ce qu'il s'est passé depuis que nous sommes arrivés ici. Tu sais, je ne suis pas quelqu'un de méchant... normalement. Mais, je ne sais pas, il y a un truc qui fait que je n'arrive pas à garder mes réflexions de merde et c'est toi qui prends tout. Je t'assure, je suis vraiment désolé pour... tout.

Je me rends compte que je n'ai pas respiré le temps de dire tout ça Je prends une grande inspiration, malgré mon cœur battant à tout rompre.

— Ce que je te disais la dernière fois, je le pensais, je passe réellement de bons moments avec toi. C'est juste...

— Mon taff qui dérange, j'ai compris, soupire-t-elle.

Elle s'apprête à se lever, je me précipite et je l'attrape par le poignet.

— Charlie, non, attends...

Le regard que Charlie me lance est compliqué à déchiffrer. Elle a l'air de m'en vouloir tout en me laissant la présomption d'innocence. À moi d'essayer de la convaincre que je ne suis pas un connard.

— J'ai bien compris la différence entre les *influenceurs* et les *créateurs de contenu*, mais tu peux quand même me laisser encore le bénéfice du doute ?

Ses yeux s'écarquillent. Je ne suis pas sur le bon chemin. Je lui attrape la main pour être sûr qu'elle ne parte pas et qu'elle m'écoute.

— Ce que je veux dire c'est que ça fait des mois, voire plus d'un an que j'ai cet avis sur eux, tu ne crois pas que tout peut s'effacer en seulement deux conversations ? Laisse-moi le temps d'assimiler que ce que j'entends et ce que je vois.

— Et toi tu peux comprendre que j'en ai marre ? Que je suis censée être en vacances et que je suis encore en train de me battre ? Je trouve ça injuste !

Sa voix a baissé de volume au fur et à mesure, pour finir sur un chuchotement. Je libère ma seconde main de ma tasse de café pour pouvoir mettre mes deux mains autour de la sienne.

— Charlie, quand je te disais que c'était un métier où les gens profitaient, qu'ils ne foutaient rien... c'était avant de te connaître. Et je suis désolé de t'avoir dit ça mais c'était ce que je pensais. Et, pour être honnête, c'est ce que je pense encore pour certaines personnes. Cependant, continué-je, si j'ai dit tout ça, c'est parce que j'ai mes raisons.

— Lesquelles ? me coupe-t-elle.
— Peut-être que je t'en parlerai au moment voulu... Là, n'est pas la question, on parlait de toi.
— Mais on parle de moi depuis deux jours ! s'agace-t-elle. J'en ai ras-le-bol !
— Je comprends...
J'ai cette impression de tourner en rond et que rien n'avance.
— J'aimerais juste changer d'air et ne plus penser à tout ça, me dit-elle.
— Parlons d'autre chose alors, aucun problème !
Impossible de capter son regard, elle fixe quelque chose sur le sol et ne relève pas la tête. Moi qui pensais que ce moment aurait été agréable et léger, c'est loupé.
— Je peux tout de même te poser une question ? demande-t-elle en se décidant à me regarder dans les yeux.
— Vas-y...
— Quelles sont tes raisons ?
Merde, pourquoi elle me demande ça maintenant ? Elle veut qu'on change de sujet puis elle enchaîne avec cette question...
Je soupire. Est-ce le bon moment pour avoir cette conversation ? Cela ne sert à rien de tourner autour du pot, autant tout lui raconter et ce sera à elle de comprendre ma position.
— Ça concerne ma...
— Bonjour, tout le monde ! s'écrie Colin en sortant sur la terrasse.
Charlie et moi faisons un bon et je lâche sa main par la même occasion. Elle se lève de son transat et se retourne pour faire face à Colin. Elle le salue en faisant un geste avec sa tasse avant de la porter à sa bouche. Je remarque que Colin sourit.
— Désolé, les gars, je ne voulais pas vous couper dans un moment... intime, finit-il par dire.
— Ce n'était pas un moment intime, dis-je. On discutait.

— Vous discutiez ? demande Colin, suspicieux. Vous parliez de quoi ?

— De Mia et toi, enchaîne Charlie.

Le sourire de Colin s'élargit.

— Bande de mythos !

— On était en train de parier sur vous deux, renchérie-t-elle.

Colin me jette un coup d'œil et éclate de rire. Il nous fait un geste de la main et rentre à l'intérieur de la maison.

— Il est incroyable, constate Charlie en souriant.

— Irremplaçable, ajouté-je.

Son regard croire le mien. On sait que nous ne pouvons pas rester sans parler. Cependant, elle fait l'innocente et prononce :

— Ceci dit, on devrait réellement le faire ce paris. Ça te tente ?

Je me lève et m'approche d'elle.

— Tu fais ce genre de pari ? Toi ?

— J'adore ça ! m'apprend-elle. Alors ?

— Je pense qu'il va se passer quelque chose… jeudi.

— T'es fou ou quoi ? Demain au plus tard, ils vont nous laisser tomber et vont faire ce qu'ils ont à faire.

— Marché conclu ?

— Marché conclu, rit-elle.

Notre poignée de main scelle le pari.

— On le fait souvent ça, non, tu trouves pas ? me demande Charlie, en serrant un peu plus ma main.

Sa main est douce et dégage une chaleur qui ne me laisse pas indifférent.

— J'aime bien, pas toi ?

— C'est pas mal…

Je remarque un sourire timide sur son doux visage, elle tente de le retenir mais les étincelles qui se trouvent dans ses yeux la trompent et me montrent qu'elle apprécie ce que je lui dis. De mon pouce, je lui caresse le dos de sa main et cela la déstabilise et je vois ses pommettes rosir, comme je l'adore. Je pense avoir découvert une nouvelle passion chez moi : la faire rougir, et ce, par tous les moyens.

— J'aimerais que l'on discute, dès que l'on a un peu de temps devant nous... rien qu'à deux, lui dis-je doucement.

— Tu veux... discuter ? Tu es sûr ? s'étonne-t-elle.

— J'allais te parler de quelque chose tout à l'heure avant que Colin nous interrompe et je pense que tu...

— BANDE D'ENFOIRÉS ! hurle Mia en débarquant dans le jardin.

À l'unisson, nous tournons la tête vers la baie vitrée et découvrons Mia apparaître telle une furie. Cette fois-ci, nous ne bougeons pas, nos mains, nos mains restent soudées. Nous nous jetons un regard furtif, je souris à l'instant où je croise ses yeux vert marroné.

— Qu'est-ce qu'il se passe Mia ? demandé-je innocemment.

— Déjà réveillée ? la questionne Charlie.

— Tu te dis être ma meilleure amie et j'apprends quoi ? Que tu fais des paris sur moi ? Ou plutôt, sur mon cul ?

Je retiens difficilement un rire. Je me retiens de regarder à nouveau Charlie, sinon je sais que j'explose de rire.

— Qui t'a dit ça ? demande Charlie, innocemment.

— Colin ! dit-elle en le pointant du doigt.

Et là, Mia se met à exploser de rire, tout de suite suivie par Colin. Apparemment, ils sont tellement collés ensemble qu'ils arrivent à mettre des stratagèmes en place, nous faisant de la comédie. Je repense au paris et je me trouve idiot d'avoir dit jeudi.

— Prépare la monnaie, me dit Charlie.

Elle pensait à la même chose que moi. J'exerce une dernière pression sur sa main avant de la lâcher pour me reculer un peu.

— Liam, t'as vraiment cru que j'étais en colère ? me demande Mia.

— Tu te vexes si je te dis que non ?

— Ah merde ! T'as vu, je te l'avais dit que ça ne marcherait pas ! C'était naze comme idée, crie Mia en se retournant vers Colin.

Ce dernier est toujours en plein fou rire.

— J'ai quand même une question, commence Charlie. Comment ça se fait que tu sois levée si tôt ?

Mia reste figée face à Colin. Je la vois marmonner quelque chose d'inaudible.

— Colin est venu me réveiller, avoue-t-elle.

Charlie me lance un coup d'œil, contente de voir qu'elle est sur la bonne voie pour gagner. Elle n'a même pas le temps de reposer une question que Mia ajoute :

— En allant se coucher, on s'était dit que le premier debout irait réveiller l'autre.

— Hum, fait-elle le plus sérieusement possible.

— Ne dis rien, prévient Mia, je ne veux rien savoir de ce que tu penses.

— Je n'ai rien à dire, conclut Charlie.

Charlie lui fait un clin d'œil et s'adresse à tous :

— Bon, on se la fait cette virée au marché ? Vu que tout le monde est déjà réveillé, autant en profiter dès maintenant ! Je vous offre le petit dej' sur place !

— Tu gères, répond Colin.

— On se donne rendez-vous dans trente minutes ? C'est bon pour tout le monde ?

— Parfait, réponds-je.

Elle me sourit timidement. Je parie qu'elle est déjà en train de réfléchir à la playlist qu'elle va mettre en route. Les filles se dépêchent de rentrer et Colin me rejoint.

— Ça va, mec ? me demande-t-il.

— Et toi ?
— Vous avez parlé un peu ce matin ?

Parfois, on a l'art et la manière de répondre par d'autre question qui n'ont rien à voir avec le sujet principal. Avec le temps, avec un seul regard, on comprend qu'il faut passer à autre chose.

— Un peu, pas très longtemps puisque tu as débarqué !
— Excuse, je ne savais pas que c'était sérieux ce que vous vous disiez tout à l'heure !
— T'aurai pu jeter un coup d'œil à la fenêtre avant de sauter comme tu l'as fait.
— Je te rappelle que je venais de me réveiller trois minutes avant, je n'avais pas la capacité à réellement réfléchir à ce que je faisais tu vois, sourit-il.
— C'était un peu tendu ce matin donc finalement, ce n'est peut-être pas si mal si la conversation a été écourtée...
— Tu lui disais quoi ?
— J'allais lui parler d'Ambre.

À la simple évocation de ce prénom, mon ami comprend à que point la conversation était sérieuse.

— Elle a dit quoi ?
— J'ai pas eu le temps de lui expliquer quoi que ce soit mais j'étais vraiment à deux doigts de le faire !
— Si aujourd'hui t'as besoin d'un peu de temps solo avec elle, tu me fais signe et j'embarque Mia.
— Tu le ferais pour me rendre service ou pour te rendre service à toi ? lui demandé-je, prêt à rire de sa réponse.

Un énorme sourire se dessine sur son visage, j'ai touché là où il fallait.

— Les deux, rit-il.
— Enfoiré, dis-je en le tapant sur l'épaule.
— Non, mais, c'est sérieux ce que je te dis, si t'as besoin, on s'éclipsera sans problème.
— Sans problème, hein...

Il sourit tellement que je vois toutes ses dents.

— Allez, va te préparer sinon les filles vont râler du retard ! me dit-il en me poussant vers la porte.

Je lui tape à nouveau sur l'épaule et m'empresse de rentrer pour filer à la douche. De suite, j'entends la musique à fond à l'étage.

— Je sens que ça va être une bonne journée, murmuré-je.

CHAPITRE 22
Liam

La journée a été bonne et j'ai apprécié chaque instant. Lorsque je jette un coup d'œil à l'heure, il est déjà 23H30. Nous avons passé la journée à l'extérieur de la maison et personne n'a vu le temps filer.

— Ça vous dit un café sur la terrasse ? nous propose Mia.
— Ah oui, je veux bien, répond Charlie.

Mia s'occupe de nous préparer les boissons chaudes tandis que Colin et moi, nous préparons un coin cosy à l'extérieur. On dépose un plaid sur chaque chaise longue car malgré tout, l'air se rafraîchit à cette heure-ci. Je récupère l'enceinte portative de Charlie et y connecte ma playlist « *d'ambiance chill le soir* », et Colin pense à aller chercher des chocolats et bonbons pour ceux qui auraient encore de la place pour grignoter. Je finis par installer le tabouret entre les transats pour de nouveau l'utiliser comme petite table d'appoint, comme ça, nous avons tout à portée de main.

— C'est prêt ! nous annonce Mia en arrivant avec un plateau.
— Waw, j'adore cette petite ambiance, dit Charlie en arrivant à son tour.

Seule la lumière de la terrasse nous illumine mais c'est suffisant pour voir leurs sourires. Et surtout, mon regard est attiré par Charlie et sur un détail en particulier : *son pull*. Celui que j'ai tâché ce week-end.

— Je suis soulagé de voir que tu as réussi à avoir la tâche, lui dis-je en montrant son sweat d'un signe de tête.

— Par chance, oui. Sinon, tu aurais dû aller m'en acheter un nouveau.

— T'es comme ça toi ?

— C'est mon sweat préféré, donc oui. Si la tâche était restée, je t'assure que je t'en aurai voulu à mort.

— D'ailleurs, je m'excuse pour ce jour-là, j'espère que tu as bien vu que ce n'était pas de ma faute.

— Mouais... C'est surtout ta manière d'être que je n'ai pas compris, m'avoue-t-elle.

— Mon comportement ?

— Tu t'es marré et tu t'es barré sans même t'excuser !

— Avoue quand même que la situation était drôle ?

Elle croise les bras sur sa poitrine, prête à faire la moue.

— Pour ta gouverne, je ne me marrais pas, lui expliqué-je.

— T'avais un grand sourire ! proteste-t-elle.

— Et avoir le sourire, ça veut dire que je ris ?

— Tu joues sur les mots là !

— Je souriais parce que je te trouvais jolie.

Cela a le mérite de lui clouer le bec car elle ne sait plus quoi dire.

— T'as une drôle de manière de faire les choses toi, finit-elle par dire.

— Cette matinée-là était un peu compliqué, admets-je, et c'est vrai, peut-être que ma manière d'être n'était pas des plus appropriées.

— Je prends ça pour de réelles excuses, sourit-elle.

— Très sympa ton sweat en tout cas...

Je trouve que le bleu lui va merveilleusement bien. J'ouvre la bouche pour le lui dire quand elle me coupe la chique en demandant :

— C'est la playlist de qui ?

En guise de réponse, je lève la main.

— J'adore !

— J'en attendais pas moins de ta part.

J'ai fait exprès de mettre des vieux sons, comme un clin d'œil à notre moment dans la voiture dimanche.

PLAYLIST DE LIAM

2000'S POP

1. APOLOGIZE — Timbaland, One Republic
2. THIS LOVE — Maroon 5
3. STICKWITU — The Pussicat Dolls
4. NO AIR — Jordin Sparks, Chris Brown

Colin s'installe sur le premier transat et Mia vient s'installer entre ses jambes. Il n'y a plus de doutes entre ses deux-là. Charlie s'installe sur le second transat et m'indique de sa main que je peux m'installer à ses côtés Je lui fais un signe de tête discret pour l'en remercier. Sans ce geste, je ne me serais pas permis de m'asseoir là, j'aurais été gentleman et j'aurai pris une chaise. Elle me sourit. Elle récupère le plaid et s'empresse de se couvrir avec.

— T'as froid ? demandé-je.

Je sais, ma question est idiote puisqu'elle est emmitouflée dans une couverture mais je ne savais pas quoi dire d'autre.

— Quand je commence à être fatiguée, j'ai toujours froid, explique-t-elle. C'est pour ça que le café est plus que bienvenu !

Elle se penche vers le tabouret et récupère une tasse pleine à ras bord.

— Si tu te mets du café partout, ce ne sera pas de ma faute cette fois-ci, me moqué-je.

J'ai à peine le temps de finir ma phrase que la tasse déborde et le café se répand au sol.

— Mia, tu voulais faire un concours de celui qui en foutait le plus à côté ou quoi ? râle-t-elle.

— Jamais contente, hein ! répond Mia. Continue et je ne dors pas avec toi.

— Ça t'arrangerait bien, ironise Charlie.

Je profite que le sujet « Colin + Mia » revienne sur la table pour enchaîner en disant :

— D'ailleurs, arrêtez de nous prendre comme excuse et faites ce que vous voulez.

— Ouais parce que c'est plus possible là, ajoute Charlie.

Colin et Mia éclatent de rire.

— Ne vous inquiétez pas, répond Mia en faisant un clin d'œil.

Charlie murmure un :

— Je vais gagner.

Cette phrase était clairement pour moi, je lui jette un coup d'œil discret et je la vois sourire derrière sa tasse.

— On verra, lui chuchoté-je.

Une nouvelle chanson démarre et instantanément, Mia et Charlie se mettent à chanter. Colin ne peut s'empêcher de les rejoindre et Charlie m'incite à fredonner avec eux, je cède et prends plaisir à partager cet instant musical. La chanson se termine et Charlie annonce :

— Bon, les enfants, c'est pas que j'm'ennuie mais je suis fatiguée donc je vais vous laisser.

Colin attrape son téléphone pour vérifier l'heure.

— Déjà ?

— Je me suis levée tôt et la journée m'a épuisée, explique-t-elle.

— D'ailleurs, ça pourrait être bien qu'on refasse une journée comme ça, propose Mia.

— Je suis d'accord, surtout qu'il y a d'autres glaciers auxquels j'aurai aimé goûté, répond Charlie.

Je souris. Toute l'après-midi, nous avons visité la vieille ville et c'était un endroit charmant avec ses remparts, les boutiques de souvenirs, les différents glaciers et les restaurants. Et sur le coup, Charlie était un peu déçue car chez les glaciers, aucune glace à l'italienne, ses préférées. Il n'y avait que des glaces traditionnelles avec parfois, des saveurs bizarres comme verveine-citronnelle ou thé matcha. Malgré tout, elle a jeté son dévolu sur une glace trois boules et elle est déjà pressée d'y retourner.

— C'était quoi déjà les parfums de ta glace tout à l'heure ? lui demande Colin.

— Cheesecake framboise, Schtroumph et beurre de cacahuète !

— On était très loin de ton basique vanille... commente Mia.

— Comment ça ? demandé-je. Tu ne prends que vanille d'habitude ?

— Quand c'est une glace à l'italienne, je prends systématiquement vanille et fraise. Et quand c'est une glace à boule, ça m'arrive très souvent de caler une boule vanille parmi les autres.

— Et qu'est-ce qui t'a fait changer d'avis pour celle-là ?

— Il y avait trop de parfums qui me donnaient envie, sourit-elle.

— C'est vrai, avoué-je.

— Donc, si ça vous dit, on essaie d'y retourner... demain ?

Nous rions en chœur.

— Moi, ça me va, dis-je.

— On peut même y retourner tous les jours, soumet Mia.

— Je vote pour ! s'écrie Colin.

Charlie se lève du transat en nous souhaitant bonne nuit. Cela fait à peine deux minutes qu'elle est partie que Colin et Mia se font des messes basses. N'ayant pas envie d'assister à leur rapprochement, je décide de les saluer et d'aller dans me coucher à mon tour.

CHAPITRE 23
Charlie

Les yeux encore fermés, je sens que je suis seule dans le lit. Je ne suis pas étonnée, je l'avais pressenti. C'est le cas inverse qui m'aurait étonnée. Je m'étire et découvre qu'aujourd'hui encore, je me réveille aux aurores.

— Ce n'est pas plus mal, je vais pouvoir bosser tranquillement avant de profiter de la journée, me dis-je.

Je descends les escaliers doucement pour éviter de réveiller la maison et me précipite dans la cuisine pour me préparer un café. Pendant qu'il coule, je vais récupérer mon carnet sur la table à manger et commence ma to-do list.

To Do List

- ☐ Finir montage vidéo de la planche apéro + l'envoyer à Kenneth
- ☐ Filmer stories pour répondre aux abonnés sur l'absence de vlogs cette semaine
- ☐ Pré-filmer story pour les cartes postales
- ☐ Relancer Kenneth pour paiement manquant

— C'est déjà pas mal, murmuré-je en réfléchissant. Si j'ai le temps, prendre le temps de répondre aux commentaires sous mon dernier réel.

Avec la journée d'hier, je n'ai pratiquement pas pris mon téléphone. J'ai juste pris ma glace en photo et fait deux-trois plans pour le *weekly vlog*, et c'est tout. Je suis passée en coup de vent sur Instagram, mais je n'ai ouvert aucun message ni lu aucun commentaire. Et je dois tout de même l'avouer, avoir délaissé mon téléphone pour profiter m'a fait du bien.

Je récupère mon ordinateur, ma tasse de café et dépose le tout sur la table basse. J'ouvre le volet de la baie vitré et le soleil pointant le bout de son nez me fait signe. J'ai déjà envie de me mettre sur la terrasse mais je vais avoir froid, c'est sûr et certain.

— Autant être raisonnable et y aller après, pensé-je.

Je m'installe dans l'un des deux canapés et je me mets directement au travail. Je sais que ce n'est pas l'idéal de se mettre à bosser à peine cinq minutes après m'être levée mais c'est là où je suis la plus productive, où les idées de vidéos me viennent et dans le cas d'aujourd'hui, où je ne serais pas coupée toutes les deux minutes par Mia qui veut papoter ou Colin qui veut savoir ce que je fais. C'est d'ailleurs pour cette dernière raison que je suis en retard pour la vidéo de la planche.

Parfois, il m'arrive de faire un pré-montage sur mon téléphone. C'est d'ailleurs ce que j'ai fait hier après-midi. Sauf qu'au bout de quinze minutes, j'avais à peine ouvert le logiciel de montage et j'ai fini par laisser tomber l'affaire. Entre Mia, Colin, le fait d'avoir été reconnue plusieurs fois par des abonnés et d'avoir fait des photos… cela ne m'a pas du tout aidé à travailler convenablement. Ni même à travailler tout court. Qui d'ailleurs, en y repensant, par chance, l'ambiance ne s'était pas alourdie malgré les abonnés. Je pense que Liam a vu les choses différemment avec tout ce qu'il sait à présent, comparé à dimanche.

D'ailleurs, il faudrait que je pense à le remercier d'avoir pris sur lui.

Pile quand j'y pense, la porte du couloir s'ouvre sur une silhouette élancée, la sienne. Mes yeux bifurquent sur l'heure : 6H10.

— Déjà levé ? lui demandé-je, doucement.

Il avance d'un pas nonchalant vers moi. Je me permets de le regarder discrètement le temps qu'il arrive jusqu'à moi. Il passe la main dans ses cheveux bruns en bataille et je trouve ce geste incroyablement sexy. J'avale difficilement ma salive quand je percute qu'il n'a pas de t-shirt et que j'ai tout le loisir de regarder son torse bronzé et musclé. Mes yeux continuent de descendre et je remarque qu'il a juste un short en guise de tenue et qu'il est pieds nus. Mes yeux remontent doucement et je bute sur son sourire en coin.

— Ça va, le spectacle te plaît ? me taquine-t-il.

— Plutôt sympa, réponds-je du tac au tac.

Un de ses sourcils se lève, étonné que je lui réponde de la sorte. J'ai moi-même un mélange de sensations, entre la fierté de lui avoir dit ce que je pensais, et la honte car ce n'est pas du tout dans mes habitudes d'être comme ça.

— J'aime bien ce que je vois aussi, m'apprend-il, en s'asseyant sur le canapé face à moi.

À mon tour de soulever mes sourcils d'étonnement. Je déglutit difficilement, happée par ses mots. Je le quitte des yeux un court instant pour regarder comment je suis à cet instant précis. J'ai une vulgaire robe de chambre en coton avec Les Supers Nanas délavées dessus et les cheveux en bataille.

— Je te trouve jolie quoi que tu portes, ajoute-t-il.

Il ne me laisse pas le temps d'assimiler ce qu'il vient de me dire qu'il ajoute :

— Déjà en train de travailler ?

— Euh... oui, non... enfin, oui, bafouillé-je.

— Qu'est-ce que tu dois faire ?

Plutôt que de continuer à bégayer comme une adolescente de quinze ans, je lui montre mon carnet avec ma liste de choses à faire.

— Tu auras le temps de tout faire avant que les autres se lèvent ?

Je récupère le carnet qu'il me tend tout en le fixant.

— J'ai bien compris que tu essayais de bosser hier aprèm', m'apprend-il.

Je suis dans l'incapacité d'ouvrir la bouche tellement je suis abasourdie par ce qu'il me raconte.

— Je ne suis pas bête, tu sais ? Quand tu as filmé ta vidéo lundi soir et que tu es partie te coucher, j'étais étonné de voir que tu n'enchaînais pas avec le montage puisque tu nous en avais parlé dans la soirée, raconte-t-il. Hier matin, tu étais levée avant moi mais ton ordi n'avait pas bougé de place par rapport à la veille.

Il regarde ce genre de détails ? Stupéfaite, je finis par lui répondre :

— J'aurais très bien pu le reposer au même endroit.

— Non, t'étais trop occupée avec tes pensées pour enchaîner sur le travail, dit-il sachant très bien qu'il a raison. Et on a continué avec notre journée. Qui d'ailleurs, soit dit en passant, c'était une très bonne journée mais là n'est pas sujet. Et nous voici, ce matin.

— Bien joué, monsieur l'inspecteur !

Un sourire se dessine sur son visage. Je ne peux me retenir de l'imiter.

— Donc, c'était évident que tu te lèves plus tôt aujourd'hui pour rattraper ce que t'as pas pu faire hier, élucide-t-il.

— Tu avais presque tout bon, c'est dommage de se gourer à la fin !

— Où me suis-je trompé ? articule-t-il, prenant son rôle d'enquêteur au sérieux.

— Je ne me suis pas levée plus tôt exprès... C'est juste que je n'arrivais plus à dormir.

— Mince, j'ai échoué si près du but !

Il affiche une mine dégoutée mais très vite remplacée par un rire. Son rire est chaud et réconfortant, il me fait du bien. Je le trouve incroyable.

— J'avais prévu de bosser ce matin, lui expliqué-je. Ne sachant pas ce qu'on faisait aujourd'hui, ni même si on faisait réellement quelque chose tous ensemble, je m'étais prévu deux heures.

— Tu as raison. Et même si on fait quelque chose tous ensemble, on sait que le travail est une priorité donc ne t'inquiète pas pour ça.

— Merci, lui dis-je simplement.

Il me fait un signe de tête et se lève :

— Je vais me prendre un café et je serai dans les parages mais, promis, je ne t'embête pas et te laisse bosser.

Il ne me laisse pas le temps de répondre qu'il file à la cuisine. Je décide de ne pas perdre de temps et me concentre de suite sur mon ordinateur. Les sessions de montage ne sont jamais les mêmes, tout dépend du format de la vidéo et de ce que je dois faire. Ici, c'est pour un format vertical, donc la vidéo doit faire au maximum une minute trente. Et la vidéo que j'ai filmée en fait quinze. Vu comme ça, ça paraît impossible et pourtant, c'est un jeu d'enfant.

Au bout de quarante-cinq minutes, je lève le nez de mon écran d'ordinateur. Instinctivement, je cherche Liam des yeux. Même si j'étais concentrée sur ce que je faisais, je le voyais toujours dans mon champ de vision. Je l'ai vu boire son café debout, devant la baie vitré, pour regarder le soleil se lever. Il s'est ensuite installé sur le canapé et a lu un peu le livre qu'il a commencé lundi. Puis, il a disparu.

Mon ordinateur me prévient que l'exportation de ma vidéo est finie. Je la regarde une dernière fois pour vérifier que tout soit bon.

— Parfait, dis-je en m'envoyant la vidéo sur mon téléphone.

— Fini ?

Je relève la tête de mon téléphone et là, je découvre un nouveau Liam. Cheveux coiffés et habillé, il se dirige vers moi. Il s'arrête à quelques pas de moi, attendant ma réponse.
— Oui, à l'instant ! Tu veux voir ? lui proposé-je.
Je ne lui laisse pas le temps de répondre et tapote la place à mes côtés.
— Prêt ?
Il opine du chef. Je lance la vidéo sur mon ordinateur, pour que ce soit plus agréable à regarder que sur le téléphone. Cependant, je ne me préoccupe pas du tout de ce qui défile sur l'écran car je suis trop happée par l'odeur que Liam dégage.
— Il sent bon, pensé-je.
J'ose un petit coup d'œil vers lui, il me grille dans la seconde. J'aperçois un sourire en coin juste avant de détourner les yeux.
La vidéo terminée, il me demande :
— Ta vidéo faisait combien de minutes à la base ?
— Quinze, et là, elle fait 1 minute 24 précisément, dis-je en vérifiant en même temps sur mon écran.
— Impressionnant, dit-il.
— Est-ce que tu veux que j'enlève le plan…
— Où on voit mes mains ? me coupe-t-il. Non, ça dure à peine trois secondes.
— Sûr ?
— Charlie, oui.
— Non, mais, je ne voudrais pas que tu regrettes… dis-je, tout bas.
Il se tourne vers moi et attrape ma main.
— Ce que je te disais l'autre jour est vrai, je ne veux pas apparaître sur tes réseaux mais là, c'est moi qui t'ai dit que c'était bon, donc arrête de stresser par rapport à ça, tout va bien.
Ce qu'il me dit me rassure. Il me sourit. D'être aussi proche de lui me donne le loisir de pouvoir le regarder un

peu plus en détail. J'ai envie de passer ma main sur sa barbe de trois jours, est-elle rêche ? Douce ? J'aimerais le savoir.

— Quelle est la véritable couleur de te yeux ? Je n'arrive pas à savoir, m'avoue-t-il.

— Vert… qui tire sur le marron très clair.

— Intéressant… dit-il, tout bas. Ils pétillent quand tu souris…

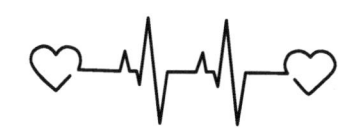

Je ne m'étais pas rendue compte mais j'ai un énorme sourire plaqué sur le visage. Et le fait qu'il me dise ça, le fait agrandir encore un peu plus. Mon regard descend rapidement jusqu'à sa bouche pour remonter à ses yeux en une fraction de seconde. Je me rends compte que nous sommes vraiment proches et que beaucoup de choses m'attirent en lui. Son regard fait également un aller-retour entre mes yeux et ma bouche. J'aperçois qu'il humidifie sa lèvre supérieure et ce geste est suffisant pour me faire bouillir. Je sens le rouge me monter aux joues petit à petit et cela fait doucement sourire Liam. Je fais un pas de plus vers lui, le cœur battant à tout rompre, mes sens en alerte. Mon regard verrouillé au sien, je songe à toucher ses lèvres des miennes. Elles sont l'air si douces, et son quelques peu charnues. Leur couleur m'attire, il est inutile de mentir : je rêve de l'embrasser. Et vu ses nombreux allers-retours sur mes lèvres, je pense qu'il en a envie également.

— Bien le bonjour, tout le monde !

Je sursaute sur le canapé, à tel point que je lâche mon téléphone et qu'il tombe au sol. Liam retire sa main de la mienne et se penche pour le récupérer au sol. Je reste figée sur Colin et Mia qui viennent de débarquer en fanfare. Est-ce qu'ils vont faire ça tous les matins ? Débarquer quand il ne faut pas ?

— T'as vu, je te l'avais dit, lui dit Mia de façon peu discrète.

— Je te l'avais dit en premier ! lui répond-il.

— Dit quoi ? leur demande Liam en me rendant mon téléphone.

— Qu'il se passait quelque chose entre vous, répond Colin, souriant jusqu'aux oreilles.

— Il ne se passe rien, réponds-je, sur la défensive.

— Genre ! dit Mia en s'asseyant sur le canapé en face du notre. Et qu'est-ce que vous étiez en train de faire quand on est arrivé ?

— Rien.

Mes joues doivent être tellement rouges que je pourrais être utilisée comme panneau STOP. Liam me jette un coup d'œil avant de dire :

— Elle me montrait le résultat pour la vidéo de la planche apéro.

— Mouais, dit Mia, peu convaincue.

— T'as fait le montage ? demande Colin en revenant de la cuisine.

En guise de réponse, je tends mon téléphone à Mia pour qu'elle puisse regarder la vidéo. Colin se précipite pour venir voir le résultat. Liam profite de ce moment pour se lever du canapé.

— Canon la vidéo ! s'écrie Colin. J'adore !

— Merci, dis-je en récupérant mon téléphone. Reste plus qu'à espérer qu'elle soit validée par la marque.

— Tu l'envoies quand ? me demande Mia.

— Là, dans cinq minutes.

— Il n'est pas trop tôt ? me questionne Colin.

— Peu importe l'heure, Kenneth fera le relais quand il verra que je lui ai envoyé, réponds-je.

— Ah d'accord, ça me paraît logique en fait.

Je lui souris, contente de pouvoir répondre à ses questions.

— Là, je vais aller me laver et après je dois me pré-filmer pour des *stories* que je posterai plus tard dans la journée. Et je vais devoir appeler Kenneth de toute façon, donc je lui rappellerai à ce moment-là que j'ai envoyé la vidéo.

— Vous vous appelez tous les jours avec ton manager ?
— Non, pas forcément tous les jours mais il y a toujours des échanges de messages tout au long de la journée, c'est certain. Il est toujours dispo et coupe rarement son téléphone, mais quand je dois l'appeler, j'essaie toujours de l'appeler à des heures convenables et sept heures du matin n'en est pas une, dis-je en vérifiant à nouveau l'heure.
— Tu m'étonnes, sourit-il. Et ensuite ?
— Ensuite ? demandé-je, intriguée.
— Est-ce que tu seras dispo' pour passer la journée avec nous ?
— Évidemment ! C'est justement pour être tranquille qu'il fallait que je fasse tout ça maintenant, lui expliqué-je. Je suis prête à faire tout ce que vous voulez !

J'entends Mia et Colin faire des plans sur la comète. Au moment d'arriver aux escaliers, j'entends Liam m'appeler. Je remarque que la porte du couloir est ouverte.

— Charlie ! m'appelle-t-il à nouveau.

Je vérifie derrière moi et vois qu'ils sont toujours assis sur le canapé, concentrés dans leur débat. Je rentre sur la pointe des pieds dans cette partie de la maison que je suis censée éviter.

— Liam ? chuchoté-je.
— Pourquoi tu chuchotes ? demande-t-il en débarquant de sa chambre.

Je retiens un cri entre mes mains.

— Mais t'es con, tu m'as fait flipper ! m'écrié-je.
— Excuse-moi, sourit-il.

Il s'approche un peu plus de moi et m'attrape les mains.

— Ça te dit qu'on passe un petit moment… rien qu'à deux ?
— Quand ça ? demandé-je bêtement.
— Aujourd'hui ? propose-t-il.
— Euh, d'accord, oui, bafouillé-je.
— Parfait.

Et sans comprendre ce qu'il se passe, il se penche vers moi et me fait un baiser juste à côté de mes lèvres. Il ne me laisse pas le temps de capter quoi que ce soit qu'il me laisse là, et retourne voir les autres. Machinalement, je touche de mes doigts l'endroit où ses lèvres m'ont embrassée. Et je souris. Mon cœur réalise également ce qu'il s'est passé car il se met à battre un peu plus fort. Je revois sa manière de m'avoir posé la question ainsi que son geste, je pense qu'il n'était pas lui-même non plus car cela ne lui ressemble pas. Ou pas, je ne sais pas finalement.

— Des vacances... vraiment imprévisibles, me dis-je en prenant la direction des escaliers.

CHAPITRE 24
Liam

J'ai envie de me taper la tête contre un mur. Je me suis comporté comme un adolescent de quinze ans qui draguait pour la première fois alors que j'en ai le double. Je rumine parce que j'ai presque honte d'avoir fait ça avec Charlie.

— Non, mais, qui se comporte comme ça ? m'agacé-je en sortant dans le jardin. Un vrai crétin ! En même temps, les vrais crétins ce sont ceux qui nous ont coupé dans notre élan. On était à deux doigts de s'embrasser, putain !

Je me mets à faire les cent pas devant la piscine. Je me répète ce que je viens de me dire, et je réalise : on allait s'embrasser !

Certes, mon comportement après n'était pas le meilleur non plus, le fait de l'embrasser juste à côté de la bouche et de partir... On a connu plus gentleman, mais j'étais complètement perturbé. C'est vrai qu'elle est jolie et qu'au plus je la côtoie, au plus je la trouve intéressante et sympathique.

— Alors, comme ça Charlie te plaît, finalement ? me taquine Colin en me rejoignant.

— Oh, tais-toi.

— Quoi ? Dire la vérité t'embête ? rajoute-t-il, d'un air malicieux.

— Qu'est-ce que tu veux ? m'énervé-je.

Il rit de me voir agir de la sorte. Il rit parce qu'il me connaît et qu'il sait qu'il a raison et je pense que c'est ça qui m'agace le plus, le fait qu'il me connaisse si bien, qu'il sache ce qu'il se passe dans ma tête. Son sourire narquois s'efface petit à petit, comprenant que je n'ai pas envie d'en rire. Ou du moins, pas pour l'instant. Il me demande :

— Je voulais juste savoir ce que tu avais prévu aujourd'hui ?

— Je ne sais pas trop, pourquoi ?

— Je me demandais si on serait à quatre aujourd'hui, ou juste entre mecs.

— Entre mecs ? demandé-je, surpris.

— Ce sont nos vacances, de base on est à deux et je...

— Et alors ? le coupé-je.

— Je voudrais juste m'assurer que ça ne te dérange pas que, finalement, on reste avec les filles la journée... et le soir, précise-t-il.

Je sais que s'il me le demande, c'est parce qu'il a peur que ça fasse trop pour moi. Entre le fait d'apprendre qu'on doive partager la location, puis le fait que Charlie soit créatrice de contenu, ajouter à cela que Colin est attiré par Mia et de ce fait, ils ne se lâchent plus. Le tout fait qu'on passe nos journées du matin au soir tous ensemble.

— Non, ça ne me dérange pas, souris-je.

— T'es sûr ?

— Mais oui, enfin, dis pas de conneries ! Tu sais que si ça me soulerait, j'aurais déjà dit quelque chose. Est-ce que j'ai déjà pété un câble ?

— Pas encore...

— Bon, bah voilà, sujet clos. Je passe de bonnes vacances alors arrête de me chercher des poux.

— Je voulais juste m'en assurer.

— Je sais... soupiré-je.

Il finit par me faire une accolade comme on en fait tout le temps. Il a cette qualité majeur de s'inquiéter pour les autres, il est toujours prévenant et bienveillant.

— Allez, va rejoindre Mia, lui dis-je. Je vais continuer mon livre pendant que Charlie fait ce qu'elle à faire.

— Comme tu le sens.

Il n'attend pas et retourne à l'intérieur, me laissant seul avec mes pensées.

— Je vais être incapable de lire, me dis-je.

Je récupère tout de même le livre sur la table et m'installe sur un transat. Après plusieurs longues minutes, Charlie finit par faire une réapparition et, je pense qu'elle ne se rend pas compte mais, elle me coupe le souffle. Elle a enfilé une robe blanche, ni trop courte, ni trop longue, avec une paire de sandale. Rien de bien extravagant et pourtant, elle dégage un truc... incroyable.

— Ça va ? me demande-t-elle après quelques instants.

— Oui et toi ? Tu es sublime, lui dis-je.

— Oh... merci, rougit-elle. Qu'est-ce que tu fais de beau ?

— J'essayais de lire un peu...

— Tu n'y arrives pas ?

— Je pensais à toi, lui avoué-je.

Sur ce coup-là, aucune réponse ne lui vient. Autant être honnête et lui dire ce qu'il se passe dans ma tête, surtout après le coup que je lui ai fait dans le couloir de tout à l'heure. Si j'ai un petit espoir de remonter dans son estime, autant tout tenter.

— Je ne sais pas quoi répondre, admet-elle.

— Tu n'as rien à dire, je voulais juste être honnête avec toi.

— Merci...

— Qu'est-ce que tu vas faire là ?

— Je vais faire la *story* pour les cartes postales.

— Les cartes postales ? la questionné-je.

— Quand je pars en vacances, ça me rappelle quand j'étais plus jeune et c'était un passage obligé : écrire les cartes postales. Et avec le temps, j'ai remarqué que ça devenait de plus en plus rare. Alors, pourquoi ne pas les remettre au goût du jour ?

— C'est vrai, j'aime bien l'idée, avoué-je.

— Donc, je vais me filmer pour une *story*, dans laquelle je vais expliquer tout ça, dit-elle en faisant des gestes entre nous deux. Et je vais surtout accentuer sur le fait que ce n'est qu'un petit nombre et que malheureusement, tout le monde ne pourra pas recevoir une carte venant de ma part.

— Qu'est-ce que tu appelles petit nombre ?

— Je sais pas, une soixantaine ?

— C'est énorme !

— Tu trouves ?

— Qui, dans sa vie, écrit soixante cartes postales d'un coup ?

— Vu comme ça, c'est vrai que ça fait peut-être beaucoup, réfléchit-elle.

— On pourra t'aider, si tu veux…, proposé-je.

— C'est gentil, merci.

Je me lève de mon transat et la rejoins près de la table.

— Tu vas te mettre où pour filmer ?

— Je sais pas, là, avec la piscine derrière moi, ça pourrait faire un joli plan.

— Tu veux que je te tienne le téléphone ?

Elle me regarde, choquée de ma proposition.

— Je comptais utiliser le petit trépied mais si tu pouvais le tenir, oui… ça m'aiderait beaucoup.

— Faisons ça.

Elle m'attrape la main et me tire doucement pour que j'arrive là il faut. Elle place mes mains devant moi et y dépose son téléphone. Pour finir, elle réajuste la hauteur.

— Prêt ?

— Prêt.

Elle appuie sur le bouton et commence à se filmer. Je n'écoute pas vraiment ce qu'elle raconte car je préfère me concentrer sur elle. Sa manière de parler n'est pas modifiée parce que la caméra est allumée, elle ne fait pas non plus de geste bizarres ou inappropriés. Elle est juste… *elle*. Et le coup des cartes postales, je trouve ça ingénieux et remarquable. Elle est prête à sacrifier de son temps pour sa communauté. Je comprends mieux pourquoi les gens sont si contents de la croiser dans la rue ou au restaurant, parce qu'elle est authentique et ils arrivent à le percevoir à travers leurs écrans. Et moi, j'étais encore en train de douter il y a peu... J'ai envie de me taper, je ne suis qu'un sombre idiot. Comment ai-je pu laisser à ce point mes préjugés obstruer ma vue ?

— Tu crois que c'était bien ? me demande-t-elle.

Je la regarde mais ne répond pas.

— Tu n'as pas écouté, c'est ça ?

— Désolé, dis-je en souriant.

— On va dire que c'était bien, sourit-elle.

— Tu vas les acheter quand les cartes ?

— Cette aprèm', comme ça j'ai le temps de les écrire un peu tous les jours et je les déposerai juste avant de partir.

— Tu as vraiment pensé à tout, remarqué-je.

— Pas vraiment... Normalement, je devais déjà les acheter dimanche mais j'ai été un peu... perturbée.

— Faut bien un fautif dans l'histoire.

— Quoi ? Tu te sens visé ?

Elle ne tient plus et rit.

— Je t'embête, dit-elle en allant s'asseoir sur une chaise. Même si ce que je raconte est vrai, pas mal de choses m'ont chamboulée depuis que je suis arrivée samedi.

— Je te rassure, je suis perturbé aussi... chuchoté-je.

Elle jette un coup d'œil sur son téléphone, sans doute pour vérifier la qualité de la vidéo. Je tire la chaise à ses côtés, ne sachant pas quoi faire quand elle dit :

— Merde, j'ai toujours pas expliqué.

— Expliqué quoi ? demandé-je, curieux.

— Quand je pars en vacances ou même juste en week-end, les gens ont l'habitude que je fasse des *daily vlogs*[17]. Et ils le savent, la vidéo est toujours publiée en fin de journée. Sauf que je suis arrivée samedi, nous sommes mardi, et

---

[17] Daily vlog = blog vidéo (vlog) journalier

toujours aucune vidéo de publiée et certains s'inquiètent et me demandent ce qu'il se passe.
— C'est si grave que ça que tu ne fasses pas de vidéos ?
— Oui... et non.
Je vois qu'elle hésite à m'expliquer.
— J'ai l'esprit beaucoup plus ouvert que ce week-end j'te signale, donc vas-y, tu peux parler comme tu veux, je ne te jugerai pas, promis.
— OK... dit-elle en se détournant de son téléphone pour me regarder. Quand je pars en vacances, j'aime me créer des souvenirs et c'est pour cette raison que je me filme, avant tout le reste. J'aime bien avoir cette possibilité de regarder les vidéos dans plusieurs années et revivre ces choses incroyables que j'ai pu vivre.
Ne voulant pas la couper dans son élan, j'opine du chef, l'incitant à continuer.
— Et d'ailleurs, je me filmais déjà de cette manière avant même d'être sur les réseaux, me précise-t-elle. Bref, et je ne vais pas te mentir, le fait de poster ces fameuses vidéos, ça rapporte également de l'argent.
— Ah ouais ?
— Mais t'as quel âge ? me demande-t-elle en me tapant sur le bras.
— Pourquoi ?
— Tout le monde sait que de poster des vidéos sur le net fait gagner de l'argent. Tu l'as dit toi-même la dernière fois que tous les jeunes voulaient faire ça pour la thune !
— Quand je parlais des jeunes, à aucun moment je pensais à Youtube. Dois-je te rappeler que je suis à la ramasse concernant les réseaux ?
— Effectivement, sourit-elle. Je t'explique, sur Youtube, tu peux mettre des pubs avant et pendant ta vidéo et dès qu'il y en a, tu gagnes de l'argent. Alors attention, de base, tu touches pas grand-chose, on parle en quelques centimes, mais plus tu feras de vues, plus tu auras de pubs et plus...

— Tu toucheras de l'argent, la coupé-je. J'ai compris. Du coup, là... Tu touches rien ?

— Non puisque je ne poste rien. Ou plutôt, si je veux être exacte, je continue de toucher de l'argent car mes anciennes vidéos continuent d'être visionnées.

— Et tu perds beaucoup d'argent quand c'est comme ça ?

Elle sourit de me voir poser autant de questions.

— Excuse, je ne voulais pas paraître si indiscret. Ne te sens pas obligée de répondre.

— La question revient tout le temps sur la table quand on parle des réseaux, j'ai l'habitude, me rassure-t-elle. Et pour te répondre, oui j'ai un manque à gagner puisque je ne poste rien, mais je ne pourrai jamais savoir de combien puisque tout est variable et c'est en fonction du nombre de vues, du temps de la vidéo...

— Et finalement, pourquoi tu ne les as pas faites ces vidéos ?

Elle me fixe, surprise que je lui demande cela.

— Toi.

— Moi, quoi ?

— C'est toi la raison.

Et là, je comprends et je me trouve con, très con. Je soupire, déstabilisé par ce qu'elle me raconte. En plus de l'avoir durement jugée, à présent je l'empêche de gagner sa vie.

— Je pensais que tu te foutais de moi mais vu ta réaction, je pense juste que tu n'avais pas percuté.

— Je n'ai pas percuté du tout même ! m'agacé-je. Tu as parfaitement le droit de me traiter d'enfoiré.

— C'est bon, arrête, dit-elle en faisant un geste de la main pour effacer ce que je viens de dire. Sur le coup, je ne vais pas te mentir, je l'ai eu dur. Mais pas pour le côté financier, c'était vraiment pour le côté souvenir. Puis, hier soir, juste avant de m'endormir, j'ai réfléchi et je me dis que ça fait du bien d'être moins sur le téléphone. Ou plutôt, ça me permet de vivre réellement mes vacances plutôt que de réfléchir à ce que je dois filmer et le plan à faire...

Elle marque un temps d'arrêt puis reprend :

— Tu sais, ça fait tellement d'années que je fais ça maintenant... Que parfois, je ne me rends plus compte si je dépasse les limites ou non. Tu vois, hier, le fait que je prenne ma glace en photo, c'est sans doute nul pour toi mais pour moi, c'est naturel. Et quand je regarderai cette photo dans un an voir cinq, je me souviendrai de cette glace comme étant vraiment très bonne et je me souviendrai aussi de cette journée passée à quatre. Néanmoins, est-ce que je dépasse les limites en prenant cette photo ? Je ne pense pas. Ou pas, je ne sais pas... je m'embrouille un peu, avoue-t-elle.

— Tu... regrettes ?

— De quoi ?

— De ne pas avoir filmé à cause de... moi ?

— Non, pas du tout, admet-elle. De toute façon, samedi aprèm', je n'étais pas du tout dans le bon *mood* pour me filmer donc déjà là, ça commençait à partir en cacahuète...

— Tes abonnés ne savent pas du coup ?

— Tout le bordel lié à la location ?

Je réponds d'un signe de tête.

— Rien du tout. Ils savent que Mia est là puisqu'hier j'ai posté une photo de nous deux, mais c'est tout. Personne ne sait que tu es là ni même Colin. Il y a juste mon manager qui le sait.

— Qu'est-ce que tu vas dire à tes abonnés ? la questionné-je, curieux.

Elle hausse les épaules, réfléchissant à ma question.

— Je vais leur dire la vérité, tout simplement.

— Tu veux que je te laisse ?

— Tu peux rester, ça ne me dérange pas.

Elle me laisse quelques secondes pour me laisser le choix de rentrer dans la maison ou non. Je décide de rester assis à ses côtés.

— De toute façon, je ne vais pas te filmer, me rassure-t-elle. C'est juste que je comprends si tu as d'autres choses à faire que d'être là, à attendre que je finisse tout ça.

— Je suis en vacances, lui rappelé-je. J'ai tout mon temps.

Elle sourit à ma réponse et me fait un petit geste de la tête, me remerciant silencieusement de mes mots. Elle se penche sur son téléphone et en deux secondes, commence à se filmer.

— Hello, comment allez-vous aujourd'hui ? commence-t-elle. Bon, je viens en *story* ce matin parce que j'ai vu pas mal de messages passer me demandant pourquoi il n'y avait pas de vlogs sur ma chaîne Youtube. Sachez d'abord que ce n'est pas de ma faute, ou du moins pas totalement parce que samedi, j'ai commencé un vlog. J'avais même filmé quelques plans, j'ai fait le *house tour*... Bref, samedi matin j'étais au taquet ! Sauf que très vite, des petits soucis sont arrivés et j'ai complètement été coupée dans mon envie de filmer. Pour le moment, je ne souhaite pas en parler et, je ne sais pas si je vous donnerais les détails un jour, mais je me devais quand même de vous prévenir qu'il n'y aura pas de vlogs pendant ces vacances.

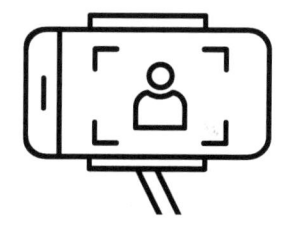

Sa *story* terminée, elle pianote sur son écran.

— Je note un peu ce que je dis dans ma *story*, m'explique-t-elle, comprenant que je ne sais pas ce qu'elle fabrique. On est dans un monde où les gens n'ont pas le temps d'écouter ce qu'une personne raconte pendant une minute, donc les gens passent la *story*. Ou alors, d'autre qui regardent mais sans son.

— Sans son ? Quel est l'intérêt si la personne parle ? demandé-je, intrigué.

— Par exemple, si la personne est dans une salle d'attente et ne peut se permettre d'écouter, ou juste parce que ta voix soule la personne...

— Qui fait ça ?

— Beaucoup plus de gens que tu ne penses, m'apprend-elle. Mais c'est comme ça, ça fait partie du jeu. Moi je le fais surtout pour les malentendants. J'ai souvent des messages me remerciant de sous-titrer mes stories car ça leur permet de me suivre malgré leur handicape. Et à chaque fois, je pense à eux quand je le fais et pas à ceux qui n'ont pas le temps.

Là encore, je suis interloqué par ce qu'elle me raconte.

— Ce sont des choses auxquelles je n'avais pas pensé, lui avoué-je.

— C'est ce genre de petites choses que tu ne peux pas deviner si tu n'es pas dedans, sourit-elle.

— Effectivement...

— Ça t'embête si je refais une *story* ?

Incapable de répondre, je fais un mouvement de la tête pour lui dire que non.

— Par contre, je ne vous oublie pas pour les cartes postales ! Alors, je ne vais pas vous en parler maintenant mais j'ai prévu de vous poster une *story* ce soir, donc restez connectés et je vous donne rendez-vous plus tard ! Je vous souhaite de passer une belle journée !

Elle se concentre sur son téléphone quelques instants et finit par le poser sur la table.

— Finit ! m'annonce-t-elle. J'ai envoyé un message à Kenneth pour deux-trois détails sur une collab', plutôt que de l'appeler, donc là, je suis entièrement dispo.

— Parfait, souris-je. Que la journée commence !

CHAPITRE 25
Liam

Finalement, hier, impossible d'avoir un moment rien qu'à deux. La journée est passée à toute vitesse et Charlie est partie se coucher en première.

— Dis, aujourd'hui, ça t'embête si je te laisse avec Charlie ? me demande Colin.

Les filles sont encore couchées et nous sommes à deux sur la terrasse, les attendant pour pouvoir démarrer notre journée.

— Pourquoi ça m'embêterait ?

— Je sais pas, dit-il en haussant les épaules. On sait jamais.

— Maintenant que j'ai changé d'avis sur elle, tu doutes ?

— Ça y est, tu m'avoues enfin que tu l'aimes bien ?

L'enfoiré, il arrive toujours à faire en sorte de me faire sortir les vers du nez quand je m'y attends le moins.

— Tu sais très bien que je l'apprécie, avoué-je.

— Je voulais en avoir la certitude.

— Pourquoi ?

— Je ne voulais pas partir toute la journée avec Mia et que vous ne vous entendiez pas. Ça n'se fait pas.

— Merci d'avoir pensé à moi mais je suis un grand garçon, et je sais m'occuper même quand je suis solo.

— Tu sais très bien ce que je veux dire.

— Développe.

— J'ai bien vu que ça allait mieux entre vous, beaucoup mieux même... dit-il avec un regard taquin, mais je n'oublie pas qu'il y a encore quelques jours, tu avais horreur des influenceurs. Et je n'ai pas envie que tu pètes un câble et que tu lui en foutes plein la tronche !

— Je ne vais pas lui mettre plein la tronche, rétorqué-je en reprenant ses mots.

— Je vois bien que dès que des abonnés l'abordent, tu tournes ton nez. Tu peux me le dire que ça te soule...

— Arrête de jouer les psy, le coupé-je.

— OK... dit-il simplement.

Le calme s'empare de nous quelques instants avant que Colin demande :

— Tu as en as parlé à Charlie ?

— Pas encore, réponds-je, comprenant de quoi il me parle.

— Tu vas lui en parler quand ?

— Quand j'aurai un moment avec elle.

— Eh bien, raison de plus pour vous laisser tranquille aujourd'hui.

— Ça ne veut pas dire que je lui en parle dans la journée, rétorqué-je.

— Je pense que ça pourrait être bien que tu le fasse, pour qu'elle sache toute l'histoire.

— Hum, dis-je, perdu.

Je finis mon café d'une traite, essayant de penser à autre chose. C'est sans compter sur Colin pour remettre une couche sur Charlie :

— Tu penses la revoir après les vacances ?

— Je ne sais pas, et toi ? Tu comptes revoir Mia ?

— Eh bien figure-toi qu'elle habite à peine à trente minutes de l'appart'.

— Ah ouais ?

— Même ça, tu n'as jamais demandé où habitais Charlie ?

— Non, réalisé-je. On parle de tout et de rien...

— Si jamais vous en parlez, fait comme si de rien, hein, rit-il. Mais au moins, tu sais, maintenant !

— Et donc ? Parce que tu n'as pas répondu clairement à ma question.

— Évidemment que je vais la revoir !

— Et il s'est passé quelque chose ?

Un sourire naît sur ses lèvres.

— T'es bien curieux, d'un coup !

— Je suis jute étonné que tu ne te vantes pas, lui dis-je.

Il secoue la tête, réfléchissant à ce que je viens de lui dire.

— C'est juste que... j'sais pas, il y a un truc quoi ! explique-t-il.

— Un... truc ?

— Allez, te fous pas d'moi !

— OK, j'arrête de t'embêter, le rassuré-je en lui faisant un clin d'œil.

— Vous êtes de vraies gonzesses en fait !

Je souris avant même de me retourner vers celle qui vient de nous adresser la parole. Je vois la tête de Colin changer, et je ne sais pas si c'est ça qui fait le plus rire ou le fait que Charlie ait entendu la fin de notre conversation.

Elle vient s'asseoir devant nous, accompagnée de sa tasse de café ainsi que de son ordinateur portable.

— Tu as entendu quoi exactement ? lui demande Colin.

— Que t'aimes bien Mia, sourit-elle.

Elle me jette un coup d'œil avant de d'ajouter :

— Et qu'il s'était passé quelque chose, mais ça, je n'en suis pas sûre.

— Mia ne te dit rien ?

— Étrangement, elle garde votre « relation » secrète, dit-elle en mimant les guillemets. À vrai dire, je ne sais pas si vous êtes juste potes, ou potes avec avantage ou un couple...

Les yeux de Colin s'arrondissent.

— On a pas donné de terme exact à ce que nous sommes, explique-t-il. On profite juste pour le moment et on verra ce que ça donne quand on retournera chez nous...

— Ah, donc il y aura quand même une suite ? demande-t-elle, curieuse.

— J'aimerais bien, avoue-t-il.
— Vous êtes trop mignons ensemble, confesse-t-elle. Je suis contente que vous vous soyez trouvés, vraiment.
— Mer...merci... bégaye Colin.
— Et même si ça devait s'arrêter demain, ce que je ne vous souhaite pas bien sûr, vous en profitez donc c'est ce qui compte.
— Eh bien tes mots font références à ce que je disais à Liam tout à l'heure. Aujourd'hui, j'aimerais passer la journée avec Mia, histoire de profiter d'elle à deux mille pour-cent.
— Elle en sera ravie.
— Tu crois ?
— Oh que oui, sourit Charlie.
— Bon, désolé, faut que j'y aille, dit Colin en se levant de sa chaise.

Nous rions de le voir si impatient de commencer cette journée avec sa dulcinée.

— Du coup, ça te dit... de passer la journée avec moi ? lui proposé-je.
— Avec plaisir, répond-elle en souriant.
— Génial !

Elle porte sa boisson à sa bouche puis me dit :
— Mais du coup, ils ont fait quelque chose ?
— Qui ça ?
— Colin et Mia ! J'aurais voulu savoir si j'avais gagné notre pari !

À mille lieux de penser à cette histoire de pari, je manque de m'étouffer avec ma salive.

— Ça va ? s'inquiète-t-elle.
— Oui, oui, juste je ne m'y attendais pas.
— Tu apprendras vite que je n'aime pas perdre !

Je prends note de ce qu'elle m'annonce tout en notifiant le fait que cela veut peut-être dire que l'on passera davantage de temps ensemble. Tout à coup, je réalise que nous sommes jeudi et que nous partons tous samedi. Personne n'a encore parlé du départ mais il va bien falloir à un moment. Je secoue la tête, préférant ne pas y penser pour le moment.

— Tu as envie de faire quelque chose en particulier aujourd'hui ? la questionné-je.

— Non, pas spécialement... Des idées ?

— Tu dois travailler ?

Je fais un geste de la tête vers son ordinateur. Si elle doit travailler, vaut mieux la laisser tranquille pour le moment.

— Oh, non, je dois juste répondre à un mail et comme c'est long, je préfère le faire via mon ordinateur plutôt que mon téléphone.

— Ah, d'accord, dis-je en souriant.

— Du coup, toi, t'as envie de faire quelque chose en particulier aujourd'hui ?

— Pourquoi pas un mini-golf ? Parce que ça reste un incontournable de vacances.

— Je valide cette idée ! s'enthousiaste-t-elle. Ensuite ?

— On pourrait manger une glace, bien évidemment.

— Je suis d'accord ! D'autres envies ?

Soit, elle a peur de s'ennuyer avec moi et préfère avoir un tas d'activités, soit, elle aimerait que la journée dure le plus longtemps possible pour justement pouvoir profiter de ma présence. J'aime à croire que c'est la seconde possibilité et cela fait battre mon cœur.

— Je crois avoir vu sur un des prospectus sur la table, qu'il y a un cinéma en plein air ce soir... si ça te dit...

— Oh, j'adore l'idée ! Tu sais c'est quel film ?

— C'est « Un mariage trop parfait » ou un truc du genre.

Dans le genre cliché, je ne peux pas faire mieux. C'est typiquement le genre de film que je déteste et quand je vois ses yeux s'écarquiller, je comprends que pour elle, c'est exactement ce qu'elle aime. Je peux bien me sacrifier deux petites heures si cela me permet de passer du temps rien qu'avec elle.

— Un de mes préférés ! s'enflamme-t-elle. Mais... Tu regardes ce genre de film toi ?

— Adjugé vendu alors, on ira au resto juste avant, proposé-je, ignorant sa question.

Le regard qu'elle me lance brille de mille feux. Je dirais qu'elle a hâte mais une chose est sûre, pas autant que moi.

CHAPITRE 26
Charlie

— Je me dépêche de faire mon mail et je vais me préparer.

— Prends ton temps, me rassure-t-il.

— Ça te dit qu'on aille au marché ce matin ? Pour se prendre des petites choses à grignoter pour ce midi ?

— Tu veux que l'on fasse un pique-nique ?

— Pourquoi pas ?

— Pendant que tu fais ce que tu as à faire, je ferai un inventaire du frigo et préparerai un sac, comme ça, on ne prendra que ce qu'il manque au marché, propose-t-il.

— Ça me va !

Il me fait un clin d'œil et rentre dans la maison. Est-ce que j'ai risqué un petit coup d'œil quand il était de dos ? Bien évidemment. Essayer de le regarder dans les yeux est un supplice le matin. Non pas que d'habitude, je regarde impérativement le physique des garçons mais, il faut l'avouer, Liam est à tomber.

Je vois mon reflet dans l'écran de mon ordinateur et je me surprends en train de sourire comme une idiote. Je secoue la tête, essayant de me concentrer sur mon mail.

— On est parti, me prévient Mia en sortant la tête de la baie vitrée.

— Déjà ?

— Ouais, on voudrait aller visiter un aquarium mais il est assez loin donc on ne voudrait pas tarder, histoire de profiter un peu là-bas et de faire autre chose que d'être sur la route toute la journée, m'explique-t-elle.
— Faites attention avec les chaleurs.
— Oui, maman, sourit-elle.
Elle m'envoie un baiser et s'éclipse. Liam choisit ce moment pour refaire surface, et habillé cette fois-ci.
— J'aime beaucoup ta tenue !
Il jette un coup d'œil à son choix du jour, et me remercie. Chemisette verte et blanche à carreaux, déboutonnée ce qui nous permet de voir son t-shirt blanc en dessous, un short chino beige clair, le tout agrémenté par des basket blanches et une casquette assortie à sa chemise.
— Tu n'as pas peur d'avoir trop chaud ?
— C'est très léger, ne t'en fais pas.
Je fais un signe de tête en guise de réponse. Il faut que j'arrête de m'inquiéter pour les autres, surtout pour des choses aussi débiles que l'épaisseur de leurs vêtements.
— J'enlèverai la chemise si jamais ça ne va pas.
Il a dû entendre mes pensées pour me dire ça, ce n'est pas possible autrement. J'essaie d'enlever ça de ma tête et enchaîne en lui disant :
— On est connecté car aujourd'hui j'avais dans l'idée de mettre une robe verte.
— J'aime bien cette idée d'être assorti, dit-il.
— D'ailleurs, je vais y aller maintenant.
Pour marquer le coup, je ferme mon ordinateur, le récupère sous le bras et lui annonce :
— Dans quinze minutes, je suis là !
— C'est pas dix aujourd'hui ? me taquine-t-il.
Je lui tire la langue comme le ferait une enfant de six ans. Il me fait un clin d'œil en guise de réponse. Je souris et m'empresse d'aller me préparer.
Quinze minutes plus tard, me voici en bas de l'escalier, prête à partir, comme je lui avais annoncé plus tôt. Ses yeux

font un aller-retour très rapidement du haut en bas de mon corps, sans doute pour regarder ma tenue et à la seconde où son regard croise à nouveau le mien, il m'annonce :

— Tu es très jolie.
— Merci.

Un sourire en coin se dessine sur ses lèvres. Et je me rends compte que je ne me lasse pas de le voir faire ça.

— Le sac est fait, dit-il en me montrant le sac isotherme. Il ne reste plus qu'à partir.

— Allons-y !

Comme si ce geste était naturel, il m'attrape la main et m'attire à l'extérieur de la maison. Il ferme la porte de la maison de sa main libre et me conduit jusqu'à sa voiture.

— Tu veux choisir la musique ? me propose-t-il.
— Tu n'as pas peur de regretter ?
— Épate-moi, sourit-il.

Il ouvre en grand les fenêtres et démarre la voiture. Je choisis la playlist en moins de trente secondes et il met le volume un peu plus fort. Lunettes de soleil sur le nez, le vent me caresse le visage, il fait beau, la musique est au maximum, je me balade avec un mec que j'apprécie... Ai-je le droit de dire que j'aime ces vacances ? Je pense, oui.

La route jusqu'au marché dure à peine quelques minutes. Ce n'est pas le même que nous avions fait début de semaine, néanmoins, un marché de vacances... reste un marché de vacances. Nous nous baladons parmi les stands et je tombe nez à nez avec un vendeur de bijoux. Je vois qu'il a une partie avec des bracelets brésiliens de toutes les couleurs.

— Ça, c'est mon truc de vacances ! lui expliqué-je. Normalement, avec Mia, on s'en achète un et on l'offre à l'autre. Et là, je ne sais pas pourquoi, on ne l'a pas encore fait...

Je réalise que cette habitude que nous avons depuis toujours n'a pas encore été faite année.

— Pour sa défense, je pense qu'elle est trop occupée avec Colin, dit-il en riant.

— C'est vrai...

Quel est l'intérêt d'en acheter un à présent ? Je ne vais pas me l'offrir à moi-même. Je me rends compte que Liam m'observe, je décide de reprendre la marche.

— Attends, dit-il en m'attrapant le bras. Et si... cette année, on le faisait tous les deux ?

Je crois rêver.

— Je sais que c'est un truc que tu fais avec Mia mais... je suis là. Alors, j'aimerais, si tu le veux bien, te prendre un bracelet et te l'offrir.

Son sourire est timide. Il sait qu'il fait fort en me demandant cela et que cette attention peut me faire plaisir et me toucher. Donc, après tout, pourquoi pas ?

— Est-ce que je peux t'en prendre un aussi ?

Son sourire devient plus franc et s'agrandit.

— Je veux bien, répond-il. Comment vous faites d'habitude ? Vous choisissez en même temps ?

— Pendant que l'une choisit, l'autre se retourne. Et vice-versa, comme ça on ne voit pas quel couleur a été choisie. Puis, pendant notre balade du marché, on s'arrête pour boire un verre et on s'offre le bracelet que l'on a choisi.

— Faisons ça !

— T'es sûr ?

— Bah oui, pourquoi ? s'étonne-t-il.

— Tu n'as pas peur que je prenne une couleur que tu détestes ?

— Peu importe, je sais que je vais l'aimer.

Il ne me laisse pas le temps de lui répondre qu'il se tourne. Je reste quelques secondes à le regarder de dos, ce qu'il vient de me dire me touche en plein cœur.

— Tu me dis quand c'est bon ! s'écrie-t-il.

— Attends, je n'ai pas encore choisi, réponds-je en me retournant vers le stand.

Instinctivement, mes yeux s'arrêtent sur un bracelet et je sais que c'est celui-là et pas un autre. Le vendeur me le tend et je m'empresse de le mettre en boule dans ma main. N'ayant pas de poches, le système D fera l'affaire les prochaines minutes.

— À toi !

Il se retourne et se penche déjà sur les bracelets avant même que je fasse demi-tour.

— Ne triche pas !

Je l'entends payer son bracelet et il me tapote l'épaule pour que je sois de nouveau face à lui.

— On va se poser pour boire un verre ? me propose-t-il, me montrant qu'il a retenu ce que je lui ai dis plus tôt.

— T'es impatient à ce point ? demandé-je en éclatant de rire.

— Peut-être… Allez, viens.

Il m'attrape la main et il m'entraîne dans la marche active du marché. Il ne prend pas la peine de regarder les autres vendeurs, qu'il fonce tête baissée jusqu'à ce qu'il aperçoive un café. On s'installe à l'une des tables d'une terrasse, un serveur vient nous voir très rapidement. Liam commande deux verres de menthe à l'eau. Son initiative me décroche un sourire, car il sait que j'allais prendre cette boisson, je souris parce qu'il est attentionné avec moi.

— Qu'est-ce qui te fait sourire ? me demande-t-il.

— Toi.

Pendant une fraction de seconde, je vois passer un éclair de surprise dans son regard puis ses yeux s'illuminent.

— Tu as hâte de voir quel bracelet je t'ai pris ?

Je hoche la tête alors que le serveur nous dépose nos boissons devant nous.

— On trinque ? propose-t-il.

— À quoi ?

— À notre journée ?

— À nous ! m'exclamé-je, tintant mon verre contre le sien.

Je bois une longue gorgée de ma boisson bien fraîche et enchaîne en demandant :

— Au fait, on est venu pour acheter quoi en particulier ?

— Du pain et des fruits, si tu en voulais.

— C'est tout ?

— Et des bracelets, sourit-il.

Je décide de faire taire le suspense et lui tends mon poing.

— Ne fait pas l'innocent, tu attends ça depuis tout à l'heure, l'informé-je après avoir vu son sourcil se lever d'étonnement.

Il se dépêche de sortir le bracelet de sa poche de short. Il tend également son bras, poing fermé.

— J'ai l'impression d'être dans Koh-Lanta, juste au moment de savoir si j'ai tiré la boule noire[18].

— Ah oui, j'y avais même pas pensé, dis-je en éclatant de rire.

— Prête ?

— Trois !

— Deux !

Nous retournons notre main, paume vers le ciel.

— Un !

Et dans un même geste, nous ouvrons nos mains et découvrons ce que nous cachions. J'ai l'impression de voir double. Je lâche des yeux les bracelets pour observer la réaction de Liam, un sourire immense illumine son visage.

— J'y crois pas ! crie-t-il. Comment c'est possible ?

Je secoue la tête, moi-même choquée de voir que nous avons choisi exactement le même bracelet.

— C'est incroyable, dit-il, ébahi.

— Je pense que notre tenue du jour nous a influencée.

— Peut-être...

---

[18] Lors des ambassadeurs, si les deux joueurs des équipes adverses ne se mettent pas d'accord sur le joueur à éliminer, les deux joueurs vont au tirage aux boules. Et le joueur qui pioche la boule noire est alors éliminé

Nous restons bloqués sur nos bracelets pendant quelques secondes quand il me dit :
— Je te l'attache ?
Je lui fais un signe de tête pour accepter son offre. Il se concentre pour me le mettre correctement, et j'en fais de même pour le sien. Je vérifie une dernière fois que le nœud est bien fait et je récupère mon verre de menthe pour porter un toast à nouveau.
— À nos bracelets identiques !
Par chance, personne ne nous dérange le temps que nous buvons notre boisson ce qui nous permet de rester dans notre bulle. Sur le marché, nous prenons des fraises ainsi que du pain frais et nous retournons à sa voiture.
— T'as déjà l'idée de l'endroit où tu veux aller faire le pique-nique ? lui demandé-je.
— Je me suis dit que l'on pourrait partir à l'aventure.
— Ça me va.
Il démarre la voiture et ne m'en dit pas plus. Vu le regard qu'il vient de me lancer, je pense qu'il sait très bien où il va nous emmener. Encore une fois, impossible de me retenir de chanter sur les musiques qui passent. L'un comme l'autre, profitons de ce moment de légèreté et préférons chanter en rythme, parfois même en faisant des duos. Et cela me fait du bien de vivre un moment comme celui-là, en étant moi-même, sans me faire juger et être avec quelqu'un qui n'a pas peur de rentrer dans mon jeu.

Alors qu'il est en train de mettre tout son cœur pour chanter, je l'observe. Je réalise, à l'instant, qu'il est ce genre de mec, celui chante à pleins poumons dans la voiture avec une nana. J'étais à des années lumières de penser qu'il était de *ce* genre-là, et cela me fait battre le cœur plus fort. Sentant que je le scrute, il me lance un regard. Étonné dans un premier temps, il se met à sourire dans la seconde, tout en continuant de chanter. Il regarde à nouveau la route et tout naturellement, il attrape ma main sur ma cuisse pour la serrer. Mon cœur bat la chamade. Et le fait qu'il me caresse le dos de la main avec son pouce, est assez pour m'achever.

Je le lâche du regard pour fixer nos mains liées, juste pour vérifier que je ne rêve pas. Et là, mon cœur part en sprint quand je remarque nos bracelets. Le sien est à son poignet droit et le mien au gauche et ils se retrouvent là, côte à côte, grâce à nos mains unies.

— On est arrivé, annonce-t-il après avoir baissé le son de la musique.

Je relève la tête et découvre qu'il est garé sur un parking. Je n'ai rien capté de la route et je n'ai aucune idée de l'endroit où nous sommes.

— Ça va ? s'inquiète-t-il.

— Très bien, lui réponds-je en le regardant droit dans les yeux.

— Tu veux toujours aller pique-niquer ?

— Évidemment.

J'essaie de sourire pour le rassurer mais vu sa réaction, cela devait ressembler à une grimace. Je m'empresse de serrer un peu plus fort sa main, lui montrant que tout va bien. Il me fait un léger sourire en guise de réponse tout en rapprochant sa main de son visage. Il me fait un doux baiser sur le dos de ma main et me dit doucement :

— Allons manger.

Il me lâche la main, presque au ralenti, et coupe le contact de la voiture. Il me fait un dernier sourire avant de sortir de la voiture. Le pauvre ne doit rien comprendre à mon comportement mais à vrai dire, j'ai dû mal à tout saisir de mon côté aussi. Cela fait bien trop longtemps qu'un garçon ne s'est pas comporté avec moi de cette façon.

— J'espère que c'est sincère, pensé-je.

Bien souvent, sachant que je suis influenceuse, les gens profitent de moi, parfois même de mon argent. En traînant avec moi, ils ont espoir que je parle d'eux à ma communauté et quand ça arrive, à chaque fois c'est la même chose, je n'ai plus de son ni d'image car ils ont eu ce qu'ils souhaitaient de moi.

Alors, oui, le fait qu'il me prenne la main, ce n'est pas grand-chose mais ça fait tellement longtemps... Je perçois des émotions que je n'avais pas ressenties depuis quelques temps.

— Tu es sûre que ça va ? s'inquiète Liam en ouvrant ma porte.

— Oui, je t'assure que ça va, le rassuré-je.

— Tu me le dirais si ce n'était pas le cas ?

— Promis.

Je remarque ses traits du visage se tirer un peu, il est tout de même tourmenté par mon comportement qui est à l'opposé de ce que je lui dis.

— Je t'assure, ça va, dis-je en claquant la porte de voiture. Je pense à beaucoup de choses, c'est tout. Mais, promis, à partir de maintenant, je suis totalement avec toi !

— Si tu veux en parler...

— Ne t'en fais pas, le coupé-je. Alors, où m'as-tu emmenée ?

— J'ai un peu triché, m'avoue-t-il.

— Comment ça ?

Au lieu de me répondre, il récupère nos affaires dans le coffre laissant un peu de suspense. Nous nous retournons et là, je comprends.

— Ah ouaaaaais, t'es malin !

— J'avoue, j'ai regardé sur Google, sourit-il.

Je n'avais pas du tout fait attention mais nous sommes au mini-golf et juste devant, un immense parc nous ouvre les bras.

— En tapant l'adresse pour voir ce qu'il y avait d'autre ici, j'ai vu ce parc, explique-t-il. Comme ça après, pas besoin de reprendre la voiture.

— Ingénieux, dis-je simplement.

— Merci, dit-il, fier comme un paon.

Il me reprend la main comme dans la voiture et nous marchons en silence. Au bout de quelques instants, il s'arrête de marcher et me demande :

— On s'arrête ici ?

Je jette un coup d'œil autour de nous, je remarque qu'il n'y a pas beaucoup de monde.

— C'est très bien, oui, dis-je pour valider son choix.

Il pose le sac isotherme au sol et me lâche la main. Je n'avais pas fait attention, mais sous son bras, un bout de tissu enroulé y est coincé. Je pense savoir ce que c'est, je me retiens de sourire et demande le plus sérieusement possible :

— Tu as même pensé à une couverture ?

— Il m'arrive de réfléchir un peu, tu sais ? Je ne suis pas du genre à foncer tête baissée, dit-il en souriant fièrement d'y avoir penser.

— Bravo ! le félicité-je.

— Arrête, je vais finir par croire que tu me prends pour un débile qui n'est pas capable de penser à prendre une couverture avant d'aller pique-niquer, s'offusque-t-il.

— C'est juste que j'ai l'habitude de penser à tout quand je sors. Ou devrais-je préciser, quand je sors avec Mia.

— À ce point ?

— Je te rappelle que j'ai rempli le frigo en arrivant.

Il me fait un signe de tête en guise de mea culpa. Il étale la couverture sur l'herbe et s'empresse de s'installer.

— Qu'est-ce que tu as pris de bon ? lui demandé-je, curieuse.

— Rien de fou… Vraiment, ne t'attends pas à quelque chose de dingue ! me prévient-il.

Il sort les fraises que nous venons d'acheter au marché, un reste de piémontaise, des concombres et des carottes coupés en bâtonnets accompagnés d'une sauce salade. Je reconnais également le pot de rillettes, dans mes souvenirs, il ne restait pas grand-chose et quelques dés de fromage. Il finit par deux bouteilles d'eau.

— Tu vois, pas grand-chose. Cependant, explique-t-il, je ne voulais pas prendre la blinde de trucs sachant qu'on serait à l'extérieur toute la journée et qu'il fait chaud. Donc, j'ai pris tous les restes, histoire de vider le frigo en même temps, et surtout... je me suis dit que nous pourrions prendre un gros goûter si jamais nous avions encore faim.

— Ne t'en fais pas, c'est parfait ce que tu as pris.

Il me sourit, rassuré de ce que je viens de lui dire.

— Le principal, c'est que nous soyons ensemble, non ? lui demandé-je.

— Je n'aurai pas dit mieux, répond-il.

CHAPITRE 27
Liam

Tout ce que j'ai ramené est englouti en peu de temps.
— Je savais que j'aurais dû prendre plus de choses !
— Mais non, c'était très bien comme ça, me rassure-t-elle.
— Tu es pressée d'aller perdre au mini-golf ou ça va ?
— Pardon ? me demande-t-elle, sérieuse. Je vois que tu ne sais pas encore à qui tu as à faire.
— Toi non plus, tu ne sais pas, lui dis-je en faisant un clin d'œil.
— On en reparlera tout à l'heure... Pourquoi tu me demandais ça ?
— C'était pour savoir si ça te disait qu'on reste ici, qu'on profite un peu de se calme avant d'aller jouer.
— Ça me va parfaitement, dit-elle en s'allongeant.

Je décale quelques emballages vides et m'allonge à ses côtés. Je me rends compte que le ciel bleu commence à être parsemé de quelques nuages, c'est ce moment-là que choisit Charlie pour me demander :
— Il ne doit pas pleuvoir aujourd'hui ?
— Je ne pense pas, non.
— Espérons parce que j'aime bien les cinémas en plein air.

Elle tourne légèrement la tête pour me lancer un regard, je lui souris.
— Je serai dégoutée si ça s'annule, m'avoue-t-elle.

Je ne sais pas si c'est le fait de ne pas voir un de ses films préférés qui la dégouterai ou si c'est le fait que notre journée serait écourtée. Toutefois, j'ai le même sentiment. Si jamais la journée doit s'arrêter parce qu'il pleut, je sais qu'arrivés à la maison, l'ambiance ne sera pas du tout pareille. Je croise les doigts pour que tout roule jusqu'à ce soir. Je me sens bien avec elle, j'aimerai savourer chaque instant. Je tends le bras et lui attrape la main. Je caresse le dos de celle-ci comme tout à l'heure dans la voiture, et mon cœur commence à fondre comme la neige au soleil. Comment est-ce possible que ce geste devienne si naturel ? Comment est-ce possible que je ne puisse pas me retenir de la toucher ? J'aimerais faire plus, la prendre dans mes bras, lui caresser le dos, sentir son cou...

Charlie me sort de mes pensées en me disant :

— Merci car grâce à toi, je vois les choses différemment.

— Euh... je t'en prie, dis-je sans savoir quoi répondre.

— Merci d'être normal avec moi et de ne pas prendre de pincettes quand tu me parles, précise-t-elle. Ça fait du bien d'être traité comme tout le monde.

— Malgré ce que j'ai pu te dire ? lui demandé-je en me tournant vers elle.

— Oui, malgré tout ça. À part Mia et Kenneth, personne ne me parle comme il le faudrait. Tout le monde enjolive les choses, prend des pincettes et après, ils me font passer pour une nana superficielle qui pète plus haut que son cul. Alors que bon, je suis comme tout le monde, s'agace-t-elle en me regardant à son tour.

— Tu portes beaucoup d'importance à ce que les gens pensent de toi. Tu as peur que les gens aient une mauvaise image de toi...

— C'est ça...Et je t'assure que j'essaie de travailler dessus mais c'est très compliqué. Certains jours sont plus faciles que d'autres.

— C'est pour ça que les méchants commentaires ont autant d'impact sur toi ? demandé-je, en me rappelant de la conversation de lundi soir.

— Hum, en même temps, comment ne pas avoir d'impact ?

— En passant au-dessus, réponds-je du tac au tac.

— Plus facile à dire qu'à faire...

Je me rends compte qu'elle est plus fragile que ce que je pensais. J'avais bien compris que les réseaux avaient un impact sur elle mais ça a l'air d'être plus fort que ce que j'avais aperçu jusqu'ici.

— Tu n'as pas à t'en faire avec moi.

— Facile à dire, t'as vu tout ce que tu m'as mis dans la tête depuis que l'on se connaît ?

C'est vrai que j'ai été un peu fort par moment. En même temps, elle a demandé à ce que je sois honnête à chaque fois, j'y peux rien.

— Ce que je veux dire c'est que je suis de ton côté à présent.

Elle me serre la main un peu plus fort. Je sais que ce que je lui dis est important et j'espère qu'elle arrive à voir que je suis sincère avec elle. J'aimerais qu'elle comprenne que je veux l'aider à passer au-dessus de ces mauvais moments pour se concentrer uniquement sur les bons. Je rebondis en lui proposant :

— On va se manger une glace ?

— Tu me prends par les sentiments ?

— J'essaie de te blinder pour qu'après tu sois trop crevée pour gagner au golf.

— Bien joué le subterfuge, rit-elle.

On range toutes nos affaires, dépose le sac dans le coffre de la voiture et nous nous dirigeons vers le glacier que j'avais repéré en arrivant.

— Je crois qu'il y a pas de glace à l'italienne, annoncé-je.

— Mais c'est quoi cet endroit où il y en a jamais ??!! C'est dingue quand même !

— On essaiera de trouver un glacier qui en fait avant la fin de semaine, si tu veux. Tu veux autre chose du coup ?

— Je n'ai pas dit que je ne voulais pas de glace non plus, n'abuse pas, dit-elle en se concentrant sur les parfums disponibles.

Je ris de sa réponse. Je regarde à mon tour ce que le glacier propose et part sur une glace violette, pistache et citron.

— Qui mange de la glace à la violette ? dit-elle en grimaçant.

— Moi, dis-je en léchant ma glace. Elle est super bonne en plus ! Tu veux goûter ?

— Non, merci, je vais rester sur la mienne, si tu veux bien, répond-elle sérieusement.

— T'as pris quoi toi ?

— Barbe-à-papa, spéculoos et beurre de cacahuètes.

— Pour quelqu'un qui a l'habitude de la vanille, t'en as toujours pas pris depuis le début des vacances.

— Hum, j'aurais dû la remplacer pour éviter le spéculoos, dit-elle, dégoutée. Parce que pour le coup, ça a juste le goût de cannelle et je déteste ça.

— Tu t'attendais à quoi comme goût en prenant spéculoos ?

Son regard agressif me foudroie. Apriori, ma question lui semble débile.

— Je le sais en plus et à chaque fois, je fais la même connerie ! Rappelle-moi de ne plus jamais prendre spéculoos en glace, OK ?

— Bien, madame, réponds-je en essayant de garder mon sérieux.

— Écoute, les glaces en vacances, c'est à pas à prendre à la légère ! me menace-t-elle du doigt.

Elle attrape un bout de sa glace avec sa petite cuillère et ajoute :

— Je me suis faite avoir comme une vraie touriste ! Et après, on s'étonne que je reste sur la vanille...

Nous nous arrêtons sur un banc, le temps de déguster notre glace. Personne ne parle, nous profitons de l'ambiance qui nous entoure et de la présence de l'autre. Quand tout à coup, un cri d'adolescent résonne.

— Charlie ? C'est vraiment toi ?

Je sens Charlie se crisper à mes côtés. Elle positionne sa main au niveau de son visage, pour se protéger du soleil et voir qui peut bien lui parler. Je sens mon sang ne faire qu'un tour.

— C'est un rêve, Charlie, ici ! s'exclame la jeune fille.

Charlie finit sa bouche avant de demander :

— Comment tu vas ? Tu passes une bonne journée ?

— T'es en vacances ici ? J'y crois pas !

J'ai envie de hurler sur cette gamine que la politesse est pour tout le monde, que l'on soit face à Charlie ou non, et que c'est la base de toute civilisation. Déjà, le fait qu'elle débarque en criant, m'insupporte mais qu'en plus de ça, elle ne répond pas à Charlie quand elle lui pose une question, c'est non. Je pensais avoir tout vu mais c'était sans compter sur ce que la jeune fille vient de faire.

Charlie n'a pas le temps de proposer une photo que la fille est déjà en train de se pencher vers Charlie avec son téléphone vissé au bout du bras. Elle fait sa photo et s'en va, sans même un remerciement. Je suis hors de moi. Et je ne sais pas si c'est son comportement qui m'agace le plus ou de voir que Charlie ne réagit pas. Elle se contente de continuer à manger sa glace. Je bous, je ne peux pas laisser passer ça.

— Pourquoi tu te laisses marcher dessus comme ça ?

Elle lâche sa glace des yeux pour se tourner vers moi.

— Pardon ?

— Cette gamine !

— Laisse tomber...

— Non, je ne laisserai pas tomber, m'énervé-je. J'suis désolé mais il y a quand même un minimum à avoir quand tu t'adresses à des gens.

Elle soupire.

— Laisse tomber, s'il te plait.

— Pourquoi ?

— On passe une bonne journée, ne gâchons pas tout à cause de cette gamine.

Ses yeux commencent à briller, elle se met de suite à fuir mon regard.

— S'il te plait, répète-t-elle en chuchotant.

Elle n'attend pas que je réponde, et se lève. Je soupire. J'aimerai juste qu'elle se rende compte que les gens n'ont pas à se comporter de cette façon avec elle, comme si elle n'était qu'un simple morceau de viande. Je me dépêche de me lever et la rejoins un peu plus loin.

— Tu sais, c'est très rare ce genre de comportement, m'explique-t-elle. À vrai dire, c'est tellement rare, que je ne sais pas comment réagir face à eux.

— Tu devrais commencer par ne pas leur répondre, proposé-je.

Elle ne répond pas, toujours concentrée sur sa glace, tout en marchant.

— J'peux te poser une question ?

— Vas-y.

— T'en as pas marre d'être tout le temps prise en photo ?

Elle s'arrête et prend quelques secondes de réflexion avant de m'avouer :

— Parfois, oui.

— Pourquoi accepter alors ?

— Les gens ne peuvent pas deviner qu'aujourd'hui je n'ai pas envie de faire de photos. Eux, me voient pendant deux minutes et après, ne me recroiseront plus. C'est normal que je sois souriante quand ils me rencontrent pendant ces deux minutes-là.

— Non, justement.
— Pardon ?
— Tu es humaine, t'as le droit de vouloir un moment de vie privée sans être coupée toutes les trente secondes.

Je remarque sa mâchoire se contracter. Je pense qu'elle ne me dit pas tout.

— La plupart du temps, quand je ne le sens pas, je ne sors pas ces jours-là, confesse-t-elle.
— Tu t'empêches de...
— Oui, me coupe-t-elle. Évidemment que je m'empêche de vivre ces jours-là !

J'entends à sa voix que cela l'attriste d'en être arrivée à ce point.

— Tu ne sais pas ce que c'est que d'être interrompue dans tes moments de vie sans cesse, enchaîne-t-elle. Tu ne sais pas ce que c'est que d'être au restaurant, que tu viens de croquer dans un burger, que tu as de la sauce partout et que la personne vient te voir pour faire une photo. Tu ne sais pas ce que c'est que de marcher dans la rue, en pleine conversation téléphonique et que les gens viennent sans se soucier de ce que tu gères au bout du fil.

Je la laisse énumérer toutes ses situations et cela me tord le ventre. J'ai bien remarqué qu'elle était souvent reconnue et que, par chance, tout le monde était toujours bienveillant et disait de belles choses à Charlie. Cependant, de voir la gamine juste avant et surtout, avec ce que Charlie me raconte, je me rends compte que j'étais bien loin de la vérité.

— Donc oui, parfois je m'empêche d'aller faire des boutiques un samedi aprèm' parce que je sais que je ne vais pas pouvoir faire deux pas sans être coupé dans mon élan. Attention, je ne veux pas que tu...
— Je sais, j'ai bien compris que ce que tu me dis là, ça concerne les jours où... tu fatigues de tout ça.

— C'est ça, soupire-t-elle, dit-elle en jetant sa glace dans une poubelle.

— Depuis dimanche, je vois bien comment tu es avec les gens. T'es toujours celle qui engage la conversation, qui met à l'aise ceux qui le sont moins, tu prends toi-même les photos parfois. Et encore une fois, je trouve ça normal que tu en aies marre certains jours, c'est juste je trouve ça dur de voir que tu t'interdises de sortir pour éviter... tout ça.

— Je sais...

Une larme se met à couler sur sa joue. Ce que je ne voulais pas est en train de se produire. Mon cœur se serre de la voir ainsi. Je jette le reste de ma glace à mon tour et essuie sa joue de mon doigt et dis :

— Tu veux que l'on rentre ?

Elle secoue la tête et la baisse vers ses mains.

— Tu sais, j'avais besoin de ces vacances pour... respirer un peu, explique-t-elle. Il y a eu ce souci de location, puis notre journée de dimanche. On s'est dit des choses, parfois pas très sympa puis Colin et Mia sont arrivés. Les vacances ont pris un autre tournant et j'ai appris à te connaître.

Elle marque une pause dans son récit, j'en profite pour attraper ses mains.

— Et plusieurs fois, j'ai regretté d'être venue ici. Surtout au début, se dépêche-t-elle de préciser.

— Et maintenant ?

Elle relève la tête pour me regarder dans les yeux. Ses joues brillent à cause de ses larmes qui continuent de couler. La voir comme ça m'est insupportable.

— Je suis contente d'être restée. Notre semaine n'est pas encore terminée mais je voulais te remercier.

— Me... remercier ? T'es sûre ? Parce que je n'ai pas toujours été sympa. La preuve, tu es encore en train de pleurer... dis-je tout bas.

— C'est vrai, je ne vais pas dire le contraire, tu as été méchant avec moi et plus d'une fois... Cependant, dit-elle doucement, tu m'as fait ouvrir les yeux sur... mon quotidien.

Je n'ose pas ouvrir la bouche de peur qu'elle s'arrête de parler.

— Être créatrice de contenu est un taff assez... prenant, dit-elle en réfléchissant. C'est un mélange entre passion et boulot... Et je t'assure que je prends mon pied, presque chaque jour qui passe !

Elle lève le doigt pour m'empêcher de riposter.

— Je dis presque chaque jour car, comme pour tout le monde, il y a des moments où tu n'as pas envie. Et c'est exactement ce que l'on disait tout à l'heure ! Mais putain, j'aime ce que je fais, j'aime ce que les gens m'apportent au quotidien, j'aime être accessible pour eux au point que oui, ils se pensent tout permis en venant me voir à tout bout de champ... Et oui, parfois j'ai juste envie d'être une inconnue et de pouvoir manger une glace tranquillement sans être coupée par une gamine qui passe par là...

Je suis happé par ses yeux, ses beaux yeux verts qui tirent plus sur le marron clair aujourd'hui, qui pétillent car elle a pleuré. Mais je sens, et j'arrive à le percevoir que ça lui fait du bien de me dire tout ceci. Et je suis ravi d'être celui à qui elle se confie.

Un sourire naît sur ses lèvres. Je m'approche doucement de son doux visage, je suis à quelques secondes de pouvoir enfin l'embrasser. Mon cœur bat la chamade, je vais enfin pouvoir gouter ses lèvres qui me font envie. Quand elles touchent enfin les miennes, j'ai l'impression d'exploser. Elles sont douces et fraîches, sans doute à cause de la glace que nous venons de manger. Et elles ont un petit goût salé, me rappelant ses larmes.

Je sens qu'elle met un peu de pression et qu'elle se rapproche encore plus de moi. Je lui lâche les mains pour l'attraper au niveau de la nuque, ce qui me permet d'avoir un meilleur angle pour l'embrasser comme il se doit. Je sens qu'elle titille mes lèvres de sa langue, je les entrouvre pour lui laisser le champ libre. Mon cœur continue d'accélérer la cadence, une chaleur se déploie dans mon corps entier. Je sens ses mains agripper mon col de chemise et tirer dessus pour nous permettre d'approfondir notre baiser. Elle tire tellement fort que je commence à perdre l'équilibre et je n'ai pas le temps de gérer la situation que nous tombons.

J'essaie de ne pas mettre tout mon poids sur elle au moment de l'impact. Nos lèvres toujours scellées, je la sens rire. Elle se laisse complètement aller en arrière et se retrouve allongée dans l'herbe. Elle rit à gorge déployée et je la trouve magnifique.

— Je n'ai pas compris ce qu'il se passait, dit-elle entre deux éclats de rire.

Nous finissons par nous calmer, nous regardant dans les yeux, réalisant ce qu'il vient d'arriver.

— Ces vacances sont imprévisibles, chuchote-t-elle en me scrutant.

— Je suis d'accord, dis-je en lui remettant une mèche de cheveux derrière l'oreille.

Je me relève et lui tends la main pour l'aider à se mettre debout. Elle remet sa robe en place et lève la tête pour me regarder. Je la fixe quelques secondes, essayant de comprendre ce qu'elle pense à travers son regard.

— Tu essaies de me déstabiliser pour que je perde au mini-golf, c'est ça ? C'est mort ! dit-elle en éclatant de rire.

— T'es incroyable !

Encore une fois, elle m'épate et arrive à me faire rire. Mon cœur bat plus fort en réalisant que je m'accroche à elle un peu plus à chaque instant.

— Allez viens, on va voir qui est le plus fort de nous deux.

Je lui attrape la main et nous partons en direction de notre prochaine activité.

CHAPITRE 28
Charlie

En vrai gentleman, il m'offre la partie de mini-golf et me laisse commencer.

— Tu auras la pression dès que tu verras que je suis meilleur que toi.

— Arrête de te la raconter ! T'es trop serein, tu vas tout foirer ! le préviens-je.

— C'est un discours de perdante que j'entends ?

— Je t'aurais prévenu !

Je positionne la balle et tire sans attendre.

— T'appelles ça bien jouer ? se moque-t-il.

Je l'ignore et essaie de me concentrer. Je prends une grande respiration et tape à nouveau. La petite balle rentre dans le trou. Dans un excès de joie, je me tourne vers lui et improvise une petite danse de la victoire.

— Tiens-toi prêt car cette danse, je vais te la faire pendant les quinze prochains trous !

— Mouais, ne te réjouis pas trop vite, s'il te plait, dit-il en faisant craquer sa nuque. Je pense que tu fanfaronnes un peu trop et que ça va te retomber dessus.

— On verra, dis-je en lui donnant la balle.

Il se positionne et prend son temps avant de jouer son premier coup.

— Et voilà, s'exclame-t-il.

Je me mets sur la pointe des pieds pour essayer d'avoir une meilleure vision du terrain et cherche la balle. Liam en profite pour se mettre au centre et me dit :

— Attends, t'as fait comment déjà ?

Il fait mine de réfléchir et se met à reproduire la danse que je faisais il y a quelques instants.

— Impossible ! m'écrié-je.

Je me précipite pour aller vérifier dans le trou et la balle y est bien nichée.

— Je n'ai pas dit mon dernier mot ! le menacé-je du doigt. Je vais pas me laisser faire !

Il part en fou rire de me voir réagir de la sorte et cela me donne encore plus la rage de le vaincre. Il y a seize trous, et je compte bien lui prouver que je suis meilleure que lui à ce jeu.

Le temps passe et nous continuons de nous battre piste après piste. Le match est très serré. Si je mets ce quinzième trous en trois coups, nous sommes exæquo et tout se jouera sur le dernier trou.

Je prends le temps de bien regarder ce qui m'attends, un enchainement de virages et de pentes. J'analyse une dernière fois le tout, je me concentre, prête à tirer, et j'entends :

— Mais si, c'est Charlie j't'e dis !

Je fais comme si de rien et tire.

— Mais si c'est elle !

Avec le temps, j'ai appris à ignorer les chuchotements. Avant, dès que j'entendais que ça parlait de moi, je me tournais directement vers la personne pour discuter. Sauf que là, je n'ai pas envie de faire cet effort. Si tu veux me parler, viens me voir, ne commence pas à faire exprès de parler plus fort pour que je t'entende et que ce soit moi qui fasse le premier pas. Là, j'ai juste envie de profiter de ma partie avec Liam sans être reconnue.

Je tire et ma boule ne part pas comme je l'avais prévue. Je soupire, prenant ce jeu très au sérieux. Je m'avance, prête à faire un second lancé, quand j'entends Liam soupirer. Je le comprends, pour le coup, je commence à m'agacer aussi.

Forcément, je rate mon lancé, trop occupée par ce qu'il se passe autour de moi. Je jette un coup d'œil à Liam, pensant le voir sourire de me voir louper mon coup quand je le vois lever les yeux au ciel, irrité. Je me redresse et me tourne complètement vers lui pour voir ce qui le met dans cet état. Et là, deux adolescents, sont posés juste à côté de Liam. Je m'arrête de respirer. À quel moment tu te permets de venir t'incruster comme ça ?

Je ne les regarde pas et me concentre sur Liam. Son regard croise le mien, je vois bien qu'il fait des efforts pour moi. Il ouvre la bouche, prêt à me parler quand il est coupé dans son élan par la pluie. Par instinct, je rentre la tête dans mes épaules, comme si ce geste allait me protéger sauf que la pluie s'intensifie de seconde en seconde, et je finis trempée en un rien de temps.

Liam se met à courir dans ma direction, il m'attrape la main et m'entraîne dans sa course. Je ne regarde pas où je cours, je le suis les yeux fermés.

— Ah merde ! s'écrie-t-il.

Il se dirige vers un petit abris mais par manque de chance, il a été pris d'assaut avant notre arrivée.

— Viens !

Il me serre la main un peu plus fort et nous continuons de courir. Nous finissons sous un arbre, essoufflés et trempés.

— Tu te sens d'aller à la voiture ? me questionne-t-il.

— On est loin ?

Il se tourne et me montre d'un geste de la main l'autre côté de la rue. Le temps de réfléchir, de grosses gouttes me tombent dessus, l'arbre ne nous couvre pas plus que ça.

— On y va, dis-je en le tirant à mon tour.

Il ne s'attendait pas à ce que j'inverse les rôles, je l'entends rire derrière moi. Sauf qu'étant plus grand que moi, il me devance rapidement et se retrouve à me tirer à nouveau. Il ouvre les portes à distance et nous nous balançons dans la voiture.

— C'était quoi ce truc ? demandé-je en riant.

— Je sais pas mais c'est en train de changer nos plans pour ce soir !

— Oh nooooooooon.

Je suis vraiment déçue que le cinéma en plein air soit annulé à cause du temps. J'avais tellement hâte d'y être, je n'ai jamais fait ce genre de chose, ça aurait été la première fois puis avec un de mes films préférés…

— Ne t'en fais pas, je vais trouver quelque chose d'autre à faire, me rassure-t-il.

— Du moment que je suis avec toi, peu m'importe…

Un sourire naît sur ses lèvres. En y réfléchissant bien, j'avais hâte d'être ce soir car je pensais que le fait d'être au cinéma pouvait nous rapprocher mais c'était sans compter sur le pique-nique de ce midi. Je souris en repensant à ce moment-là, mon cœur palpite à nouveau.

— Ça te dit qu'on passe par la maison pour se changer ? Ça me donnera du temps pour trouver autre chose à faire aussi, admet-il.

J'opine et il démarre le moteur. Sur la route du retour, la musique est douce et apaisante, à l'opposé de tout à l'heure, qui était rythmée et qui donnait envie de chanter fort. La pluie s'est arrêté le temps de la route mais une idée me passe par la tête. Je lui propose :

— Je me disais qu'on aurait pu rester à la maison ce soir. On se trouve un film à regarder, on grignote ce qu'il reste dans le frigo ou on essaie de faire livrer quelque chose et le tour est joué. Qu'en penses-tu ?

— J'aime beaucoup l'idée, sourit-il.

— Par contre, je te préviens, je vais rester au moins une heure sous l'eau chaude parce que je caille !

— Bien madame, dit-il. Profite bien de ce moment de calme en solitaire parce qu'après je ne vais plus te lâcher de la soirée.

Il me fait un clin d'œil tout en m'ouvrant la porte de la maison. Il se pousse pour que je puisse passer.

— À tout à l'heure, réponds-je en souriant.

Je sens que je rougis mais ce serait mentir de dire que ce genre de réponse ne fait rien. Je me promets de ne pas rester trop longtemps en haut pour profiter de chaque minute de cette fin de journée.

— Allez file, tu m'as dit que tu avais froid.

Mon sourire double d'intensité, il est attentionné avec moi et ça me touche beaucoup.

Je monte les marches quatre à quatre et mets tout de suite l'eau de la douche à chauffer. Pendant ce temps, je lance la première playlist qui me tombe sous la main et me déshabille. Je n'attends pas plus et file sous l'eau. De suite, je sens que l'eau bouillante fait du bien à mon corps et que je commence déjà à me réchauffer.

Après quelques longues minutes sous l'eau, je décide de sortir de là. J'enfile une tenue décontractée et me dépêche d'aller le rejoindre.

— Ça y est, tu t'es réchauffée ? me demande-t-il en sortant de la cuisine.

— Oh oui, un vrai hammam là-haut !

Il sourit et me tend un verre rempli d'un liquide orange. Je devine ce qu'il a préparé.

— J'ai vidé tout ce qu'il y avait dans le frigo, et j'ai trouvé de quoi faire deux boissons.

— Celle à la mangue ?

— Oui, et tant pis pour Mia et Colin, il n'y en aura plus quand ils rentreront.

Il fait tinter son verre contre le mien et dit :

— À notre journée.

— À notre journée, souris-je.

Je bois une gorgée et le suis vers les canapés. Effectivement, il a sorti tout ce qui se trouvait dans le frigo.

— Sachant qu'il ne reste que demain, je me suis dit que le mieux était de finir les restes et de se commander quelque chose demain, m'explique-t-il en me montrant les plateaux sur la table basse.

— Tu as bien fait ! dis-je en piochant un bâtonnet de surimi. Tu as réfléchis au film qu'on va regarder ?

— Je pensais que c'était toi qui t'en chargeais ? questionne-t-il, étonné.

— Choisis, tout me va, le rassuré-je.

Il récupère la télécommande et commence à chercher sur les différentes plateforme de streaming. Après quelques minutes, il en sélectionne un et le met en route. À ma grande surprise, il met le film que l'on devait voir au cinéma en plein air.

— J'ai bien vu que tu étais dégoutée de ne pas le voir ce soir, et il est dispo'... Autant le regarder.

Ce qu'il me dit me fait fondre.

— Merci... chuchoté-je.

Il me fait un clin d'œil et repose la télécommande. On va vraiment regarder ce film ? Incroyable.

— Tu sais que tu n'es pas obligé de te forcer ?

— J'ai envie de te faire plaisir, répond-il, sincère.

Pour accompagner ses paroles, il soulève son bras comme pour me proposer de s'installer contre lui. Je ne réfléchis pas et vient m'y blottir. Son parfum me titille les narines, je sens que ça va devenir mon odeur favorite.

— Ça s'trouve, tu vas bien aimer, lui dis-je.

Je le sens doucement rire.

— On sait jamais ! ajouté-je.

Il ne répond pas et se contente de baisser la tête pour me regarder. Je lève les yeux pour mieux l'apercevoir et je me perds dans ses deux billes bleues intenses. Cette proximité me donne envie de l'embrasser à nouveau. J'ai à peine le temps d'y songer qu'il est déjà en train de poser ses lèvres sur les miennes. Mon cœur bat dans mes oreilles tant les battements sont puissants. J'ai envie de plus. Je me détache de ses lèvres le temps de me mettre à califourchon sur lui. Un éclair passe dans son regard, il a l'air d'apprécier mon initiative car un sourire se dessine sur ses lèvres.

Je le regarde quelques secondes avant de l'embrasser tendrement. Je sens ses mains me caresser le dos, j'en frissonne. J'empoigne ses cheveux ce qui le fait gémir contre mes lèvres. Une vague de chaleur grandit en moi, j'ai besoin de *plus*.

— Attends, dit Liam en se décollant de ma bouche. J'ai une idée pour que l'on soit plus à l'aise.

Il n'attend pas que je parle et se lève, en me tenant sous les fesses pour être sûre que je ne tombe pas.

— Ta chambre ou la mienne ? me questionne-t-il.

— La mienne, réponds-je instinctivement.

Sans attendre, il monte les marches et claque la porte derrière nous.

CHAPITRE 29
Charlie

Nous sommes restés éveillés une partie de la nuit, réveillant en moi beaucoup de sensations enfouies depuis un long moment, et je me suis endormie sans m'en rendre compte. J'ouvre les yeux doucement, éblouie par la clarté qui passe par la fenêtre. Je suis seule dans le lit. Je tends l'oreille, pensant que Liam est dans la salle de bains mais aucun son ne me vient. Je m'étire, prenant le temps de m'habituer à la lumière du jour, repensant à ce que nous avons fait cette nuit.

— C'était incroyable, pensé-je.

Il était doux, prévenant et même temps, il m'a bien fait comprendre que lui aussi voulait passer à l'étape suivante. Rien que de me remémorer tout ça, je sens le rouge me monter aux joues. Je décide de sortir du lit, impatiente de le retrouver pour passer cette dernière journée en sa compagnie.

J'ouvre la porte de la chambre et entends les voix de Liam et Colin provenir du salon. Je souris instinctivement d'entendre sa voix, celle-là même qui me murmurait des mots doux à l'oreille il y a à peine quelques heures.

Alors que je m'apprête à descendre la première marche, je me rends compte que leur discussion n'est pas joyeuse et que le ton monte.

— Mais puisque je te dis que j'en ai rien à foutre ?? Tu comprends ?? crie Liam.

— Tu pourrais quand même y jeter un coup d'œil.

— Pourquoi faire ?

— Si tu tiens un minimum à elle, prend sur toi pour regarder, insiste Colin.

Je jette un coup d'œil à la pièce, ils sont assis sur l'un des canapés. Ils ne me voient pas puisqu'ils sont dos à l'escalier. Je n'aperçois pas Mia non plus.

— Je te le répète, je m'en tape de ce qu'elle publie !

— REGARDE ! hurle Colin.

Je suppose qu'il lui tend son téléphone. Je n'entends plus de bruit et aucun des garçons ne parle. Je m'arrête de respirer, juste les battements de mon cœur se font entendre dans mes tympans.

— Pour toi, c'est rien qu'elle mette ça en story ?

— C'est juste pour faire son intéressante !

— Son intéressante ? Abuse pas ! Si elle partage ça, c'est pour une raison.

— C'est de la merde ! s'énerve Liam. De la merde que les gens s'empressent de regarder en plus ! C'est sans intérêt ! ajoute-t-il.

Je mets la main sur ma bouche pour m'éviter d'émettre le cri qui veut sortir de ma gorge. Mon cœur se serre, j'ai du mal à respirer, il faut que je retourne dans la chambre.

Je ne prends même pas la peine de refermer la porte et me précipite dans la salle de bains.

— Je vais vomir, me dis-je.

J'ai à peine le temps de le dire que je sens que ça va sortir. Je me penche au-dessus des toilettes et me vide. Après quelques minutes, j'arrive à reprendre une respiration normale, je me suis aspergée le visage et à présent, j'essaie de remettre mes idées au clair en repensant à la conversation que j'ai entendu.

Il n'y a pas de doute possible, ils parlaient de moi. De qui d'autre sinon ? J'ai entendu parler de story, de partage, du fait d'avoir publié... Je sens mon estomac se retourner une nouvelle fois quand je repense à la manière que Liam a répondu. Avec ce ton si froid et méchant...

Je m'assieds sur les toilettes car il m'est impossible de retourner m'allonger. Maintenant qu'il a réussi à me mettre dans son lit, il n'y a plus aucune raison pour qu'il soit gentil avec moi. Il a eu ce qu'il voulait, et voilà ou j'en suis. Je n'ai pas le temps d'y réfléchir plus longtemps que j'entends quelqu'un taper à la porte de chambre.

— T'es réveillée ? demande Liam.

Je ne réponds pas, trop occupée à retenir les larmes qui me montent aux yeux. Pourquoi s'occuper de moi après avoir été si méchant dans mon dos ? Je l'entends avancer dans la chambre quand mon regard croise le sien. Dès qu'il m'aperçoit, un sourire se dessine sur son visage très vite remplacé par des sourcils froncés.

— Ça ne va pas ?

Il s'approche mais laisse tout de même une distance de sécurité en s'arrêtant à la porte de salle de bains. Le voir s'arrêter à un mètre de moi me blesse plus que cela ne devrait. J'ai une partie de mon cerveau qui se conforte dans l'idée qu'il parlait bien de moi avec Colin et que c'est pour cette raison qu'il reste loin.

— Qu'est-ce qu'il y a ? demandé-je, ignorant sa question.

— On se demandait si ça te disait que l'on passe la journée à quatre ? Sachant que c'est notre dernière vraie journée tous ensemble... Tu es sûre que ça va ?

— C'est quoi le programme ?

— Euh... Ce matin, marché pour se prendre un dernier souvenir. Ce midi, restau et après je ne sais plus trop ce qu'ils avaient en tête...

Il continue de me fixer avec son regard inquiet. Je décide de l'ignorer et réponds :

— Je ne me sens pas très bien depuis que je suis réveillée, je pense que j'ai mangé un truc qui ne passe pas.

C'est peut-être vrai puisque je viens de vomir, mais mon cœur sait que la nourriture n'est pas la véritable raison. Je décide de faire taire mes pensées et continue :

— Je vais rester ici ce matin, si ça vous embête pas. Je sens que mon estomac n'est pas encore totalement remis.

— Tu veux que je reste ? demande-t-il.

— Non, va profiter avec les autres, dis-je en effaçant sa question d'un geste de la main. Viens me chercher en début d'aprèm', d'accord ? Allez vous balader et manger, et tu me récupères quand vous avez fini. Pendant ce temps-là, je me blinde de médoc et je serai en forme pour tout à l'heure, OK ?

Je sais bien que je parle trop mais je veux être sûre qu'il comprenne bien qu'il faut qu'il parte. Il le faut.

— Je peux rester, je t'assure que ça ne me dérange pas, tu…

— Je vais rester ici, le coupé-je en montrant la salle de bains autour de nous, donc sors et profite de cette dernière journée. On se voit plus tard.

Je vois qu'il hésite et finit par céder, comprenant que je préfère rester seule.

— Tu nous appelles si tu as besoin de quoi que ce soit, d'accord ?

Je lui fait un signe de tête affirmatif, ne cherchant pas à argumenter.

— Bien… À plus tard, me salue-t-il.

Encore un geste qui me prouve qu'il ne fait plus aucun effort pour moi. Avec ce que nous avons vécu cette nuit, la logique aurait été qu'il soit ferme et reste là, à mes côtés. Au lieu de ça, il me fait un simple geste de la tête en guise de salue et part.

Les larmes inondent mes joues en quelques secondes, ne pouvant plus les retenir.

CHAPITRE 30
Liam

— Je suis sûre qu'elle va adorer l'idée ! dit Mia, fière de sa trouvaille.

— L'idée est juste géniale ! s'écrie Colin, impatient.

— Elle adore faire de l'accrobranche en plus. Faut juste espérer qu'elle aille mieux, s'inquiète Mia.

— On va le savoir tout de suite, réponds-je en ouvrant la porte de la maison.

Je remarque tout de suite que la baie vitrée qui donne sur le jardin est fermée et qu'il n'y a personne dans le salon.

— Je pense qu'elle est dans sa chambre.

— Vas-y, on t'attend dehors, me préviens Mia.

Je leur fait un signe de tête et me hâte de monter les escaliers.

La porte de la chambre est fermée, elle doit sans doute se reposer. Je toque doucement contre la porte, attendant une réponse. J'attends quelques secondes et frappe à nouveau. Toujours rien. Je prends la responsabilité d'ouvrir sans savoir si je suis permis d'entrer et de suite, je comprends que quelque chose cloche. Je fais deux pas dans la chambre et je me rends compte que la chambre est vide. Totalement vide et que ses affaires ont disparus. Mon corps se crispe.

— Elle est partie ?!

À suivre...

REMERCIEMENTS
+ Révélations

Ça y est, nous y voilà, la fin de ce premier tome… En un peu plus d'un mois il a été écrit et bouclé et c'était sportif ! Mais pour moi, ce roman est une histoire à lire pendant les vacances d'été donc c'est pour ça que j'ai mis le turbo, pour être sûre que vous l'ayez entre les mains avant l'été.

Je ne sais pas si vous avez fait attention, mais de petites choses se sont glissés dans le manuscrit, comme le numéro de la maison, la *12334* qui n'est autre que le numéro de la maison de *Malcolm* (j'étais en train de me finir la série pour la énième fois quand j'ai commencé à écrire ce roman). Et que, bien évidemment, Madame Halliwell fait bien référence à la série *Charmed,* qui là encore, était en visionnage intensif avant d'écrire.

Concernant le côté influence, je me suis tout simplement inspirée de ce que vit mon mari, Chris Joyz, tous les jours. Et je sais que certaines choses peuvent vous paraître grossies pour l'histoire, comme le fait de refaire une vidéo quatorze fois mais je vous assure, c'est du vécu.

Enfin bref, voici quelques petites choses que je voulais que vous sachiez.

Je remercie Valentin et ma mère pour cette idée de tome 2, ce qui me permet de vous en dire plus sur cette histoire entre Liam & Charlie sans tout bâcler !

Merci à Marie, ma plus fidèle depuis mon tout premier,

toujours au rendez-vous, toujours à se démener pour être dans mon timing plus que serré quitte à laisser des heures de sommeil de côté, toujours au taquet pour découvrir ces histoires d'amour entre mes personnages... Promis, j'écris la suite au plus vite pour réparer ton petit cœur de cette fin que tu juges atroce.

Merci à Moon, qui a fait ce qu'elle a pu pendant le temps imparti. Ce n'est que partit remise !

Et merci à Kenza, celle qui a été bêta-lectrice et ma correctrice sur ce roman. Tu m'as tellement aidée et faite progressée ! J'étais angoissée de te faire découvrir mon manuscrit brut, ça tu le sais, et j'avais peur de bosser avec toi parce que, faut qu'on se le dise, bosser avec des amies ce n'est parfois pas évident... eh bien, tu sais quoi ? Meilleure décision ever ! et j'espère de tout cœur que l'on continuera de bosser main dans la main pour mes prochains romans. T'as fait un travail de diiiiiingue, merci encore pour tout le temps que tu m'as accordé et pour ta réactivité. Puis, c'était cool d'aller bosser au Starbucks aussi, haha.

Et pour finir, j'aimerai remercier tous ceux qui tiennent ce livre entre leurs mains. Merci de me lire, merci de me soutenir, merci de faire partie de cette aventure. On se dit à bientôt pour la suite de cette histoire ?

Floriane Joy

<u>Auto-édition</u>

Christmas, love and be merry (broché et numérique)

Love diary (broché et numérique)

Le concours de Noël (broché et numérique)

Christmas, love and be merry

(octobre 2021)

Lucie est une amoureuse de Noël, et elle ne s'en cache pas. Des décorations du sapin au pull d'elfe, rien n'est laissé au hasard pendant cette période qu'elle adore. Elle est donc déçue lorsqu'elle apprend que son nouveau patron, très attirant malgré sa froideur, déteste les fêtes de fin d'année...

Alors lorsqu'elle passe, comme d'habitude, son week-end au marché de Noël et qu'elle tombe nez à nez avec lui, elle s'interroge. Quelle peut bien être la raison de sa présence ? Une coïncidence ? Pourtant, elle le recroise quelques jours après. Elle n'en croit pas ses yeux...

Et si la magie de Noël existait vraiment et avait réussi à le charmer ? Et si Lucie finissait aussi par être charmée ?

Love Diary

(mars 2022)

Quand Noah rencontre Emma à un speed dating, il sent bien que l'attirance est mutuelle. Lui, gérant d'une agence de voyages, toujours meurtri par son ex-femme qui l'a trompé. Elle, propriétaire d'une librairie atypique, vive, pétillante avec qui tout est si facile.
Sauf qu'il a trouvé un carnet et qu'il est très intrigué par cette femme dont il connaît tous les secrets. Qui est-elle ? Comment la trouver ?
Qui choisir ? L'inconnue du carnet ou Emma ?

3 voix s'entremêlent dans ce roman, 3 visions d'une histoire, de leur histoire.

Le concours de noël

(octobre 2022)

Liz, une journaliste, était une Amoureuse de Noël. Mais ça, c'était avant… Avant qu'elle ne soit quittée devant l'autel juste avant Noël. Depuis, elle tente de maintenir le cap, mais tout ce qui concerne les festivités de fin d'année, elle ne veut plus en entendre parler. Quand elle est forcée par son patron de couvrir un concours de pâtisserie de Noël, elle y va à contre-cœur. Mais elle n'a pas le choix, sinon elle perd son travail.
Là-bas, dans ce village, elle va y rencontrer Annie, Zoey, Ted et bien d'autres qui vont l'aider à rallumer l'étincelle qui s'était éteinte. Sans oublier Benjamin… qui est ce pâtissier si mal aimable envers elle ? Pourquoi y a-t-il autant de tension quand leurs regards se croisent ? Il ne laisse pas Liz indifférente, mais est-ce réciproque ?
Au détour de gâteaux et saveurs alléchantes, laissez-vous emporter par cette nouvelle romance de Noël qui va vous mettre l'eau à la bouche.

Printed by Amazon Italia Logistica S.r.l.
Torrazza Piemonte (TO), Italy